仰望45度的幸福

HAPPINESS OF
LOOKING UP WITH
45-DEGREE ANGLE

欧若 著

内蒙古出版集团
远方出版社

图书在版编目（CIP）数据

仰望 45 度的幸福 / 欧若著. —呼和浩特：远方出版社，2016.1
（紫水晶情感小说系列）
ISBN 978-7-5555-0624-9

Ⅰ.①仰… Ⅱ.①欧… Ⅲ.①长篇小说—中国—当代
Ⅳ.①I247.5

中国版本图书馆 CIP 数据核字（2016）第 024012 号

仰望 45 度的幸福

作　　者	欧　若
责任编辑	云高娃　李　可
出版发行	内蒙古出版集团　远方出版社
社　　址	呼和浩特市乌兰察布东路 666 号　邮编 010010
电　　话	（0471）2236471 总编室　2236460 发行部
经　　销	新华书店
印　　刷	北京富达印务有限公司
开　　本	650×940　1/16
字　　数	240 千
印　　张	21.5
版　　次	2016 年 3 月第 1 版
印　　次	2016 年 3 月第 1 次印刷
标准书号	ISBN 978-7-5555-0624-9
定　　价	35.00 元

如发现印装质量问题，请与出版社联系调换

目录

引　　文 / 001

第 一 章　分手的那年夏天 / 004

第 二 章　那个恶魔一样的男生 / 031

第 三 章　想要努力挽回的爱情 / 057

第 四 章　千辛万苦等来的约会 / 085

第 五 章　乱吃飞醋 / 111

第 六 章　阴谋背后的真相 / 136

第 七 章　受伤入院 / 163

第 八 章　甜蜜爱恋 / 190

第 九 章　同父异母的兄妹关系 / 218

第 十 章　隔着太平洋的思念 / 249

第十一章　陷入痛苦的深渊 / 275

第十二章　注定的命运 / 302

尾　　声 / 323

引 文

轰隆！一记闷雷响彻云霄，天空应声落下了豆大的雨点，仿佛在为谁而哭泣。C城第一人民医院顶楼的天台上，一个修长的背影挡在一个娇小的女生面前，男生的手准确无误地掐住了女生的脖子。

"你以为你是谁？竟敢玩弄本少爷！"他怒视着她的眸子几乎快要喷出火来，不可抑制的屈辱感涌上心头，有那么一瞬间，他真的想就这样掐死她。

他的手毫不留情地掐着她的脖子，她的呼吸渐渐急促，仿佛下一秒就会窒息。她的心痛如刀绞，泪水像断了线的珠子不断落下。是她一手将他变成天使后又亲手将他推入了地狱。她不想伤害他，可偏偏就在不经意间，将他伤得更加严重，纵然心中有千万个对不起，却永远也无法挽回了。

"对不起！"她从喉咙口艰难地滑出三个字。多么相似的情景，曾几何时，她也听到过这熟悉的三个字，可当时的她却没有体会这三个字背后的心痛与无奈。结果，她犯了无法弥补的错误。

"哈哈……"他突然仰头狂笑起来，眼角竟有液体滑落，不知是雨水还是泪水，"伊桑夏，伤害别人之后，说声对不起就可以了事了吗？你当我是幼稚园的三岁孩子吗？"

面对他肆无忌惮的控诉，她唯有默默流泪。到了这个时侯，她不知道自己还能做什么才能弥补对他的伤害。也许死就是她最好的解脱……

"如果……我死了能弥补的话，那么……就这样……掐死我吧！"闭上眼，她的脸渐渐失去血色，平静而安详，仿佛正在等待升天的灵魂。

他顿时慌了，下意识地松开手。她柔软的身子失去重心，瞬间滑落下去。他伸手将她抱起，狠狠地吻住她，直到她的脸色渐渐红润才愤然离开。

"你想一死了之，和那个垂死之人做一对同命鸳鸯吗？想都别想。听好了，本少爷可以答应你救他，但是，从今天起，你必须成为我的女人。"

他的话如同当头一棒，打得她几乎失去了知觉。言下之意，就是要让她成为他的奴隶，永远也不准离开他。

"好！我……答应你。"她艰难地从嘴里挤出一句话。

"吻我！"他残忍地下达命令，不容她有一丝抗拒。

她僵硬地靠近他，微颤的唇贴上他的。闭上眼，泪水簌簌地往下流，就像是要下地狱一样的痛苦。他将一切看在眼里，仇恨的因子蠢蠢欲动。嘴角一斜，他扬起一丝冷酷的笑容，狠狠咬住她的唇，直到嘴里尝到了血腥的滋味，才奋力推开她。看到她唇边的殷红，他终于有了一丝报复的快感。

"收起你的虚情假意，从今以后不要在我面前装清纯。"话落，他转身，毫不迟疑地离去。

盯着他的背影消失在出口处，她再也撑不住滑倒在墙角。心，好痛好痛，比一年前的那一晚更痛，痛得几乎要窒息。曾经相处的时光渐渐浮现在眼前,他的霸道,他的无礼,甚至他的幼稚,他的温柔,一点一滴都不曾忘记。直到现在她才明白,其实他早已在她心里,永远也无法抹去了。

可是为什么事情会变成这样?如果时光可以倒流,她多想回到一年前,变回那个无忧无虑带点傻劲的伊桑夏。

第一章　分手的那年夏天

"分手吧！我喜欢上别人了。"一条简单的短信，一张女生的照片，宣布了他要与她分手的决定。

桑夏一动不动地盯着手机屏幕上的短信，瞬间失去了知觉。一个小时前，他们还在开心地逛街吃饭，做着所有情侣都会做的事情。可为什么现在她会收到这么一条短信，是有人在搞恶作剧吗？一定是的。

想到这里，桑夏迅速按了回拨键，电话通了，一个好听的声音响起。

"对不起！"他的声音是那么平静，不带一丝温度。甚至没等桑夏开口，他便主动挂断了电话。没有多余的解释，就这样决然地斩断了他们之间的关系。

瘦小的身子蜷缩在沙发的一角，几乎要陷进去。心头莫名地抽疼，喉咙口像是卡住了什么东西，连呼吸都觉得难受。

夕阳透过落地玻璃窗照在她的侧脸上，抹上了一层淡淡的金色。忽然，她一个踉跄从沙发上跳起，来不及披上外套，就从门口冲了出去。脑子里唯一的念头就是要找到他问清楚，是她哪里不好，才让他觉得不满意。

她和安以枫是在两年前的一次毕业晚会上相识，说起来倒是有些戏剧性，与童话里的灰姑娘十分相似。他举止优雅，温柔体贴，就像个王子，她几乎是一天之内就沦陷了芳心。之后长达两个月的暑假，她和他亦相处得十分愉快，仿佛是找到了命中注定的另一半。正式成为情侣的两年中，他们好得如胶似漆，几乎没有吵过架。她以为，这样的关系会一直维持下去，直到高中、大学毕业，接着自然而然地结婚成家，可没想到……

一口气跑到安以枫的住所，这是一栋纯白色的花园式洋房，坐落在高级小区内，平常人是难以通过门卫室的保安进来的。只因为桑夏是熟客了，所以保安也见怪不怪，还朝她友善地打了声招呼："小姑娘，又来看男朋友啊？"

桑夏的脚步顿了顿，回头丢出一个敷衍的笑容，算是回应了。站在门口，她疯狂地按着门铃，门却始终安静地关闭着，门内没有丝毫动静。

"枫，你出来啊……为什么要分手？是我哪里做得不好，为什么你不要我了？"她疯狂地拍打着门，撕心裂肺地叫喊，泪水顺着眼角不停地滑落。

天色已经完全暗下来了，屋内却没有任何亮光。难道他不在里面吗？桑夏不甘心地伸长脖子，在周围转了一圈，确定屋内没人后，顿时垮下了脸。

顶着一双哭红的眼睛，她终于在一个小时后拖着疲惫的身子离开了洋房。

二楼的阳台上，一个白色的身影倚栏而立，静静地注视着那个瘦小的背影一步一步远离他的视线。月色下，他深邃的眸子中泛起一层薄薄的水雾。

"忘了我！"良久，从他口中缓缓吐出三个字。带着一脸从容的冷静，他转身走进了黑暗的房间。

"一天到晚哭丧着脸,像章鱼一样趴在那里,不知道在干什么。老娘我还没死呢!"

头顶传来一个恶魔般的声音,桑夏无力地闭上眼睛。这就是她的母亲伊莎华,舞蹈演员出身,在二十年前是风靡一时的舞台剧明星,如今已跻身影视界,成了一名小有名气的电影演员。生就一副天使的面孔和魔鬼的身材,凡是男人见了十之八九都会拜倒在她的石榴裙下。

可天使面孔却没有天使心,谁也不会知道外表光鲜华丽的伊莎华在家里就像刁妇一般,疾言厉色,跟《功夫》里面的包租婆没什么两样。有时候,桑夏真是怀疑她们俩到底是不是母女。脾气和性格南辕北辙,没有一点相似之处,更主要的是就连长相也大不相同,她完全没有遗传到母亲的脸蛋和身材,走在街上都没有人会相信她们是母女。不过她倒是从来没有跟母亲一起出去过,不知道是什么原因,母亲似乎极不愿意看到她,从小到大学校家长会,没有一次出席。

她们母女的关系就是这样疏离,小时候总是会伤心到哭,但是久而久之,桑夏也渐渐习惯了。她以为母亲只是因为身份的关系才不便露面,做女儿的应该体谅。

"妈,我头疼。"

"整天睡在那里,不头疼才有鬼了。快点起来,把饭吃了,等下收拾收拾东西,明天准备搬家。"伊莎华一句不疼不痒的话,却让桑夏惊得跳了起来。

"搬家?好端端的为什么要搬家?"这是她从小生活的地方,有很多美好的回忆,怎么能说搬家就搬家呢?更何况……她还没有找到安以枫,怎么能离开呢?

伊莎华一记白眼丢了过来，厉声斥责："叫你搬就搬，哪儿那么多废话。"

面对伊莎华的厉喝，桑夏再也不敢多说一个字，只是低下头，默默地吃完盒饭，一声不吭地进了房间。

打开行李箱，将衣物一件件叠好放进去，床上有许多毛绒玩具，全是安以枫送的。这只兔子是她生日的时候，他送给她的第一个礼物。还有旁边的那只笨笨熊，是圣诞节的时候，他怕她睡觉冷，所以买来让她抱着取暖的。至于这一对红色的玫瑰花抱枕，是情人节的时候她们被选中最佳情侣而获得的奖品，本来是一人一个，但他说男孩子房间里放一个玫瑰抱枕很奇怪，所以统统都送给她了。

两年来的点点滴滴，全数涌现出来，她的眼眶忍不住又湿润了。为什么他不说一声就消失了，甚至连一个解释的机会都没给她？他喜欢上别人了……那个别人就是照片上的女生吗？说实话，那个女生确实比她漂亮。一股自卑心油然而生，她蜷缩在床头，蹙起了秀眉。

这时，母亲推门走了进来，手上拿着一个白色信封丢给她。桑夏伸手接过信封看了一眼，信封上写着"圣起学院"四个字。

"这是什么？"她不解地问道。

"这是Z城的一所名校，转学手续我都办好了，过两天就可以去报到了。"伊莎华冷冷地甩出一串话，转身甩了甩那一头妖娆的卷发，头也不回地走出了房间。

她们母女总是这么疏远和冷淡，甚至连一句嘘寒问暖的话都没有。看着手中的信封，桑夏扯起嘴角苦笑一声，看来是不会再回来了。

风和日丽的早晨，桑夏独自提着行李箱走出了 Z 城的火车站。从 C 城到 Z 城足足坐了六个小时的火车，途中还不能安稳地睡觉，累得她腰酸背痛。出发前一天，母亲将新家的地址和钥匙扔给了她，而自己却因为拍戏的关系，在当天下午就飞往了 Y 市。所以此刻，她才会孤身一人站在这里。

Z 城是 S 省的省会城市，交通便利，经济发达，可以媲美国际大都市。桑夏从小到大都没有离开过 C 城，这是她第一次来到大都市，看着广场外川流不息的人群和车辆，她感觉特别的新鲜。

火车站外，有很长的一排出租车停在那里，桑夏拖着行李箱走过去，将母亲抄给她的地址递给出租车司机。

"师傅，去这个地方要多少钱？"母亲只留给她五百块钱的零用钱，而她不知道这个城市的消费水平怎么样，五百块钱能生活几天。

那司机瞥了一眼地址，有些意外地瞥了桑夏一眼，眼神中带着几许疑惑。

"小姑娘，你确定是去这个地方？"

桑夏点了点头。母亲给她的地址不会错啊。

"好吧，上车！这地方不远，十多块钱够了。"司机招呼桑夏上车。

高架上，司机频频从后视镜中看桑夏，看得桑夏有些别扭起来。我脸上有东西吗？怎么老是盯着我看。她皱起眉头，伸手抹了一把脸颊，惹得司机忍不住笑了起来。

"小姑娘，你脸上没有东西。我是觉得奇怪，你去枫林洞怎么会打车去？"

"不可以打车吗？"她傻傻地问。不打车难道要走着去？

或者司机的意思是可以坐公车去。对啊!她怎么没想到,要是能坐公车去的话,就省钱多了。

"当然不是,只是枫林洞很少有出租车会去,我看你一个小姑娘单身一人,好心才载你去的。"司机说得自己好像很伟大似的。

桑夏更觉得奇怪了。

"出租车很少去,那是不是都坐公车去的?"

司机一脸扭曲地摇了摇头,哭笑不得。桑夏尴尬地挠了挠头,傻笑起来。

"你这个小姑娘真爱开玩笑,枫林洞怎么会有公车?那是富豪集居地,别说是公车了,出租车也不想去那边,要是一不小心撞上哪家的名车,一辈子打工都赔不起了!"

"噢……原来是这样啊!"这回桑夏终于明白了,原来她的新家在富人区,难怪司机大叔这么惊讶地打量她。能住得起那种地方的人非富即贵,家里肯定不止一辆私家车,所以没人会打车,更不会坐公交车去了。

只不过她是个例外啦!也不知道母亲为何会将新家搬到这里,可依照母亲的收入,还不至于能买下那么昂贵的别墅。这又是怎么回事呢?

正在思考之时,又听到司机大叔的声音:"咦?前面好像有辆车抛锚了,挡着道呢!"说着,他将车速放慢了。

"哟!还是一辆保时捷新款,呵呵!想不到名车也会出故障。"司机大叔忍不住冷嘲热讽了一番,将车子拐上超车道,绕过了那辆名车。

桑夏闻言,下意识地抬起头看向窗外。只见一辆银灰色的精致敞篷跑车横挡在车道中央,车身在阳光的照耀下异常的刺眼。而车头前倚着一个修长的身影，正掏出手机在打电话，想必就是这辆车的车主。

出租车缓缓绕过保时捷，只有那么一瞬间，一张刻骨铭心的脸从她眼前一闪而过。等她再回头想确认的时候，那车主却已经钻进了车内。

不……不会的！他不是安以枫。桑夏拼命安抚自己蠢蠢欲动的情绪，提醒自己只是相似而已。安以枫明明在C城，他怎么会出现在Z城，而且也不可能开着名贵的跑车，因为安以枫是个孤儿。所以……只是她眼花了。

"该死的！本少爷已经等了足足五分钟了，那么大的太阳，想晒晕我吗？"

保时捷车内，一头亚麻色短发，一副烟灰色太阳镜，刺眼的钻石耳钉，一件印着黑色骷髅的T恤，还有脖子上那个耀眼的十字架，这一身打扮毫不掩饰地显示出主人张狂的个性。慕夜枫扬着下巴，斜靠在驾驶座上，正一脸愤怒地对着手机屏幕上的人大吼。

"对不起，少爷！马上到了。"手机屏幕上的人正是慕家的总管贺雷鸣。从他的脸色看来，估计早已吓出了一身冷汗。

"啪"地按掉视频电话，慕夜枫烦躁地摘下太阳眼镜，露出一张似曾相识的脸。精致如雕刻般的五官，细致白皙的皮肤，美得让女人都为之嫉妒。

不到一分钟，一辆黑色大奔以媲美飞毛腿的速度疾驰而来，一阵刺耳的急刹车，后轮在整洁的水泥地上划出一道深深的弧线，准确无误地在保时捷旁边停下。车门打开，一个西装笔挺却满头大汗的中年男子慌张地跳下车，毕恭毕敬地跑到保时捷的驾驶座旁，低头："少爷，对不起，让您久等了。"天知道从接到电话到现在只有五分钟而已。

慕夜枫迅速打开车门钻了出来，"再晚一分钟，你就死定了。"说完，他径直朝那辆打横的奔驰车走去。

"少爷，这车怎么办？"

"你是猪吗？车子坏了当然是找4S店拖回去，难道还让本少爷送回去不成？"

"嗯……是。"贺雷鸣一脸无辜地点点头，转身掏出手机打电话。没等他打完电话，那辆拉风的大奔早已绝尘而去。

"少爷，我还有话要跟您说……"贺雷鸣扭曲着脸，无奈地叹了口气。

转学到圣起学院的第一天，竟然雷声轰轰，下起了大雨，真不是个好天气。唉！雨再大也没办法，还是要出发。桑夏吃完早餐，整理好报名资料后就早早地出门了。枫林洞没有公交车站，所以要走很长的路才能到街区坐公车，幸好她这几天已经熟悉了这里的路线，完全知道去哪边该往哪条路走，省去了绕弯路的麻烦。

昨天母亲从Y市打来电话，提醒她今天要去学校报到的事，让桑夏的心里觉得一阵温暖。母亲虽然平常对她疾言厉色，态度冰冷，但背后却还是在关心她的。

想到这样，桑夏的嘴角渐渐扬起，弯成一道好看的弧线。忽然，一阵汽车的引擎声靠近，桑夏还没来得及靠边，一辆黑色的奔驰轿车便从她身边疾驰而过，前轮正好擦在路面的一个大水洼中，溅起了一米多高的水花，准确无误地泼到了桑夏的身上。

"啊!"桑夏本能地惊叫了一声,这猝不及防的意外顿时让她僵直在原地,从头到脚,全身上下一片湿淋淋的。夏天的衣衫本就单薄,被这么大的水花迎面泼下,即使有雨伞遮挡,也是无济于事。

肇事车主还算仁慈,发现闯祸就立刻停下了车。驾驶座里面钻出一名西装笔挺的中年男子,撑着伞朝桑夏快步走来。

"小姐,对不起,真的对不起,因为我赶着去4S店取车,所以才一时心急没注意地上的水洼。真的对不起!"说话人正是前两天在高架上被放逐的慕家总管贺雷鸣。

桑夏见他十分真诚地道歉,也不好意思为难他,看样子他也是替别人打工的,并不是车的主人。

"没关系啦,我回去再换身衣服好了。"她友善地朝他笑了笑。

"真的没关系吗?要不然我留张名片给你,到时候有什么问题的话就来找我。"

"不用了,我真的没关系。"说着,桑夏转身准备回去换衣服,再拖下去的话,上学就要迟到了。

"哦,那就好!可是下这么大的雨,你家司机怎么没送你出门呢?"贺雷鸣以为住在枫林洞的人非富即贵,出门都有司机接送。

"我家没有司机,也没有车。妈妈去外地工作了,我现在一个人住。"桑夏毫无城府地将实情说出。

贺雷鸣闻言愣了愣,随即便微笑着说:"这样吧!我载你一程。"

"啊?"没想到一个陌生的大叔竟然会这么热心地帮助她,桑夏又是激动,又是惊喜。

"你家在附近吗？赶快去换套衣服，我在这里等你。"

"可是刚刚您不是说很赶时间吗？"

"也不差这点时间了，我的车先溅了你一身水，有错在先理应道歉。放心吧！"

桑夏木讷地点点头，接着快步跑了回去。

这时，车子内传出一个熟悉而不耐烦的声音："贺总管，你在磨蹭什么？"

贺雷鸣一听，赶紧小跑上去，俯身贴近车窗，恭敬地回答："少爷，刚才开车太急，不小心溅了人家一身泥水，正在向对方道歉。"

"真烦人，快点！"

"是！"

五分钟后，桑夏急匆匆地跑了回来。贺雷鸣指了指副驾驶座，让桑夏坐了进去。原来驾驶座和后排的位置中间加了一层隔音板，只有按下开关才能互相通话。而隔音板采用单透材料，换句话说，后排的人可以看到驾驶室的动静，而驾驶室的人却完全看不到后排的任何东西。

"好神奇啊！"桑夏忍不住摸了摸隔音板，从来没有坐过这么高档的车子，今天算是因祸得福了吧！

贺雷鸣却向她比了一个噤声的手势，示意她安静。

"我们少爷在后座，他不喜欢被人打扰！"

桑夏惊讶地睁大眼睛，有些战战兢兢地瞅了一眼后座，虽然看不到任何东西，可还是有些心悸。想不到后座还坐着一个人，她却完全看不到他。

"对了，我还不知道你的名字呢？"

"桑夏，伊桑夏。秋水伊人的伊，桑田的桑，夏天的夏。"

她向来对自己的名字很满意。

"很好听的名字，跟你很相配。"

"谢谢。大叔呢？"

"噢！这是我的名片。"贺雷鸣说着从驾驶座的小匣子里取出一张名片递给桑夏。

桑夏十分礼貌地用双手接过名片，细细地看。

"慕氏实业董事长助理，慕氏家族总管——贺雷鸣！哇，贺叔叔好棒哦！好崇拜你呢！"

"呵呵……你这小丫头的嘴可真甜。"贺雷鸣笑到了心坎里。没想到与桑夏才第一次见面，就觉得这丫头讨人喜欢。

驾驶座的两人有说有笑，似乎像是忘年之交一般，殊不知后座正有一双深邃的眼睛注视着他们。隔音板根本就没有关上，所以两人的言谈举止一丝不漏地都落入了慕夜枫的眼里。

副驾驶座上的女生那双爱笑的眼睛似曾相似，看到她的笑容，他的心脏竟然隐隐作痛。真是一种诡异的感觉！他可以确定他并不认识她，可为什么会有这种感觉？本想开口责骂贺雷鸣的擅自主张，可此刻，他却发现自己竟然开不了口，心中有一种直觉，他害怕看到那个女生难过的眼神。

该死的！他竟然莫名其妙地对一个陌生人产生如此奇怪的感觉，是不是疯了？狠狠地一拳打在真皮坐垫上，不小心发出了声响。

驾驶座上的贺雷鸣显然察觉到了，脸色立刻一僵，他这才发觉隔音板没有关上，刚才他和桑夏的话完全吵到了后座的人。

"对不起，少爷！是我擅自主张让小夏上车的。"

桑夏一惊，瞬间明白过来。满脸歉疚地瞅了贺雷鸣一眼，是他好心要载她一程，却反而害他挨骂，心里真是过意不去。

转过头,她对着隔音板,急切地为贺雷鸣求情:"请您不要责怪贺叔叔,我马上就下车,对不起,打扰到您了!"

对着隔音板,她与他的脸近在咫尺,她只看到眼前一片漆黑,而他却将她的脸看得清清楚楚。看到她无辜而祈求的眼神,他的心忽然又莫名地抽疼了。该死的,他讨厌极了这种感觉。狠狠撇开视线,他冷声回答:"我有说要怪罪任何人吗?"

"谢谢!我马上下车,贺叔叔,麻烦你停一下车。"

贺雷鸣点点头,正准备踩刹车,却不料后座再度传来慕夜枫的声音。

"不要浪费时间,开快点。"言下之意就是不要再停下车多浪费时间,等于是默认了桑夏可以继续留在车上,搭顺风车去。

贺雷鸣不着痕迹地笑了笑,回答:"是!少爷。"

"哎?可是……不让我下车了吗?"桑夏疑惑地皱了皱眉。

"小夏,你要去哪儿?"

"要去圣起学院报到。"

"哦?这么巧,我们少爷正好也要去圣起学院。"

"是吗?真巧。"桑夏友善地笑了笑。总觉得隔音板后的一双眸子正牢牢地注视着她,偏偏她又什么都看不见。

"少爷,您看是不是顺路让小夏坐我们的车去学校。"

后座久久没有回应,贺雷鸣无奈地叹了一声,继续专心地开车。看来他是太得寸进尺,忘记了慕夜枫的脾气。难得今天没挨骂,他就该偷笑了。

车子驶进保时捷 4S 店,店内的营业人员看到车牌,立刻小跑上去,毕恭毕敬地拉开后座的车门。慕夜枫面无表情地钻了出来,扬着下巴,斜睨了那个营业员一眼,冷冷地丢出一句话:"好了吗?"

"好了，车子就在前厅，这是钥匙，慕少爷请拿好。"

接过钥匙，他不再多说一个字，抬起脚径直朝前厅走去。

驾驶室内，贺雷鸣嘱咐桑夏留在座位上，自己则推开车门下了车，跟着慕夜枫走了进去。等桑夏转过头看向窗外的时候，贺雷鸣的背影正好遮住慕夜枫的侧影。

没多久，贺雷鸣皱着眉头，一脸无奈地回来。桑夏好奇地问道："贺叔叔为什么皱起眉头，发生什么事了吗？"

"没什么，只是我们少爷又换了辆车而已。"

"哦！你们少爷经常换车吗？"

"几乎是一个月换一辆。"贺雷鸣无奈地摇摇头。

"啊？"桑夏惊愕地瞪大眼睛。一个月换一辆，这是什么速度？而且开的都是上百万的跑车，这家人到底是多富有？

贺雷鸣笑了笑，发动引擎。

"哎呀，你上课时间快到了吧？我们得快点走了。"

经贺雷鸣一提醒，桑夏这才想起来，上课快迟到了。

"糟了！真的快迟到了。"

"那可要做稳了，贺叔叔的飚车技术一流，保证在上课之前把你送到学校。"

"谢谢贺叔叔。"桑夏展开一个灿烂的笑脸。

雨一直不停地下着，似乎有越来越大的趋势。一辆黑色大奔朝圣起学院疾驰而来，吓得门口站岗的警卫差点拉响警报器。

只是，没等警卫有所行动，黑色大奔车却在距离校门口一公尺的位置停了下来，几乎是以漂移的姿态，横在铁门之外，只差那么一点点就撞上了。这足以证明了司机的驾车技术以及精确的计算能力。

"哇！贺叔叔，你吓死我了。"桑夏惊魂未定地拍着胸口，小脸吓得惨白。纵使车子已安然停下，但她却还是心有余悸，坐在副驾驶座上，久久没有下车。

贺雷鸣得意地挑了挑眉，似乎在享受漂移的快感。年轻时玩赛车出身的他，在慕氏实业做司机多年，平时开车都是四平八稳，从来没有如此狂飚的机会，今天好不容易天时地利人和，还不好好把握吗？

"还有五分钟哦！"贺雷鸣抬起手腕看了一眼表上的时间，微笑着提醒桑夏时间快到了。

"啊！糟糕。我得走了，贺叔叔，谢谢你送我，再见！"向贺雷鸣道了谢，桑夏飞快地推开车门跳下车，直奔校园。

外面下着滂沱大雨，桑夏来不及打伞，便匆匆冒雨前进。圣起学院比她想象中的规模大了很多，一眼望去，群楼耸立，数不清有几幢，而教学楼与教学楼之间都隔了几十平米的绿化带，中间的小径有上百米，就算是跑也得花不少时间。

"第一天报到千万不能迟到，要给老师和同学留个好印象。只有五分钟时间了，伊桑夏，加油跑吧！"她握紧拳头为自己喊了一遍加油！接着提起速度，全力向前跑去。

这时，校门口一阵刺耳的汽车引擎声由远而近，守门的警卫还没回过神，只见大雨中，一抹耀眼的红色飞一般地冲进校门，眨眼之间就不见踪影了，要不是那轰轰的引擎声特别引人注意，恐怕没人相信有车子驶进了校园。

警卫呆呆地愣在原地，已然吓出了一身冷汗。这大清早的是撞了什么邪了，居然一连发生两起飚车事件，不禁让人怀疑圣起学院的警卫系统都是一些摆设。

还是一辆保时捷，只是这次的车款还未在中国上市，4S店昨天才新到的这款限量版预售车，目前在中国仅此一辆。然而却让慕夜枫一眼看中，于是二话不说就将新车开走了，连他刚修好的保时捷新款都不要了。

拉风的红色跑车飞驰在校园内，大雨中溅起一串又一串的水花。桑夏很不幸地再次被水花袭击，今天出门不利，连续被溅了两次水，真是倒霉透顶了。

"这里是学校，不能飙车，快停下来！"然而她关心的却是那辆红色保时捷的车速问题，担心那样的飙车速度会撞到人。

"吱……"一阵刺耳的急刹车声响起，红色保时捷的后轮硬生生地在地面划出一道优美的弧线，溅起满地的水花，车子稳稳地横在了道路中间。

桑夏一愣，脚步不自觉地慢了下来。只见红色保时捷突然朝她冲了过来，媲美光速。她瞬间惊得睁大眼睛，双脚恐惧地朝后退了两步，下意识地闭上眼睛。她以为是保时捷的主人听到她刚才讲的话，所以想报复她。

然而车子却在距离她一公分的地方停下了。多么惊险的一幕！驾驶座内，慕夜枫嘴角一斜，有些好笑地瞥了一眼大雨中的人影。这一瞥倒好，她居然就是那个搭乘他顺风车的女生，他立即挑高了双眉。

摇下车窗，他不耐烦地按响了喇叭。原本只是想吓吓她而已，因为她的出言不逊。却没想到这丫头竟然这么胆小，一下子吓得失去反应了。

被一阵喇叭声吓得睁开眼睛，桑夏这才发现红色的车头只距离自己一公分而已，高调而奢华的保时捷标志正在她的眼皮底下看得一清二楚，差那么一点点就要撞到了。

见桑夏还是没让开，慕夜枫再度按响喇叭。桑夏下意识地抬起头,视线笔直望去,下一秒,顿住!瞳孔渐渐放大,像是着了魔一般,她完全失去了知觉。

慕夜枫挑了挑眉,眼底出现不悦。这丫头是怎么回事,吓傻了吗?该死的鬼天气,雨那么大,他可没兴趣下车去提醒她回神,就让她在这里淋雨好了。

挂挡倒车,看在她被他吓傻了的分上,他就勉强将车子绕道而行。只是他刚刚将车子转弯,就看到那丫头疯似的冲了上来,差点跟他的车撞上。

慕夜枫不禁被她突如其来的举动吓了一跳,接着火大地摇下车窗,大吼:"喂,你想找死吗?"

桑夏一身湿淋淋地攀住他的车窗,脸上不知是雨水还是泪水。

"枫,是你吗?真的是你吗?你终于肯见我了……"

她一连串莫名其妙的话,听得他脑袋嗡嗡作响。她竟然知道他的名字,而且还亲昵地叫他"枫",这是怎么回事?难道又是老头子的一个骗局?以贺总管的精明,怎么可能会对一个陌生人如此热心?没错,一定是骗局,这根本就是老头子精心安排的变相相亲,而眼前这个哭得梨花带雨的丫头指不定又是哪位董事长的千金。

哼!这次倒是换花样了。他的嘴角邪魅地扬起,露出一个残忍的笑容。他不会让老头子如愿的,从来不会。

"这种把戏已经过时了,本少爷没那么好骗,建议你下次换点新鲜的。拜拜!"他大手一挥,毫不犹豫地踩下油门,车子箭一般地冲了出去。桑夏猝不及防,一个跟跄摔到了地上。可她却顾不得疼痛,一身狼狈地爬起,不甘心地追了上去。

"不要走,枫!不要丢下我……"她在大雨中拼了命地追,雨水肆无忌惮地将她全身上下都淋了遍。可那辆红色保时捷早已拐进了另一条路，不见了踪影。

她深爱的枫怎么会说出这样的话？难道是又是她眼花看错了吗？这段时间，她经常出现这种幻觉。可是像今天这样近在咫尺的观望，他的脸清清楚楚地呈现在她眼前，令她刻骨铭心的脸，她怎么可能会看错呢？这不是眼花，也不是幻觉。他一定就是枫！

上课铃声早已拉响，桑夏全身湿淋淋地出现在教室门口，全场哗然。班导惊讶地看着门口娇小的身影，忽然想到今天有转学生报到，校长还特别关照过，莫非就是她吗？

推了推鼻梁上的黑框眼镜，班导扬起笑脸，走到门口亲自迎接。

"你就是那个转学生吗？"

"对不起，老师，我迟到了！"桑夏窘着脸，连连弯腰道歉。

"没关系没关系，下这么大的雨，迟到也难免。哟，都淋成这样了，来，赶紧擦一擦。"说着，班导顺手从口袋里掏出一块方巾递给桑夏。

桑夏接过方巾，感激地看了班导一眼。她还以为像这种名校的导师都比较凶悍严肃，可没想这个班导对人的态度真不错呢！

"老师，请问可以上课了吗？"教室里一个不满的声音响起。

桑夏循声望去，只见一个打扮时尚，有一头妩媚卷发的漂亮女生正极不友善地盯着她。桑夏惊了惊，有些不自然地低下头去。

班导的脸色僵了僵，随即故作轻松地说道："好了，我们上课吧！那个……先让转学生自我介绍一下。"

桑夏闻言，尴尬地走上讲台。

"大家好！我是伊桑夏，刚从 C 城转学过来，以后请多多关照。"

话毕，底下一片唏嘘声。而那个卷发女生再度开口："C 城不是很穷吗？难道又是一个暴发户？"言语间充满了讽刺意味。

"哦……不是这样的，因为妈妈的工作关系才会到 Z 市来的。"

"是吗？"女生不屑地瞥了桑夏一眼，不再开口。

桑夏不自在地挠了挠头，她不知道自己第一天报到，那个女生为什么要故意针对她？难道这是圣起学院的打招呼方式吗？

正在这时，门口忽然出现一道修长的身影，没等桑夏转过头，教室里顿时沸腾起来，简直变成了典型的花痴集中地。所有女生全以倾慕的眼神望向门口，就差没流口水了。

桑夏顺势转头，这不看还好，一看便愣在了原地。慕夜枫显然也看到了桑夏，但他却视若无睹，脚步不停地走进教室。

"慕夜枫，你又迟到了。"班导生气地皱眉。

"那就把我开除吧！"他懒懒地丢出一句话，差点让班导气绝。

"你……"班导的脸一阵青一阵白，气得说不出话来。在这个学校，谁都知道慕夜枫的家世背景，就算是吃了雄心豹子胆也不敢得罪这位大少爷，更别说是开除他了，除非是不想在这个学校待下去了。

慕夜枫的出现换作平时，只是一件稀松平常的事。在一群花痴的尖叫声中进门，轻轻松松地与班导较量几句后，接着安然入座。但是,今天不同。教室里多了一个陌生人,她与其他女生一样紧紧注视着慕夜枫,而她却似乎比那些女生更加大胆。

"枫!"桑夏情不自禁地喊了一声,身子已冲上去,从背后抱住了慕夜枫。

全场震惊,教室里出现一瞬间的哑然!就连班导也惊愕地瞪大了眼睛,开始怀疑这堂课到底要不要继续了。

突然被一团暖暖柔柔的东西抱住,慕夜枫全身一僵,脚步霎时顿住。不用回头,他也知道是她。因为这里的任何一个人都不敢靠近他半分,除了她。哼!她还不死心吗?同样的招数被识破了还想故技重演吗?

嘴角掠过一丝冷笑,他狠狠掰开她箍紧在他腰间的手。转身,低下头,靠近她的脸,面无表情地丢出一句话:"听好,本少爷再说最后一次,离我远点!"

他的话刚落,桑夏的眼底便泛起了泪光。

"不要丢下我,不要……"拼命地摇着头,她的手再次倔强地箍紧他的腰。从小到大,只有他对她好,像公主一般将她捧在手心。母亲没有给她的爱,他给了她双倍的。她不要失去这种爱,更不要失去他。

慕夜枫不耐烦地皱起眉头,朝她大吼:"闭嘴,你想找死吗?"

见桑夏还不放手,底下的一群女生终于反应过来了,随即大声开骂:

"真不要脸,你居然敢当众抱着我们的慕王子。"

"对啊,你算什么东西啊!"

情况一片混乱,班导一脸黑线。

"好了!大家不要吵了,伊桑夏同学,请到座位上坐好,我们开始上课！"一场混乱的局面终于在班导的怒声中控制住了。

桑夏这才回过神来，自己身处教室之中，竟然忘情地抱着一个男生不放。

"对不起！老师。"她尴尬地低着头，找了一个空位坐下，视线却还是不停地瞥向慕夜枫。

慕夜枫沉着脸，走到靠窗的那排最后一个座位坐下，与桑夏隔了两排座位。

"该死的！沾了我一身水。"慕夜枫郁闷地蹙紧眉心，一脸嫌恶地拍了拍衣服上的水珠。前排的人忽然递上一张纸巾，他下意识地抬头瞥了一眼，也不管是谁，伸手就接过纸巾擦拭起来。

前排的那位女生显然乐翻了，激动得差点叫出声来。而这女生不是别人，正是刚才对桑夏鸡蛋里挑骨头的卷发美女。

这个女生叫顾曼倩，家世显赫，父亲是Z市的市长，长相又出众，一度成为圣起学院公认的校花。只是这位大小姐眼高于顶，屁股后面虽然不乏人追，却一个也看不上眼。自从慕夜枫转学过来后，她几乎是一见钟情，当下就确定了目标。

可惜的是，任她如何搔首弄姿，扭腰翘臀，就是没能让慕夜枫正眼瞧过一眼。让她的自信心极度下降，事关面子问题，从小到大只要是她想得到的东西就从来没有失手过，所以，慕夜枫虽然态度冷酷，但是她一定会追到他。

"嘿，你叫伊桑夏吗？"耳边突然想起一个细细的声音，桑夏下意识地转过头，只见她后排的一个短发女生正笑眯眯地看着她。

这个女生有一头毛绒绒的碎发，圆圆的脸，小巧的鼻子，两只眼睛弯成月牙状，声音细细的，柔柔的，好可爱的女生！

让她不自觉地联想到樱桃小丸子。

"嗯,你好!"

"我叫祝圆圆,很高兴认识你。"

"我也很高兴认识你。"桑夏依旧礼貌地回礼。真的是人如其名,哦不,应该是名如其人才对。长得圆圆的,名字也叫圆圆,她打从心底喜欢这个女生。

下课铃声响起,教室里立刻陷入一片混乱,班导无奈地摇头离去。众人全都为刚才的一幕兴致勃勃,个个好奇地向桑夏凑了过去。而显然,这绝大部分的人都怀着嫉妒之心,一副恨不得将桑夏生吞活剥的样子。

一瞬间被围堵在座位上的桑夏进退两难,心想快点离开座位去找枫,可无奈这群人将她围得严严实实,就连空隙都不留。

"喂,伊桑夏,你有什么资格去碰我们的慕王子?吃了豹子胆了吗?"为首的顾曼倩首当其冲地朝桑夏开火。

"什……什么慕王子?我不知道你们在说什么。"对于这些莫名其妙的控诉,桑夏只感觉一头雾水。她的枫什么时候变成了慕王子?

"哈,居然给我装糊涂。别告诉我你不知道你刚才抱的那个就是慕王子。"顾曼倩冷笑一声,满脸的鄙视。

桑夏如实地摇摇头,她真的不知道他还有另外的称呼,更没想到他会在这个学校读书。他是孤儿,虽然靠着养父母留下来的财产可以充裕度日,但是绝不会奢侈,更不会开跑车,读名校。她不知道他失踪的这段时间发生了什么事,以前一直听他在说要找父母,或许真的让他找到了,而他的父母恰好是有钱人,所以他才会如此改头换面了。

对，除了这样，她没有别的理由可解释了。

"当我们是三岁小孩儿这么好骗吗？我可事先警告你，要是再让我看到你去纠缠慕夜枫，有你好看的。"撂下一句狠话，顾曼倩卷发一甩，嚣张地离去。

剩下一群看好戏的人见主脑人物都退场了，便纷纷作鸟兽散。

桑夏依旧不明所以，不知道那个女生为什么要如此针对她，难道与枫相认也有错吗？

"那个女生是谁？她为什么要说那样的话？"桑夏转过头问祝圆圆。

"她叫顾曼倩，算是我们学校的校花。她爸爸是Z市的市长，家世显赫，所以在学校，几乎没人敢得罪她，就连导师都忌她三分。她喜欢慕王子很久了，可慕王子却连正眼都没瞧她一眼。刚才的话就是在警告你不要跟她抢慕王子，否则你会倒大霉的。"祝圆圆将自己所知道的事情都一五一十地告诉了桑夏。她第一眼看到桑夏，就觉得她是个心地善良的女生，所以想跟桑夏做个朋友。

"啊，原来是这样。那我可要小心喽！"桑夏调皮地吐吐舌头。

"可是说起来桑夏你真的好勇敢哦，居然敢当众抱住慕夜枫，刚才真的吓到我了。"

桑夏尴尬地挠了挠头，傻笑了一声："没有啦，只是我太久没见到他了，有些激动。平常不会这样的。"说实话，她也有些惊讶自己的举动，没想过会当众做出这样的动作来，现在想想真是尴尬死了。

"哦？你跟慕王子很熟吗？"祝圆圆的八卦本性渐渐暴露

出来了。

"我们认识两年了,只是……"在暑假的那一天,他不知道为什么突然向她提出了分手,之后就消失无踪了。不过幸好,她还是找到他了,但是不知道为什么,他的态度与个性变了好多,而且居然装作不认识她。想到这里,桑夏不禁伤心起来,看来他是铁了心要跟她划清界限,成为陌路人。

"只是什么?"祝圆圆穷追不舍,势必打破砂锅问到底。

桑夏僵笑了一下,摇摇头道:"没什么,都是过去的事情了。对了,你们为什么叫他慕王子?他怎么变成了王子?"她认识的枫只是一个无父无母的孤儿啊!

"你不知道吗?慕夜枫是这学期转到我们学校的,凭借帅气的长相和出色的学业,迅速荣登了校草宝座,被全校女生当成了王子一样的人物,而且他家超级有钱,所以大家就自然地叫他慕王子了。"

听了祝圆圆的话,桑夏了然地点了点。他也是转学过来的,这就没错了。慕夜枫是他的本名吗?名字里面还是带了一个她最喜欢的"枫"字呢!

"哦,对了!你刚转来学校,一定对学校地形不熟悉,不如我带你去转一圈吧!"

"真的吗?谢谢你,圆圆!"桑夏欣喜万分。转学来第一天就能交到一个好朋友,又能找到枫,真是开心呢!

暮色降临,一阵刺耳的汽车引擎声由远而近,没过多久,只见一辆眼熟的红色跑车急速地驶进了别墅大门。别墅大得惊人,以至于站在大门口望去,竟然只能看到主楼的大致轮廓,那是一幢圆顶设计的建筑,气势如虹,壮观得犹如一座城堡。

从大门口通向主楼的大道亦有两百米的距离，两旁青松耸立，十分气派。红色跑车箭一般地穿过大道，笔直钻进了地下停车场。

"少爷回来了！"大门拉开，两名用人恭敬地立在门旁。

慕夜枫扬着下巴，双手插着裤袋，一脸桀骜不驯地进门。贺雷鸣闻声匆匆赶来，一见到慕夜枫，立刻恭敬地鞠了个躬，道："少爷，董事长回来了。"

"是吗？"慕夜枫双眉一挑，眼底满是不屑。到底还是回来了，他可是看着秒针在等。

"您要不要去一趟书房？"贺雷鸣好心建议。

"我凭什么？贺总管最近是不是太闲了？"慕夜枫"阴险"地眯起双眼，看到贺雷鸣，他就不自觉地想起了伊桑夏。

"哦……少爷这话是从何说起？"

"哼！老头子要安排什么人跟我见面，最好换点新鲜的招数，这种一拆就穿的烂把戏你们没玩腻，我还看腻了呢！"他依旧扬着下巴，趾高气扬地丢出一句话，头也不回地朝楼梯走去。

"烂把戏？什么意思？"贺雷鸣完全摸不着头脑，不知道慕夜枫在说什么。

慕夜枫走上二楼，经过书房门前时，见门没关紧，便斜了一眼，竟然瞥见书房内烟雾缭绕，顿时皱起了眉头。停下脚步，他有些愤然地踢门进去，惊动了书房内的身影。

慕宏业下意识地转过头，见自己的儿子正黑着脸走了进来。

"你回来了？"

"把书房搞得乌烟瘴气，你是嫌自己的命太长吗？"慕夜枫没有理会父亲的招呼，径直走到他面前，一把夺过他手中的半截烟，狠狠扔到地板上踩灭。

慕宏业愣了愣,手指仍然维持着夹烟的动作,嘴角却浮起一丝不易察觉的微笑。

"臭小子,明明很关心爸爸。"

"哼,自作多情。"他不屑地瞥了慕宏业一眼,转身正准备走人。

"听贺总管说,今天你又买了一部车?"

慕夜枫闻言,扬了扬嘴角,一脸嘲讽地说:"怎么?是在心疼你的钱吗?没关系,你大可不必把我带回来,这样就不用担心我乱花你的钱了。"

"爸爸不是这个意思,只是……"

没等慕宏业把话说完,慕夜枫便不耐烦地接了过去:"只是什么?只是因为你赚钱不容易,想叫我节省一点吗?呵呵,真是好笑,你慕董事长一秒钟几十万上下,还会在乎这小小的一部车吗?当初那么拼命地赚钱,以至于连我妈临死的时候也没时间看上一眼,我真的很想问一声,赚那么多钱难道不是用来花的吗?"

慕夜枫的话句句犀利,让慕宏业毫无还击的余地。

"算了,你爱怎么样就怎么样吧!以后我不会再限制你的经济。"慕宏业无奈地叹了口气,最终还是选择了妥协。对这个儿子,他真的是亏欠太多,所以才毫无节制地任其挥霍,只希望他现在的放任不要造成无法弥补的后果才好。

"那我可真要谢谢慕董事长的大方了!"慕夜枫不痛不痒地丢出一句话,移动脚步朝门口走去。

"对了,明天是你母亲的忌日,一起去扫墓吧!"

慕夜枫的脚步突然停止,冷笑了一声:"真意外,你还记得。"他的言语间,透露着浓浓的讽刺。慕宏业无奈地叹了一声,这么多年了,他知道自己始终无法弥补。

"枫儿,一切都是爸爸的错,是爸爸对不起你!"

"哼,这些话留着到妈的墓前说吧!"脚步继续,这次他是头也不回地走出了书房。他从来不给他忏悔的机会,因为不管做什么,一切都无法挽回了。

同一片夜空下,伊家。

今天对于桑夏来说,真是幸运的一天。虽然天气不好,早上又碰到了点倒霉事,可是好事却接二连三地发生了。

而此刻,母亲坐在沙发上翻着杂志,她则是在厨房忙活着晚餐。从她懂事起,家里的三餐包括家务都是她一手包办的,母亲从来不动手,也不会帮她一把。一开始,桑夏也觉得挺委屈,别人家的小孩都是有父母捧在手心,而她却要干那么多活,有时候她甚至觉得自己不像是女儿,倒更像是个保姆。

不过后来长大一些,她就渐渐学会了自我安慰。母亲是公众人物,比较在乎形象,全身上下都要求完美无瑕,要是天天干家务,把手弄粗了怎么办?所以,她就这么告诉自己,女孩子长大了,承担家里的家务是理所当然的事。

桑夏进厨房十多分钟后,便端着一盘热腾腾的鱼汤出来了。这是她的拿手好菜,鱼头豆腐汤,养颜又滋补,最适合母亲了。

"妈妈,可以开饭了。"她笑嘻嘻地招呼沙发上的母亲。

伊莎华闻言,转头瞥了一眼餐桌上的菜,才起身走了过来。

"今天去学校,还习惯吗?"没有过多的表情,伊莎华随口问了一句。

桑夏第一次听到母亲主动问起自己的情况,当下就欣喜若狂。

"嗯，挺好的！我还遇到……一个朋友。"以前，她没敢将自己交男朋友的事情告诉母亲，怕母亲骂她不务学业。虽然交男朋友并不是什么大不了的事情，可她还是不知道该怎么开口。既然从来都没有说过，那么现在也只好继续瞒下去了。

伊莎华只是有些意外地瞥了她一眼，倒也没有怀疑。

"没遇到什么人吗？"

"没……没有啊！对了，妈妈今天怎么回来了？前几天不是刚刚接了一部大戏吗？"桑夏机灵地转移话题，不想再让母亲继续追问下去，否则她怕自己那点心思迟早会被母亲看穿。

伊莎华果然转移了注意力，说起她今天回来，当然是有目的的。

"明天是个很重要的日子，所以我一定要回来。"她的嘴角扬起一个冷酷的微笑，眸子闪过一丝异样的光芒，视线牢牢地盯着盘里的鱼头，仿佛要将它看穿。

桑夏忍不住打了一个冷战，这样犀利的目光居然来自她的母亲，真是不可思议。她从来没有见过母亲会出现这种表情，就好像猎人准备去捕杀猎物时露出的那种血腥之色。

第二章　那个恶魔一样的男生

晨光微露，枫林山的公墓园中，慕宏业穿着一身裁剪贴身的手工西装，戴着一副茶色的太阳镜，黯然立于一个墓碑前。墓碑上的照片是一个三十岁左右的女人，明媚动人，脸上洋溢着幸福的笑容。她正是慕夜枫死去的母亲，慕宏业的妻子。

在慕宏业身后不远处的一棵松树旁，慕夜枫正眯着眼，斜倚在树干旁纳凉。虽然是早晨，但是天气还是热得很。故意不与慕宏业站在一起，是因为他不想听到任何忏悔的只言片语，更何况，他早在前几天就来祭拜过母亲了。

"少爷，时间不早了，您是不是先去上炷香，再去上课？"贺雷鸣走过来低声提醒。

"不用了，我先走了。"他今天会来这里也只不过是出于好奇而已，好奇他的父亲，他母亲名义上的丈夫，真的是发自内心来扫墓的吗？

"哦……我去跟董事长说一声吧！"

"贺总管，你可真是个尽职的好下属。"他拍了拍贺雷鸣的肩膀，用眼神冷冷地警告。贺雷鸣脸色一僵，再也不敢多说一个字，只能眼睁睁地看着慕夜枫走下山去。

慕夜枫下山的时候看到一个身姿妖娆，戴着墨镜的女人与他擦肩而过，那女人还刻意看了他一眼。慕夜枫皱了皱眉，虽然戴着墨镜，但这张脸似乎有点眼熟，却又一时想不起在哪儿见过，于是便没有去理会。

走到山脚下的时候，发现车子旁立着一个人影。他定睛一看，居然是伊桑夏，眉头当下就聚到了一起。她为什么会在这里？难道又是老头子故意安排的把戏？

"枫！原来真的是你，刚刚看到你的车子在这里，我还不敢相信呢！"桑夏抬头看到慕夜枫的身影，立刻扬起灿烂的笑脸迎了上去，那样的笑简直让阳光都为之逊色，慕夜枫一时有些恍惚。

等他恢复正常的时候，桑夏已经站到了他面前，正笑嘻嘻地看着他。

"让开。"他冷冷地皱着眉，毫无情绪地丢出两个字。

桑夏委屈地噘了噘嘴，低下头乖乖闪到一边。慕夜枫愣了愣，意外地挑了挑眉斜睨她一眼。咏，看来还是有一点自尊心。

扬着下巴走到车子旁，他不发一言地钻进车内，正要发动引擎，突然发现副驾驶内多出了一个人影，他转头一看，瞪大眼睛吓了一跳。

"喂，你干什么？"

桑夏还是仰着一张迷死人不偿命的招牌笑脸，扯着他的胳膊说道："去学校吧？"

"见鬼，谁准许你上车的？"慕夜枫气得差点冒烟。没见过这么死缠烂打又烦人的女生，他开始怀疑她究竟有没有一点矜持之心。

"我自己啊！从这里到学校坐不到公车，也拦不到计程车，当然要搭乘一下顺风车了。"桑夏说得理所当然。以前一定是她做得不够好，什么事情都要依赖枫，还经常任性无礼，闹小孩子脾气，所以才让他失望了。这一次，换她追求他了，无论如何，都不能再闹脾气，要性子了。

慕夜枫一定是气疯了才会语无伦次，没经大脑思考竟然吐出这么一句话："谁让你跑来这里的？大清早闲着没事干跑来墓园，你是有鬼癖吗？"

"鬼癖？！什么意思？"桑夏皱起眉头，一脸不解。

"我为什么要告诉你这个白痴，再不下车，我就把你扔下去。"

桑夏笑得更加灿烂了，"我很重的哦，你扔不下去的。"

慕夜枫完全无语地翻了个白眼，还真像个打不死的"小强"，怎么撵她都不下车，难不成真要让他使用暴力吗？打女生……不是他的作风。但是……要让他载她一起去学校，那不是刚好称了老头子的心意吗？

哼！没那么容易。他猛地推开车门，下车后迅速绕过车头，走到副驾驶座拉开车门，一把抓住桑夏的胳膊，硬是将她拖下了车。

由于用力过猛，桑夏惊叫一声，脚步踉跄地向后倒去。慕夜枫下意识地伸手想去拉她，却又想起这也许是老头子的阴谋，于是又缩了手。眼睁睁看着桑夏跌倒在地，他冷着脸坐回车里。硬是对她视而不见，车子飞一般地驶离了墓园。

看着红色保时捷远离，桑夏呆呆地跌坐在地上，抱着膝盖，膝盖上渗出殷红的血丝，伴着一大块紫红的瘀青，疼痛难忍。他真的这么讨厌她了吗？在他眼中，她看到的只有烦躁、恼怒和不屑，甚至连一点点的温柔都不复存在。他为什么像陌生人一样对她？为什么……为什么会变成这样？

泪水不争气地滑落,滴在了受伤的膝盖上,一阵刺痛传来,让她忍不住皱起了眉头。只是,膝盖再痛,也比不上心里的痛。他……竟然把她当成了避而远之的陌路人,不,是比陌路人还糟糕。

一瘸一拐地走到教室,上课时间已经超过了很久。教授正在讲台上讲课,见桑夏迟到,立刻竖起了眉毛。

"伊桑夏,为什么迟到?"

"老师对不起,因为来的时候摔了一跤,所以才耽误了上课时间。"她如实地说明理由,并将受伤的膝盖抬了起来。

教授一看她膝盖上的瘀青和血丝,立刻明白了一切,于是消退了怒火,挥手让桑夏去座位上坐好。

桑夏感激地鞠了躬,接着一瘸一拐地走到座位上,小心翼翼地坐了下来。她的动作一丝不漏地全数落入慕夜枫的眼中,他撇撇嘴,一脸的不以为然,眼底却透露着隐隐的心虚,毕竟是他害她跌倒的。

桑夏刚坐下来,后座的祝圆圆便忍不住关心地问她:"桑夏,你的膝盖还好吧?怎么会弄成这样呢?"

"哦,早上去墓园回来的时候出了点小意外。"她一边说着话,视线却不由自主地瞥向了慕夜枫的座位,而此刻,慕夜枫却将视线转向了窗外,她只能看到他的侧脸。

"唉!真是太不小心了,等下课我陪你去医务室消一下毒,应该没什么大问题的。"看圆圆一脸的担心,桑夏的心暖暖的。

下课铃声响起,桑夏刚想起身,却不料一只大手握住了她的手臂,将她从座位上拉起。

"跟我去医务室。"慕夜枫面无表情地丢出一句话,完全是命令式的口气。

桑夏一时没有反应过来,"啊"了一声。慕夜枫皱眉,二话不说拉着她就往教室门外走,全体同学震惊。人群中,一双愤怒的眸子正狠狠地盯着两人离去的背影。

慕夜枫拉着桑夏的手臂,大步朝医务室走去,完全没有顾及桑夏受伤的膝盖,根本跟不上他那样的走路速度。

"枫,慢一点……我疼。"在咬牙忍受了一条走廊的路程后,桑夏终于坚持不下去了,膝盖传来麻木的痛楚让她的眼泪都掉了出来。

慕夜枫这才意识到自己的脚步太快,一点也没想到她受伤的膝盖,可她竟然还能忍受着走过长长的一条走廊,他顿时对她刮目相看。用打不死的"小强"来形容她,真是最贴切不过了!

他没有开口,只是脚步明显地放慢了许多,拉着她的手依旧没放。两旁经过的学生全都不可思议地盯着慕夜枫和桑夏两个人看,仿佛是看到了本世纪最奇怪的事情。可慕夜枫却丝毫没有理会,一直走进医务室的大门,他才终于放了手。

"帮她处理一下伤口。"对校医的态度,他还是冷冷的,不带一丝温度,仿佛所有人都欠了他债一样,桑夏不悦地皱起眉头,以前的枫可是温柔得像王子一样,为什么才短短一个暑假,他就像变了一个人似的。

校医是一个二十多岁的年轻人,长得白净秀气,戴着一副金边眼镜,穿着一身白大褂,看起来就是那种学识渊博的知识分子。只见他坐在办公桌前,抬头瞥了慕夜枫一眼,却没有理会他。慕夜枫从来没有踏足过校医务室半步,而现在第一次进来却吃了瘪。这个见鬼的校医居然敢无视他,他的骄傲和自尊怎么能容许这样的事情发生。

"喂,你聋了吗?没听见我的话吗?"

半响,校医才站起身,走到门前,指着门上面的一张告示牌,不疾不徐地吐出一句话:"安静一点!"

慕夜枫定睛一看,发现那张告示牌上写着:禁止大声喧哗!

啊……他当下就吃了个哑巴亏,脸色一阵白一阵青,却说不出一个字来。

桑夏忽然觉得一阵好笑,忍不住捂嘴偷笑起来。

"你个白痴还敢笑?"

"对不起……我只是忍不住嘛!明明那么大的一张告示牌,为什么进门的时候没看到呢?"桑夏憋红着脸,硬是逼自己不准再笑。原来他的个性还有这么可爱的一面呢!以前怎么没有看出来呢?

"你……想找死吗?"慕夜枫的表情更加窘迫了,那样子恨不得将桑夏摁在地上扁一顿出气。

"你要是再吵的话,就请你出去!"校医冷不防下达驱逐令,成功让慕夜枫闭了嘴。

校医见他不再说话,便开始为桑夏处理伤口。桑夏感动地看了他一眼,开口:"枫,谢谢你送我到医务室。"

慕夜枫黑着一张脸靠在门框边,狠狠地瞥了她一眼,"少自作多情,你的伤是我造成的,现在送你到医务室,正好谁也不欠谁了。"

"哦!"她眼神一暗,失望地应了一声。

校医抬头瞥了桑夏一眼,说道:"伤口不深,我刚刚已经消了毒,因为天气热,所以不宜包扎,为了避免伤口感染,你回去以后要记得每天擦这个药水,还有要注意伤口不能碰到水,差不多三天就可以恢复了。"说着，他将一瓶红色的药水瓶交给桑夏。

"谢谢医生，我知道了。"接过药水瓶，桑夏感激地向校医道了谢。

"快上课了，动作快点。"慕夜枫不耐烦地催促，人却已经转到了门外。

回教室的途中，慕夜枫没有再拉桑夏的手，任由她一瘸一拐地跟在身后。

"伊桑夏，我最后警告你一次，不管你是不是老头子安排的人，总之，不要再缠着我。"

"为什么？是不是因为那个女生比我漂亮，所以你才不要我了？还是因为你变有钱了，所以嫌弃我了？"

慕夜枫郁闷地皱起眉头，听得一头雾水。

"你在说什么鬼话？"

见慕夜枫的脚步加快，桑夏不顾膝盖的疼痛，硬是咬牙追了上去，一把圈住了他的腰。

"枫，如果是我做错了什么，你才不要我，那么你告诉我，我一定会改的。我知道我爱无理取闹，爱耍小孩子脾气，你一定觉得很烦，以后我会改，一定会改的，求求你不要丢下我！这个世界上只有你一个人关心我，对我好。"说话间，她的泪水也不知不觉地滑落，浸湿了他的T恤。

慕夜枫僵直着身子一动不动，竟然忘记了推开她，任由她这样紧紧抱着他。她所说的话不像是假的，如果不是她演技太好，那么这一切就是真的。可是为什么偏偏会找上他？在这之前，他从来都没见过她，而她的表情却好似在指控他是一个薄情寡义的负心人。

许久之后,他转过身掰开她的手,低头瞥了一眼她哭得梨花带雨的脸,他的心竟然莫名地烦躁起来。这可不像他,他从来不会对任何人起恻隐之心。

"我不认识你!你找错人了。"这是他最大限度的提醒。

桑夏惊愕地看着他,"你不认识我了?"难道他出了什么意外,失去记忆了吗?

"我发誓我从来没有见过你。"

"枫,你是不是出了什么意外,失去记忆了?"她担心地扯着他的衣袖追问。

"见鬼,你说够了没有?现在,立刻,放开你的手!"慕夜枫的怒火已经忍无可忍,真是越说越离谱了。他明明好端端地活了二十个年头,居然敢编出这种荒谬的借口说他失忆了。韩剧里面老掉牙的剧情也好意思搬出来骗人,他真是高估她了。

桑夏被他的怒气吓到,双手不自觉地松开。慕夜枫怒视了她一眼,转头就要走人。

"等一下!"桑夏忽然像是做了什么决定似的,快步追上去拉住他的衣襟,"你不认识我没关系,我认识你就行了。枫,从现在开始换我来追你,好吗?"

"终于说出你的目的了。"他的嘴角扬起一丝邪恶的弧线,看来他的猜测还是很准确的,不管用什么招数,他都会一一拆穿,"想要成为我女朋友的女生可多得是,你自认为可以吗?"

桑夏闻言,疑惑地皱起了眉头。

"你说得没错,想成为你女朋友的女生很多,可是没关系啊,以前你会选中我,我相信这次也会选我的。"

看着桑夏坚决的表情,慕夜枫只觉得一阵可笑。这天底下喜欢好高骛远的女人还真多!

"那就等着瞧吧!看你能有多大的本事让本少爷喜欢上你。"

日落西山,枫林洞别墅区。

桑夏刚刚掏出钥匙准备开门,却发现门虚掩着,难道母亲还没走吗?于是她顺手推门进去,喊了一声:"妈妈,我回来了!"

只是半晌也没听到屋里有回应,桑夏疑惑地皱起眉头,伸头看了看客厅,难道不在吗?可是不在的话又怎么会不关门呢?突然一个可怕的想法从脑子里蹦出来——入室抢劫?天哪!这可不是闹着玩的,怎么办……怎么办?她要不要报警呢?

正当她彷徨之际,屋内传来伊莎华优雅的声音。

"宝贝回来啦!快点洗手吃饭,妈妈今天亲自下厨做了一桌子好菜。"

宝贝?!桑夏的下巴差点掉下来。她那个冷漠的母亲什么时候叫过她这么亲昵的称呼,今天是怎么回事,中了六合彩吗?

一脸惊愕地看着餐桌上丰盛的菜,桑夏完全傻眼了。她完全不知道母亲竟然有这么好的厨艺,但是为什么母亲从来都不愿意下厨呢?

"哎?你这孩子愣着干什么,快去洗手呀!"今天的伊莎华与平时完全判若两人,不知道是受了什么刺激。

桑夏呆呆地点了点头,转身绕进洗手间,脑子却还是没有反应过来。

吃饭的时候,伊莎华一个劲地帮桑夏夹菜,还时不时地嘱咐她多吃点,说她太瘦了,女孩子长得匀称点才好看。桑夏一肚子的疑惑,却又不敢问出口,怕会破坏母亲难得的好心情。

"妈妈不用去拍戏了吗?"

"拍完了,我打算在家休息一段时间,好好照顾你。以前是妈妈太忙了,所以一直没有时间好好照顾你,以后,妈妈会经常抽空回来。桑夏,你会怨妈妈吗?"

桑夏赶紧摇摇头,道:"不会,我知道妈妈工作忙。"

"乖女儿!"伊莎华笑眯眯地摸了摸桑夏的脑袋,"你的脸色似乎不太好?学校里发生什么事了吗?"

"没什么啦,不小心摔了一跤。"桑夏尴尬地抓了抓柔顺的长发,对母亲突如其来的关心有些受宠若惊。

"什么?摔了一跤?伤哪里了?让妈妈看看。"伊莎华紧张地皱起了眉头,捧着桑夏的脸左看右看。

"不是脸上啦,是膝盖擦伤了。"桑夏的脸被伊莎华转来转去,转得她头都晕了。

"还好不是在脸上,不然这么可爱的一张脸可就毁了。"听了桑夏的话,伊莎华才松了一口气停下了动作,将视线转到了桑夏的膝盖上。

"妈妈担心我会嫁不出去吗?"

"当然不是,我女儿长得这么可爱,成绩好,又会做家务,又会体贴人,怎么会嫁不出去呢?"说起这一点,桑夏是值得她骄傲的。

"啊,妈妈不要夸我了,我如果有这么好的话,他就不会不要我了。"伊莎华的一句话,说到了桑夏的伤心处。

伊莎华眼波微转,桑夏的话虽然小声,但还是让她听到了。

"他?哪个他?"

"啊?没……没什么啦!妈妈听错了。"桑夏发觉自己竟然在母亲面前说漏了嘴,顿时一脸慌张地摇头否认。

"自小到大你一说谎就脸红,不要骗妈妈。是不是有喜欢的男生了？男大当婚，女大当嫁，找男朋友也不是见不得人的事，妈妈不会骂你的。快说说，是什么样的男生偷走了我女儿的心？"

被伊莎华这么一逼，桑夏实在隐瞒不下去了，便全数招了出来。

"他……是我的同班同学，在学校很受欢迎，其实我已经认识他两年了，可是就在暑假的时候，他突然提出了分手，不要我了……"说着伤心事，桑夏委屈地撇撇嘴，眼泪差点又忍不住掉下来了。

伊莎华一字一句地听着，眼底渐渐浮现不易察觉的笑意。

"你说的这个男生叫慕夜枫对不对？"

"哎？妈妈怎么会知道？"桑夏惊讶地瞪大眼睛。

伊莎华神秘地笑了笑："你以为妈妈当真不关心你吗？妈妈已经打电话向你们班导咨询过了，说你在入学第一天当众抱住人家不肯放手，有这回事吗？"

"啊？连这个都知道哦……"桑夏一脸窘迫地低下头，脸颊渐渐羞红。

"我女儿现在在学校可是名人呢！那个慕夜枫确实挺优秀，不论人品长相还是家世背景都很不错，你要是能和他在一起，妈妈不但不会反对，而且还会坚决支持。"

"妈妈说的是真的吗？真的不反对我谈恋爱吗？"桑夏喜出望外，似乎完全没想到母亲会如此通情达理，不但不责怪她不误学业，而且还支持她去谈恋爱。这真是太出乎她的意料了！

伊莎华毫不犹豫地点点头，看着桑夏开心的表情，她扬起嘴角，笑得风华绝代。然而，脸上的笑意却没有传达到眼底。

金风送爽，美丽的九月处处洋溢着温暖的气息，正如桑夏此刻的心情。虽然慕夜枫说不认识她,但是她不会放弃,就算从零开始,她也要追到他。再说,有了妈妈的支持,她便可以毫无顾忌地放胆去做了。

看着篮球场上英姿飒爽的一群人,她的目光始终牢牢注视着那个耀眼的身影。不论何时,他总是最夺目的一个,不用她刻意去寻找,只一眼就能看到。

今天是校际篮球联赛的第一场,作为校篮球队的主力选手,慕夜枫当仁不让地成为第一场出赛队员。基于慕夜枫在学校的人气,学校特别出动了一队警卫维护秩序,以免引起不必要的躁动。

现在是上午九点,体育馆内的篮球场上双方队员正在做热身运动,而球场周围宛如明星演唱会一般,围满了人群,甚至有人还夸张地举着慕夜枫的牌子助威,场面空前火爆。

桑夏与众多学生一样被挤在人群中不得动弹,虽然热得汗流浃背,但是为了不错过慕夜枫的每一个精彩动作,她还是咬牙坚持下来了。后来多亏了祝圆圆的帮忙,她才挤到了最前面,正好是对着篮球框的位置,能清清楚楚看到球员每一个投篮的姿势。

"桑夏,你有没有买矿泉水?"

"啊,糟了,我刚才来得太匆忙,忘记买了。怎么办?"桑夏一脸焦急。

"我就知道,喏,给你!等下别忘了中场休息的时候,第一个冲上去送水,不然就被那些人捷足先登了。"祝圆圆无奈地白了桑夏一眼。幸好她早有准备,不然就要错失良机了。天知道现在这人流量,想要挤出去买水有多难。

"圆圆你真好。"桑夏笑眯眯地接过矿泉水,亲昵地凑过头去磨蹭着祝圆圆的脸。

"不要靠我那么近,受不了的。"祝圆圆赶紧一把推开桑夏的脑袋,忍不住打了个冷战,差点鸡皮疙瘩掉一地。

忽然听到一声哨响,接着周围一群举着牌子的女生开始躁动起来:"哇,开始了开始了,慕王子好帅啊!"

桑夏僵硬地扯了扯嘴角,对那群女生的夸张举动有些烦感。

这时,一个眼熟的身影朝这边走了过来。桑夏还没看清楚那人的脸,便听到圆圆的声音在耳边响起:"顾曼倩?她朝我们走来干什么?"

听到"顾曼倩"三个字,桑夏怔了怔,心忽然莫名地惶恐了一下。自从她转学过来后,这个顾曼倩一直对她冷嘲热讽,态度恶劣,只因为她经常缠着慕夜枫。不知道这回又有什么借口找她麻烦。

思忖间,顾曼倩已经走到她们面前,趾高气扬地斜睨着桑夏与祝圆圆。

"喂,你们两个到底是不是我们班的学生,竟然脱离班级队伍,孤立在这里?"

"啊?"桑夏傻眼。原来是因为这事啊!

祝圆圆可是得理不饶人的,立即仰起头反驳了过去:"你们不是一向排挤桑夏吗?今天为什么又突然要让我们加入队伍了?"

祝圆圆一连两个问题丢出,顿时让顾曼倩哑口无言。

"哼!也不看看今天是什么场面,校际联赛可是公众赛,作为慕王子的同班同学,不站在一起助威加油像话吗?"

顾曼倩好不容易为自己找了一个冠冕堂皇的理由,这下让桑夏她们不得不乖乖加入她们的队伍。虽然不是很愿意,但看在同学的分上，也就勉强站到一起吧！

球场上战况激烈，双方队员的实力可说是旗鼓相当，慕夜枫虽然球技出众，但似乎受到了对方的恶意夹击，以至于投球连连失误。上半场就在争执不清的情况下结束了。裁判员哨子一响，众花痴便一股脑儿地冲了上去为自己的偶像球员送水递毛巾，当然，就数慕夜枫的后援队数量最多。

半场赛下来，慕夜枫早已热得汗流浃背，气喘连连了，此刻却还要面对这一大群叽叽喳喳吵个不停的花痴，差点没直接挥拳揍人！

桑夏眼睁睁地看着一群女生一窝蜂地冲上去，自己却还是慢了一步，只能拿着矿泉水干站在最外围远远地望着慕夜枫满头大汗的脸。

这时，突然听到慕夜枫大吼一声："离我远点！"接着嘈杂声瞬间停止，那群女生乖乖地退到了一边，谁也不敢再靠近慕夜枫半步。

这么一大群女生围着他，简直比死还难受。慕夜枫皱着眉头从人群中快步走出，刚好朝桑夏站立的方向走来。

桑夏定定地看着他走近，心想把矿泉水递给他，可鉴于刚刚那个场面，那么多女生递给他水，他竟然一个都没有接受，那么她的水……他会接受吗？毕竟，他是那么急切地想与她划清界限，甚至说，他不认识她。

正当桑夏踌躇之时，手中的矿泉水瓶突然被抽离，她回过神儿，正巧看到慕夜枫一脸理所当然地抽出她手中的矿泉水，一边走一边拧开盖子仰头猛灌了几口，这意外的举动让在场所有的花痴女震惊了。

一瞬间，众多怨毒的眼神齐刷刷地向桑夏袭来，就连一旁的祝圆圆也看呆了。慕夜枫口口声声说要桑夏离他远点，可为什么在这种场合又偏偏谁的水都不接受，只是拿了桑夏手中的那瓶廉价矿泉水。这其中一定有问题！

"伊桑夏，我们可真是小瞧你了。"耳边传来一个凉凉的声音，桑夏郁闷地皱起眉头，这下麻烦大了！

不出所料，一群女生集体围攻桑夏，甚至连祝圆圆也一并没有放过。篮球场上顿时一片混乱，警卫见状立刻上前维持秩序，以免影响下半场比赛。

因为慕夜枫小小的一个动作，桑夏就成了众矢之的，遭到集体轰炸。想必明天早上的学校公告栏上，就会贴上一条新闻：×年级×班的伊桑夏同学不幸成为学校全体女生的公敌，惨遭慕王子后援队围攻。

可是，慕夜枫为什么会突然拿走了她的矿泉水呢？

在警卫的维持之下，桑夏好不容易和祝圆圆挤出了人群。正想离开球场，却突然听到了顾曼倩的话，而硬生生地止住了脚步。

"你们再吵的话，小心我上报教务处，说你们以多欺少，平白无故围攻学生。"

顾曼倩居然会帮她们讲话？桑夏惊讶地睁大眼睛看着她，简直不敢相信自己的耳朵。

那群女生见顾曼倩开口，便纷纷闭了嘴，可也有个别不怕死的顶了嘴。

"顾曼倩，你不是也喜欢慕王子吗？为什么要帮这丫头说话？"

"伊桑夏是我们班的学生，身为班长，我当然得保证班上的学生不受欺负。这跟喜不喜欢慕王子是两回事！听明白了吗？"

一句话让那个强出头的女生乖乖噤了声，接着一大群人悻悻然地散去。

桑夏还处于惊愕之中，祝圆圆见状，担心地问道："桑夏，你还好吧！"

"啊？没……没事啊！哦，热死了，我去一趟洗手间。"她擦了一把额头的汗水，转身正要离开球场。

顾曼倩见桑夏要走，忽然有些紧张地上前拦住她："伊桑夏，身为慕王子的崇拜者，你该不会想半途放弃吧？"

桑夏愣了愣，接着坚决地摇了摇头，回答："我只是去一趟洗手间。"

听了桑夏的话，顾曼倩似乎松了一口气，"还有五分钟，下半场就开始了。"

"噢！"她点了点头，绕过顾曼倩，径直朝洗手间方向走去。

于指触及凉凉的自来水，桑夏满足地舒了一口气。低下头，对着水龙头冲去满脸的汗水，刚刚被一大群女生围攻，搞得她晕头转向。直到此刻，她才完全清醒了过来。

对于慕夜枫奇怪的举动，她百思不得其解。为什么要这么做呢？明明拒她于千里之外，可为什么又偏偏当众拿了她的矿泉水？慕夜枫到底在想什么？

从洗手间出来的时候，一个身影挡住了她的视线。没等桑夏抬头，头顶传来一个幸灾乐祸的声音：

"被围攻的感觉如何？是不是感到前所未有的刺激？"

桑夏抬起头，定定地看着慕夜枫一脸邪恶的表情。

"不是想追我吗？这种状况只是最普通的，如果有一天你真的成了我女朋友，那么等待你的将会是更加激烈的围攻，懂吗?"

他的言下之意就是想追他慕夜枫的女生多如牛毛,而这些女生宁愿这样远远地看着他,也不愿意有人独占他。

"你……你是故意的?"桑夏顿时明白过来了。原来慕夜枫是故意当着那么多人的面拿走她的矿泉水,目的就是为了让她知道想成为他女朋友可不是一件容易的事。

"如果现在放弃的话还来得及。"他可是好心为她做了一个示范,要是现在提出放弃的话,就不会再出现类似刚才的那种情况。

慕夜枫邪恶地扬起嘴角,抬起下巴斜睨着她,正在等待她的答案。

桑夏咬了咬唇,心里虽然觉得十分委屈,但还是忍住了眼泪。抬起头,她倔强的眼神对上慕夜枫,说道:"我不会放弃的,我一定会再次成为你女朋友。"

她一字一句说得清清楚楚,这倒是让慕夜枫傻了眼。原以为像她这种娇生惯养的大小姐一定经不起折腾,被那群女生恐吓一下就会退缩了。可没想到,这丫头居然这么顽强。他明显看到了她眼底的坚韧不拔,就是这样的眼神莫名地震撼了他。

他慌乱地移开视线,故作轻蔑地笑了笑。

"哼,还真像一只打不死的'小强'。"冷地丢下一句话,他转身头也不回地离去。

看着慕夜枫离去的背影,桑夏突然沮丧起来。他那么迫不及待地想赶走她,她甚至怀疑他究竟是真的不认识她还是假的不认识她。他似乎对她特别仇视,仿佛她是什么毒蛇猛兽,唯恐避之不及。

想起暑假的那一天,他毫无情绪地对她说了三个字,甚至连见面都不给她机会，她带着太多的疑问和不解，不相信他就这么突然之间抛弃她，他说过会把她当成世界上最珍贵的宝贝一样呵护，所以她始终相信他一定有什么不能言说的苦衷。

伊桑夏，加油！不管他有什么难言之隐，你都不可以放弃！如果注定不能在一起，那么至少也要让她明白原因才会甘心。否则，在那之前，她都不会放弃对他的追求。

等桑夏回到篮球场的时候，下半场球赛已经开始了。

祝圆圆一脸着急地冲上来，抓住桑夏的胳膊劈头就问："桑夏，你去哪儿了，怎么这么久才回来？担心死我了，我还以为你又被人堵……"

桑夏摇了摇头，对着祝圆圆扬起放心的笑容，"没事啦，只是上洗手间的人比较多嘛！"

"噢，没事就好，快站过来看球赛吧！"说着，她将桑夏拉进人群。

而一旁的顾曼倩正紧紧地盯着桑夏她们，嘴角划过一丝难以察觉的奸笑。

球场上战况激烈，我校队员经过中场休息，养精蓄锐后，终于在后半场改变了战略，所有队员全力替慕夜枫护航，保证慕夜枫的进球机会。在众人的配合下，慕夜枫连连进球，三分球一扔一个准，把对方球员看得一愣一愣的。

作为慕夜枫的后援队，一群女生的尖叫声此起彼伏，震耳欲聋。桑夏简直被她们的夸张举动给吓到了，心里虽然也想表达对慕夜枫的加油之意，可听见旁边那群女生夸张的尖叫声，她还是退缩了。她生性内敛理智，不会像她们一样尖叫助威，只是默默地注视着慕夜枫，在心里为他加油。

"桑夏,看样子这场比赛我们学校是赢定了。"身边的祝圆圆正看得津津有味,激动之余也和那群女生一样尖叫着。

桑夏笑了笑,"那真是太好了。"

眼看球赛接近尾声,桑夏忽然为难起来。这回她该不该去送水呢?经过上半场的事件,那群女生一定对她十分排挤,要是这个时候再上去送水,指不定又会成为众人围攻的焦点。但是如果不送的话,就正好印证了慕夜枫的话,她退缩了。

不行,不能这样放弃!只是一群女生而已嘛,就算是毒蛇猛兽,她也要去送水。嗯,就这么决定,矿泉水……

她低头瞧了一眼空空的双手,呀!矿泉水呢?糟糕,刚才被慕夜枫拿走了,她竟然没去买。

"圆圆,你还有矿泉水吗?"

祝圆圆奇怪地瞥了她一眼,"我刚才不是给你了吗?"

"刚刚那瓶被枫拿走了呀!"

祝圆圆这才想起来,"噢"了一声,接着打开随身背着的包包,低头翻找了一阵,疑惑地叫道:"咦?我的矿泉水呢?刚才明明买了两瓶,一瓶放包包里了,怎么不见了?是哪个该死的小偷连矿泉水都偷。"

"啊?"听着祝圆圆的低咒声,桑夏垮下了脸。这回可怎么办?没矿泉水,想送也没得送了?

正在郁闷之际,眼前忽然出现一瓶矿泉水,桑夏惊喜地抬头,只见一个长相卡哇伊的女生正把一瓶矿泉水递给她。

"你是要送水给慕夜枫吗?喏,给你。"

"这个……为什么要给我?"桑夏疑惑地瞅了她一眼,这个女生又是谁?

"我早就听说过你,伊桑夏,在开学第一天敢当众抱着慕夜枫的人，很佩服你的勇气呢！你一定要加油！不要在乎别人的眼光，坚持下去。"

"谢谢！"桑夏感动地接过那个女生的矿泉水。没想到这个学校除了圆圆之外，还有人愿意关心她，跟她说话。所以她要更加努力，不能辜负支持她的人。

一声哨子吹响，慕夜枫扣下最后一个篮板球，以 32∶21 的分数成功赢得了联赛第一场的胜利。顿时，球场上沸腾了，所有人都高兴得欢呼起来，每个人心底的荣誉感就在这一瞬间爆发了。

而一群女生更关心的就是冲上去替慕夜枫送水递毛巾。这回，吸取了上半场的经验，哨子吹响的那一刻，祝圆圆便第一个把桑夏推了出去。

人群一窝蜂似的朝球场中央挤，短短几秒钟，桑夏就被人群挤得透不过气来，幸好她的起跑速度快，没费多大的劲，就挤进了人群。看到慕夜枫的身影后，她欣喜地跑上去，却不料脚下被哪个人的脚绊了一下，原本就重心不稳的她，这下更是失去了平衡感，身子直直地向前栽倒。

"啊！"她惊叫了一声，刚刚痊愈的膝盖再次不幸地擦在地板上，整个身体也随之倒了下去，而且不偏不倚地倒在慕夜枫的脚下。人群瞬间静止，N 双眼睛直愣愣地落在桑夏身上。

"哧！想给本少爷送水也用不着这么激动吧！"慕夜枫低头瞥了她一眼，丢出一个讥讽的笑容。

众人跟着窃笑起来。

桑夏窘迫地从地板上爬起，膝盖上传来一阵钻心的痛楚，让她忍不住皱紧了眉头。

"对不起……"她低着头连声道歉，面对四周人群的嘲笑，她似乎连站起来的力气都没有了。为什么所有倒霉的事情都让她给碰上了？就连送个水都会跌倒，在他面前总是出糗。

慕夜枫冷冷地看着在地上挣扎着起身的桑夏，脑子里还在想着如何看着她在众人面前出糗，并没有打算插手帮她，可视线触及她闪着泪光的眸子，他的心偏偏莫名其妙地抽疼了一下。接着，他的双手不听使唤地伸了出去，就连他自己也无法相信这是出自本能的反应，他的潜意识居然不想看到她受委屈。

一把拉住桑夏的手，用力将她从地上拉了起来。围观的人群一阵躁动，似乎不满慕夜枫的举动。

看着桑夏因疼痛而扭曲的脸，慕夜枫郁闷地皱起眉头，有些憎恨自己的心太软。对付这种一心想攀龙附凤的女人，他本该狠狠修理她，整得她跪地求饶为止。可为何……他的心一再背叛自己的思想，对她，居然狠不下心来。

见鬼！他一定是疯了。低咒一声，他烦躁地甩开桑夏的手，转身准备离去。

"等一下，水给你！"桑夏没有忘记目的，迅速拉住慕夜枫的胳膊，将手中的矿泉水递给他，再次引来众人的窃窃私语。

"还真是死皮赖脸遭人嫌。"人群中不知是谁大声地说了一句，慕夜枫闻言，停住脚步。本来没打算接受桑夏的矿泉水，可听到刚刚那句话，他忽然又来了兴致。

想要彻底让伊桑夏死心，只有一个办法。那就是——

他脚步调转，突然伸手揽住桑夏的肩膀，故意将她搂进怀里。

"既然你那么辛苦帮我送水，而且还跌了一跤，那么本少爷也不能辜负好意，水，我接受了。"说着，他优雅地从桑夏手中接过矿泉水。

桑夏扬起满足的笑脸，看起来十分开心。而慕夜枫的笑意却是诡异得很,就在众人以为他拧开盖子打算喝下去的时候,出人意料的事情发生了——

慕夜枫举到嘴边的矿泉水,瓶口还没碰到他的嘴唇,角度却发生了倾斜,瓶子里的水倾泻而下,落到木地板上,溅起一地的水花。

众人惊呼,想不到慕夜枫竟然这么狠,当着那么多人的面给桑夏难看。

桑夏呆呆地看着一整瓶的矿泉水缓缓从瓶口流出,落在地上,溅起水花。她已经什么话都说不出来了。

"我虽然接受了矿泉水,但是我有权如何处理它,你说对吗?伊桑夏同学。"他的嘴角扬着邪恶的笑容,似乎在等待桑夏的反应。

"对,你要怎么处理都可以。"她忽然扬起微笑回答,说话的语气平静得出奇,差点让慕夜枫以为是自己的眼睛和耳朵出问题了。被当众羞辱,她居然可以如此平静,还面带微笑,真是个奇迹。

"喂,你不会生气的吗?"慕夜枫疑惑地盯着她。

"不生气啊,我说过你喜欢做什么就去做,无论是什么我都会支持你。"她的笑容灿烂得让人刺眼。

"见鬼!"慕夜枫一脸挫败地扭头走人,真是受不了她阳光般的微笑。

他最近对这丫头的敏感度越来越强烈,就连他自己也觉得莫名其妙。看到她的眼泪,他莫名地觉得心疼,看到她的笑容,他居然情不自禁地被吸引,完全移不开视线。她的眼睛就好像一个旋涡,一不小心就会旋进去。

主要人物慕夜枫离场,众人也纷纷作鸟兽散,只有距离桑夏近一点的几个女生恶狠狠地看着她,完全是一副恨不得将桑夏生吞活剥的表情。

祝圆圆等待人群散去,终于冲了过来。一看桑夏的膝盖又在流血,便担心地皱起了眉头。

"桑夏,你又受伤了哦?怎么还是膝盖?这样下去会不会留下疤痕的啊?"

圆圆一连串的问题,让桑夏一阵头晕。本来膝盖就痛,现在听着圆圆的话,头更痛了。

"没事的,圆圆。只是擦伤了点皮,等下去一趟医务室就行了。"

"啊,对,去医务室,现在就去!"一听到"医务室"三个字,圆圆就立刻打起精神来了,她还说去就去,硬是将桑夏拉走了。

医务室门口,祝圆圆忽然停下了脚步,对着走廊上的窗户玻璃捋了捋头发,整了整衣服,然后一脸紧张地问桑夏:"怎么样,头发有没有乱掉,衣服有没有皱掉?"

桑夏一脸黑线。按说现在受伤的人是她哎,可为什么这丫头却在注意自己的仪表?是要去见明星还是去相亲啊?

"没有啦,很好!可是你……干吗这么紧张?"

问题正中要害,圆圆顿时做出一副娇羞状,"因为要去见连医生嘛!"

"连医生?是谁啊?"

"就是我们学校的校医啊,他叫连正杰,长得帅,又有学问,据说还是英国剑桥大学的高才生呢!"

听了祝圆圆的话,桑夏终于想起来了,上次在医务室见到的那位医生原来就是连正杰,貌似上次只是粗略地看了几眼,印象中感觉还是蛮斯文秀气的一个男生。不过既然他是剑桥大学的高才生，又为什么会甘愿窝在这种小地方做校医呢？

"剑桥的高才生怎么会屈尊降贵到我们学校做校医？"她一脸疑惑。

"这个就不知道了，不过有小道消息说是因为连医生不愿进入家族企业，所以才到了我们学校做了校医。"

"哦！原来是这样。"桑夏了然地点了点头，不得不佩服圆圆的八卦能力，就连这么机密的消息都弄来了。可问题是……她现在的膝盖疼得厉害，到底要不要进去了？

"那么……现在我们可以进去了吗？"她可不像圆圆这么花痴，凡是见到帅哥都流口水，最好是一个都不放过。而她只要慕夜枫一个就够了，对于其他的帅哥，完全是绝缘状态。

"好啦好啦，进去吧！"祝圆圆转身敲门之际，还不忘拨了一下额前的刘海儿。桑夏无力地翻了个白眼，真是让人受不了！

敲门进入，两人的视线转了一圈，最终在窗户前的手术台上看到了一身白衣的连正杰。连正杰见有人进入，下意识地回过头，一看是桑夏，意外地挑了挑眉。

他一派悠闲地朝她们走过来，桑夏礼貌性地点头致意，倒是祝圆圆，一个劲地弄着头发，扯着衣服，一副恨不得回去化个妆再回来的样子，就差没有抛媚眼了。

连正杰只是瞥了一眼桑夏身边的祝圆圆，视线没有多停留一秒，接着转移到桑夏身上，不疾不徐地问道："这回又是哪里受伤了？"

"哦……是膝盖！"桑夏被他问得有点不好意思，想不到他居然记得她。

他闻言低头，将视线落在桑夏通红的膝盖处，不禁皱起了眉头。

"怎么又是老地方？你打算留个疤痕下来做纪念是不是？"

"对不起……我也不知道会再弄伤这个膝盖……"桑夏低着头连声道歉。那样子像是一个做错事的小孩子在大人面前认错，委屈得很。

连正杰面无表情地瞥了她一眼，接着径直走回工作台上，取来消毒水、棉棒等医疗用具。

"不用跟我说对不起，膝盖是你自己的，你愿不愿意保护也是你自己的事。"连正杰一面替桑夏处理着伤口，一面悠闲地丢出一句话。

"呵呵……谢谢你，连医生。"不用道歉，说谢谢总没错了吧！

连正杰扬了扬嘴角，算是接受了桑夏的道谢。

此时，站在一旁的祝圆圆不甘被冷落，于是趁机八卦起来。

"连医生，你长得这么帅，一定有很多女生排着队追求你吧？"

连正杰闻言，愣了愣，似乎没想到有人会当着他本尊的面，问这些八卦问题。转过头，他这才细细打量了祝圆圆，随即轻笑了一声，没有作答。

祝圆圆见他不回应，继续试探："你不回答，一定是有女朋友了。唉！好可惜啊，不知道多少女生要心碎了。"她故作夸张地揪着胸口，做出一副心痛状，惹来桑夏的一阵闷笑。

看着祝圆圆夸张的表情和动作，连正杰忍俊不禁，"扑哧"一声笑了出来。

"你这个小丫头可真会逗人，这种推理能力以后一定能成为出色的八卦记者。"连正杰不着痕迹地暗损她。

祝圆圆没听出话外音，只当是连正杰在夸她想象力丰富，于是"咯咯"地笑了起来。

连正杰无奈地摇了摇头，哭笑不得。处理好桑夏的膝盖，他站起身，忽然想到什么似的，皱了皱眉问道："你那个酷酷的男朋友呢？怎么没陪你一起来？"

"我……男朋友？"桑夏皱眉想了想，终于想到了连正杰所说的男朋友就是慕夜枫，"啊，你说慕夜枫吗？他不是我男朋友……"

"是吗？那是我误会了，慕夜枫！哼哼，原来他就是慕夜枫！"连正杰念着慕夜枫的名字，忽然笑了两声。

桑夏看得有些毛骨悚然，这个连医生似乎也对慕夜枫感兴趣，可是……他又不是女生，为什么会对慕夜枫感兴趣？

而一旁的祝圆圆显然已经花痴发作，呆呆地盯着连正杰的笑脸，就差流一地口水了。

"那么没什么事的话，我们就先走了。连医生，再见！"桑夏赶紧拉着花痴发作的祝圆圆离开了医务室。

第三章　想要努力挽回的爱情

回教室的途中，桑夏正巧在走廊上碰到了那个送她矿泉水的女生，她想也没想，就伸手向那个女生打招呼，可那女生居然莫名其妙地看了她一眼，仿佛陌生人一般没搭理她。

桑夏伸出的手在半空中僵了僵，看着那个女生从身边经过，最后只能悻悻地垂下手。

"咦？这不是连婕好吗？真漂亮！"

"圆圆，你认识她吗？"

"当然，她可是音乐系的系花，学校的名人，据说从小在国外长大，不知道是什么原因回国了，之后就转到了圣起学院。她曾经还代表学校参加过全国高校钢琴演奏赛获得了第一名，是全校男生心目中的白雪公主！当然，除了慕夜枫以外。呵呵……"

桑夏惊讶地瞪大眼睛，转头看着连婕好的背影，心中顿生疑惑。难道又是一个和顾曼情一样的女生吗？全校男生的追求都不放在眼里，却唯独看上了慕夜枫？可是刚才在篮球场的事情，明明不符合逻辑啊，要是连婕好喜欢慕夜枫的话，照理说应该会排挤她才对，又怎么会给她矿泉水呢？

唉！真复杂！桑夏越想越头疼，索性甩了甩脑袋，不去想了。

回到教室,正巧看到一群女生围在一起讨论篮球赛的事情。桑夏一只脚刚刚跨进教室门,便听到一个刺耳的声音响起。

"哟!我们的大名人回来了,摔跤的滋味怎么样啊?膝盖还挂彩了呢!啧啧……真是可怜啊!"说话的人正是顾曼倩。

桑夏抬起头,只见顾曼倩双手环胸,正靠在椅子边,抬着下巴一脸不屑地斜睨着她。旁边的一群女生跟着起哄,纷纷将矛头对准桑夏。

"喂,你们不同情也就算了,还在这里幸灾乐祸,有没有人性啊?"身旁的祝圆圆见状忍不住冲进了教室,与顾曼倩等人理论,只可惜是蚂蚁遇上大象,以寡敌众的结果。

桑夏一心想着息事宁人,赶紧拉住圆圆的手,朝她摇了摇头说:"圆圆,算了,多一事不如少一事。"她才转到这个学校没多久,就已经树立了这么多的敌人。

虽然为了跟慕夜枫在一起,她会努力应付各种难题,但是她毕竟是要在学校里学习的,若是再负气反驳的话,恐怕以后的日子会更不好过。忍一时风平浪静,她能做的只有沉默。

"桑夏,你又没做错什么,凭什么要对她们忍气吞声?"就连祝圆圆也替她抱不平。

追求慕夜枫几乎是全校女生共同的目标,人手一招,大家各凭本事,谁也碍不着谁。桑夏没转学过来的时候,谁也没能力让慕夜枫垂青,而桑夏一来到学校,与慕夜枫接二连三的巧合,便让众人起了嫉妒之心,自然而然就把桑夏当成了头号公敌。

"祝圆圆,你少替她出头,你以为她真的把你当成好朋友吗?说不定只是利用你而已。"顾曼倩身边的一个女生摆出一副幸灾乐祸的表情,开始不怀好意地挑拨。

祝圆圆气急了,冲上去就想教训那个女生,幸好被桑夏拦住了。

"圆圆,不要冲动,她们爱怎么说就让她们说吧!快上课了,我们去坐好。"桑夏十分理智,二话不说就把祝圆圆拉到了座位上。

顾曼倩等人见她们不再说话,便也无趣地闭了嘴,而慕夜枫却正好在这个时候走了进来。顾曼倩见状,立刻坐直了身子,紧张地捋了捋那一头卷发,扬起迷人的笑脸,道:"慕夜枫,刚才的球赛你打得好棒哦!"

慕夜枫面无表情地瞥了她一眼,径直走到座位上坐下,完全不打算理她。顾曼倩脸上的笑容一僵,尴尬地撇过头去。

"桑夏,你的膝盖一定很疼吧!以后可要当心点,千万别再干这种傻事了。好心替人送水,对方却不知道感恩呢!"安静的教室内忽然响起了祝圆圆突兀的声音,引来众人不屑的一瞥。

慕夜枫闻言挑了挑眉,视线不自觉地瞥向桑夏的膝盖。虽然隔了不少距离,但还是能看到她膝盖处血红的一片,显然是刚刚涂过红药水。他记起来了,上次在墓园的时候,她跌伤的也是这边的膝盖,这次又摔在了同一个地方,看来极有可能留下疤痕。

桑夏微笑着摇了摇头,"连医生处理伤口的技术不错呢,现在不怎么疼了。"

众人听到"连医生"三个字,集体瞪大眼睛。

"居然连连医生都不放过,真是太可恶了!"不知是谁说了这么一句,愈发激起了众女生的妒火。

"伊桑夏,你真是好本事啊!"顾曼倩斜眼冷笑。

桑夏一脸无辜地皱起眉头,没想到自己无心的一句话竟又惹来了麻烦。圆圆说过这个连医生在学校很受欢迎,人气不比慕夜枫差,那么她现在说了连医生好话,是不是被她们误会了呢?所以……慕夜枫是不是也会误会?

"不是……不是这样的。连医生只是帮我处理了伤口,我很感谢他,完全没有别的意思。"桑夏的视线落在慕夜枫身上,着急地想对他澄清一切。

只是慕夜枫却不羁地扬着嘴角,将视线转向窗外,就连一眼都没有看她。

"解释就等于掩饰,别想否认,你看连医生长得一表人才,所以又转换目标看上他了,对不对?"顾曼倩的话字字犀利,让桑夏毫无还击的余地,只能拼命地摇头否认,却又说不出半个反驳的理由。

只是这么一点小事,竟引起了不小的骚动。正巧这节课的导师请假而临时改成了自修课,于是这场战斗越演越烈。一开始是顾曼倩一个人在批斗桑夏,最后却演变成了口水战,一群女生对着桑夏和祝圆圆两个,寡不敌众,结果可想而知。桑夏委屈地红了眼眶,可是却硬是逼自己不能掉眼泪,她不想在这群人面前服软。

视线瞥见桑夏强忍在眼眶中的泪水,慕夜枫只觉得心头一阵烦躁,终于忍不住怒吼了一声:"吵死了,都给我安静点!"

慕夜枫的一吼,让教室里瞬间静止。谁都不敢再多说半个字,纷纷黯然地退回座位上。顾曼倩虽然心有不甘,却不想与慕夜枫闹僵,于是丢出一个白眼,乖乖地回到了座位上。

桑夏含泪望了慕夜枫一眼,心里暖暖的。他没有变,看到她受别人的欺负,他还是会忍不住关心她。从前他就是这样,就算自己身子单薄,也不会畏惧那些个头高大的男生,为了保护她，就算被揍得遍体鳞伤，他也不会吭声。

慕夜枫不耐烦地起身，迅速走出教室，第一次毫无理由地翘课。他也不知道为什么，听到她称赞那个该死的校医时，他竟然有一股莫名的怒气。她口口声声说喜欢他喜欢得死去活来，转头却又对那个校医露出崇拜之色，现在是怎样？这丫头是想移情别恋，还是一脚踏两船？

前所未有的妒意从心中升起，慕夜枫冷着脸快步朝停车场走去。

一辆耀眼的白色宝马车从停车场缓缓驶出，差点与慕夜枫在转角处相撞。慕夜枫冷不防被吓得顿住了脚步，回过神才发觉自己竟走错了方向，恼怒地低咒一声，正打算转身绕回去，却发现白色宝马车在他身边停了下来。

车窗缓缓降下，车内一张完美的俊脸进入慕夜枫的视线。

"慕夜枫，真巧啊！"连正杰微笑着向他打招呼。

慕夜枫挑了挑眉，心里正憋得慌，没想到连正杰竟然就这么出现了。

"圣起学院的教职工没有规定的工作时间吗？现在还没到下班时间。"他不着痕迹地提醒他下班早退是不允许的。

连正杰忍不住轻笑出声，"我要去S市出差，现在正赶着去机场。"他将手中的机票朝他晃了晃，证明他所说不假。

慕夜枫气结。想反驳却怎么也找不出理由，最后只能咬牙瞪了他一眼，恨不得将连正杰拖出来扁一顿。

"哦，对了，小夏的膝盖又受伤了，这次要是再不注意点，可能会留下疤痕。"连正杰故作不经意地丢出一句话。

"小夏？！"慕夜枫瞪大眼睛，眼底像是要喷出火来。这个万年冰山老处男竟然亲昵地叫她小夏,他们到底是什么关系?不是才见过两面而已吗?为什么搞得像是老朋友一样?

"怎么?虽然小夏不是你女朋友,不过好歹你们也是同班同学,难道你不认识?"再接再厉,他的目的就是要把慕夜枫惹火。

"你们的关系很好?"慕夜枫终于忍不住开始试探。

听到慕夜枫的这个问题,连正杰脸上的笑意更加明显了。

"也不算,充其量只能算是医生与病人的关系。"

"是吗?既然是医生与病人的关系,那你干吗叫得这么恶心?"慕夜枫挑眉。听到连正杰的回答,他的心里竟然莫名地松了一口气。

"叫小夏……恶心吗?"他装糊涂。

"你说呢?"他毫不犹豫地丢出一个白眼。

"哈哈……"连正杰忽然放声大笑起来,不过笑得很帅气。

"你神经病啊,突然笑什么。"连正杰突如其来的笑声让慕夜枫吓了一跳。这笑声不禁让人怀疑连正杰的精神状态不太正常。

"你在吃醋吗?"他轻描淡写地吐出一句,一脸看好戏的表情盯着慕夜枫的脸。

"什……什么?"慕夜枫腿一软,差点站不住脚,幸亏及时扶住了车门。这次真的被吓到了,而且还吓得不轻,脸色都变了。"见鬼,本少爷是那种会吃醋的人吗?更何况是那个丑不啦唧死缠烂打的丫头。"

"是吗?"连正杰一脸"我不相信"的表情摆给他看。

"废话,你眼瞎了吗?本少爷的眼光还不至于低到这种程度。"他极力替自己澄清,也不知道为什么,心里居然莫名地紧张。

"OK，就当我没问，这些话你就留着跟小夏说吧！"连正杰忽然扬起坏坏的笑，视线越过慕夜枫，直接落在了慕夜枫身后的某个点上。

慕夜枫全身一怔，有些僵硬地转身，竟然发现桑夏不知道什么时候站在了他身后不远处，默默地流着泪。他顿时慌了，心脏猛烈地撞击了一下，一种难以言喻的后悔肆无忌惮地蔓延。该死的连正杰，他是故意的吗？明明看到了她就在他身后，才故意问他这样的问题。该死……真是该死！他刚想找连正杰算账，却发现白色宝马早已扬长而去。

此时站在空旷的停车场出口前，他与她只相隔了几米远的距离。她满脸忧伤地看着他，却始终没有开口。而他眯着眼，半响后终于移动脚步。只可惜是转身离去，而不是朝她走去。

没有解释的必要，他本该就这么拒绝她的。可是为什么心里越来越闷？闷得他几乎透不过气来。看到她沉默无语地站在那里，泪水簌簌地滑下，他的心就莫名地烦躁不安。真是该死的讨厌极了这种感觉！为了一个故意接近他的女人，他真是疯了。

"轰隆！"一阵雷鸣毫无预警地响彻天空，原本艳阳高照的天忽然间暗了下来，看样子就会有一场大暴雨了。

停车场门口，桑夏呆呆地立在原地，久久无法动弹。看着慕夜枫的红色保时捷飞一般地冲出停车场，毫不犹豫地扬长而去，她的心渐渐抽紧。

大雨在同一时间倾盆而下，豆大的雨点打得桑夏脸颊生疼，而她却仿佛没有知觉的木偶一般，依旧纹丝不动地站在那里。暴雨来势汹汹，没多久，她那一身单薄的衣服就被淋湿了。

正在这时，一阵熟悉的引擎声由远而近，飞速地在桑夏身边静止。

"你是白痴吗？没看到在下雨吗？"慕夜枫摇下车窗，对着雨中的她大吼。他真是见鬼了，明明狠了心不管她，可车子还没开出校门就后悔了。看着漫天的雨水倾泻而下，他竟然担心她会傻傻地站在原地淋雨。

果不其然，他倒车回来，真的看到她一动不动地站在这里任由雨水洗礼。天底下为什么会有这么白痴的女人？她是有淋雨的嗜好吗？

听到慕夜枫的吼声，这才让桑夏回过神儿。她愣愣地转过头，发现慕夜枫恼怒的表情，无辜地眨了眨眼，表情有点呆滞。

"你……怎么回来了？"

慕夜枫忍不住翻了个白眼，推门下车。冒着大雨拉住桑夏的手，不由分说地将她拉到车子的另一边，拉开车门推进了副驾驶座，自己则再绕回了驾驶座。这么一折腾，他的T恤也湿透了。

"见鬼！我一定是疯了。"他皱起眉头低咒一声，狠踩一脚油门，车子"嗖"地一下飞驰而去。

车外是瓢泼的大雨稀里哗啦地下着，车内却安静得只剩下呼吸的声音。慕夜枫将车内的空调调到去湿状态，以便两人的衣服可以尽快烘干。

"对不起！"桑夏想了又想，最终打破了沉默。

慕夜枫闻言，挑了挑眉，道："对不起什么？"

"我不该跟着你出来，更不该偷听你们讲话，对不起！"

慕夜枫皱了皱眉，心情突然又烦躁起来。

桑夏见他沉默，便沮丧地低下头去，"可是……你真的不喜欢我吗？真的一点感觉都没有吗？"她曾经相信，就算是失忆，他也不至于这么残忍地对她。可是如今看来，他是完全把她当成了陌生人，一点感觉都没有了。

听着她越来越低的声音，几乎像是哽咽声了，慕夜枫的心越抽越紧，终于，他双手握紧方向盘打了个漂亮的弧度，车子急速拐进路边的停车位，踩下了刹车。

他突如其来的举动将桑夏吓了一大跳，她转过身刚刚想问问怎么回事，却不料慕夜枫放大的俊脸突然就这么呈现在她眼前，没等她反应过来，一个温热而柔软的唇便贴了上来。

她"嗖"地睁大眼睛，全身僵直，就这么愣愣地盯着慕夜枫深邃的眸子，感受着唇边的柔软，仿佛有一道奇异的电流窜过全身，让她的心跳渐渐加速，脸颊也开始发热。天哪！慕夜枫在吻她，慕夜枫居然在吻她！

许久之后，慕夜枫迅速离开了她的唇，脸上却是一副看不懂的表情，平静的，却又带着点慌乱。也许连他自己都觉得不可思议，为什么会突然去吻她？

"喀、喀……你不是想成为我女朋友吗？好吧，我们可以交往一个月试试看。"话一出口，他彻底被自己吓到了。他一定是中邪了，否则怎么可能会莫名其妙地提出交往一个月的提议。这么做不是正中了老头子的圈套吗？

桑夏还没从刚才的吻中反应过来，直到慕夜枫提出了交往一个月的提议才让她清醒过来。

"真的吗？说过的话可不能反悔哦，那么就交往一个月试试看。"桑夏激动地跳了起来，却忘记了自己正坐在车内，敞篷车的空间本来就小，她这么一跳，头顶毫无疑问地撞到了车子顶篷,"哎哟!好疼!"她摸着头皮,惨叫一声。

"白痴!"慕夜枫毫不犹豫地丢出一记白眼,转身发动引擎,嘴角却扬起了一道邪邪的弧线。他不得不承认,老头子这回的招数够狠够绝,他差点就招架不住了。可是,再怎么样他不能称了老头子的心意,等着瞧吧!他会有办法解决的。

"哦……这是要去哪儿?等会儿还要上课呢!"

"你预备这一身湿答答的衣服去上课吗?"

"噢……也对,要去换一套衣服。"

慕夜枫和伊桑夏确认交往的第二天,不知道是谁发现了端倪,校园网站上立刻登出了这则爆炸性的消息,顿时,全校都沸腾了。

鉴于慕夜枫入学以来,从未与任何女生公开交往,而这次却意外地承认了与桑夏的关系,确实是一件意想不到的事。谁都不明白慕夜枫这么做的理由,但却可以肯定这背后的原因绝不简单。

这件事在学校公开后,原本就受到排挤的桑夏愈加无法立足了。凡是在学校一天,几乎是无时无刻都会遭到一些恶意的伤害。就像《流星花园》里面杉菜因为得罪道明寺而受到全校同学的欺负一样,桑夏也有着相同的处境,只不过她不是因为得罪慕夜枫,而是因为喜欢慕夜枫,所以成了全校女生的公敌。

即便是这样,慕夜枫也从来不插手这些事情,就算看到桑夏被欺负,也会当作没看见一样。不知情的人根本看不出他和桑夏是男女朋友关系。而且,就因为慕夜枫的袖手旁观,便让那群人更加嚣张,更加变本加厉了。

校园内的草坪上,一排男生拎着水壶和水桶挡住了桑夏的去路。领头的几个女生看起来很面熟,似乎是经常跟顾曼情那些人走在一起的。顾曼情身为市长千金,为了维持她良好的形象,自然不会公然在学校欺负同学。不过明着不能来,她可以暗地找人做枪手。

瞧着这几个女生看着桑夏的表情全都是一脸的鄙夷,明摆着来者不善。

而此刻,站在窗口面无表情地看着草坪上的一群人,慕夜枫却是一副局外人的姿态,完全不打算插手帮忙。当她被欺负得忍无可忍的时候,就会主动放弃了!他一直是这么认为的,这也是他不闻不问的原因。既然她想成为他女朋友,那么就如她所愿好了。但是能不能承受后果,就不关他的事了。

"你们……想干什么?"桑夏一脸惊恐地睁大眼睛,脚步缓缓后退。

"哼!我们想干什么就得看你合不合作了。"站在正中位置的长发女生率先跨上一步,冷笑了一声。

"合……合作?"看着眼前这群人的阵仗,桑夏连说话都开始结巴了。

"没错。伊桑夏,你也不去照照镜子看看自己的样子,就凭你配成为慕夜枫的女朋友吗?聪明点的话,就马上离开慕夜枫,否则……哼,就别怪我们不客气了。"女生说完话,将视线转移到一边的水桶和水壶上,提醒桑夏这一桶桶的水就是他们准备招待她的。

看到那一桶桶的水,桑夏有些担心地蹙起双眉,可眼底却有着不容忽视的倔强。

"不要。我不会离开枫的,死也不会。"她说得斩钉截铁,仿佛任何人都不能动摇她的决定。

众人惊愕地面面相觑，似乎难以置信从桑夏嘴里说出来的答案。就连站在窗前的慕夜枫也怔住了，他清清楚楚地听到她说了什么，心脏似乎莫名地被撞击了一下，引起了不小的撼动。看着她坚定的表情，他的思绪渐渐混乱。她就那么喜欢他吗？就算到了危急关头，也不愿意妥协。

这时，中间的女生再度恶狠狠地开口："既然敬酒不吃吃罚酒，那就别怪我不客气了。"说完，她扬起手做了个手势，那一排男生便兴奋地吹起了口哨，将水桶和水壶中的水全数泼向桑夏。

桑夏蹲下身子，任由四面八方的水劈头盖脸地泼上来，头发、衣服和裤子都被浇透了，全身上下没有一处是干的。虽然如此，但她却紧咬着牙关，双手抱着膝盖，不吭一声，看起来是那样的狼狈和无助。

看着眼前的这一切，慕夜枫皱起眉头，低垂的五指跟着握紧，脚步动了动，正想转身冲出去救她，可身后却响起了一个声音。

"慕夜枫，原来你在这里。你真是太过分了！既然答应和桑夏交往，为什么任由她被人欺负而无动于衷？"祝圆圆一脸愤怒地冲进了教室。她眼睁睁地看着桑夏被欺负，而作为男朋友的慕夜枫居然站在窗口看好戏，真是太过分了！

慕夜枫闻言挑了挑眉，紧握的五指随即不着痕迹地松开，接着头也不回地丢出一句话："我只是答应和她交往，可没说过要做她的保镖。"

"你……"祝圆圆气得握紧拳头，真想狠狠揍他一拳。学校的女生都被慕夜枫的外表给迷惑了，他哪里是什么王子，明明就是个冷血无情的恶魔。

忽然，慕夜枫的视线一闪，眉头跟着蹙紧，眯起危险的双眼，低咒一声。祝圆圆奇怪地皱了皱眉，随着慕夜枫的视线望过去，接着惊讶地叫了出来："哦，是连医生。"

草坪上，连正杰帅气的身影朝桑夏走近。

"那么多人欺负一个女生，不觉得羞愧吗？"他优雅地丢出一句话，无形地警告那群学生。

众人一看有教职工介入，便迅速收了手，纷纷作鸟兽散。

连正杰也没有任何行动，看他们离去，便走到桑夏身边，蹲了下来。见桑夏蜷缩在草地上，浑身已经湿透。

"小夏，你还好吗？"他伸手碰了一下她的肩膀，竟发现她的身子在不住地颤抖。连正杰皱眉，二话不说将桑夏抱起。

桑夏抬起头，意识模糊地看到了一个人影抱着她，嘴里不自觉地喊着："枫，我好冷。"说着，她下意识地将身子往连正杰的怀里缩了缩。

连正杰低头瞥了一眼怀里昏睡的人儿，无奈地低咒一声："那小子真是让人头疼啊！"

教室的窗口前，慕夜枫紧紧盯着连正杰抱着桑夏离开的背影，眸子渐渐变得深邃。

连正杰将浑身发抖的桑夏抱到了医务室，用几条薄被叠在一起替她盖上，并打开了暖气。虽然已过了夏天最热的时节，但现在开暖气却是会让人闷出一身汗来。没多久，裹着几条被子的桑夏已然闷得满头大汗，而连正杰的额头也同时渗出了汗珠。

桑夏终于渐渐清醒过来，连正杰见她睁开了眼睛，便将被子掀开，让她透透气，自己则是准备脱掉套在衬衫外的白大褂。只是好巧不巧，他的白大褂才脱下一半，慕夜枫竟然踢门冲了进来。

"连正杰，你在干什么？"一进门便见到连正杰脱衣服，慕夜枫的怒火瞬间冲到了喉咙口。大白天关着门，还打着暖气，明显就是意图不轨。

连正杰被慕夜枫的突然闯入惊了一下，为了防止某人被嫉妒冲昏头，他便老老实实重新穿上了白大褂，就算热死也没办法了。

"我能干什么，医生当然是医治病人。还有，进门前要先敲门，难道你连这个道理都不懂吗？"轻轻松松的几句话就让慕夜枫瞠目结舌。

看来连正杰就像是慕夜枫天生的克星一样，往往两个回合下来，就会无言以对。

"见鬼，谁让你来教训我了，我问你刚才脱衣服干什么？大白天把一个女生抱进医务室，还关着门，你准备干什么？"

连正杰闻言，意外地挑了挑眉，眼底浮现笑意。

"原来你看到是我抱着小夏离开草坪的，这么说小夏被那么多人欺负，你都看到了？我刚才还在好奇，为什么小夏被那么多人欺负，作为男朋友的慕同学却没有出现呢？现在总算是明白了，看来你是故意的。"

慕夜枫不屑地撇了撇嘴，回道："这个不关你的事，少啰唆。"

"是吗？那么我把小夏抱来了医务室，也不关你的事喽！"连正杰轻描淡写地回了一句，以其人之道还治其人之身。

"你……"慕夜枫再次气结。

桑夏被两人的说话声彻底吵醒了，昏昏沉沉地从床上爬起，眯着眼看到了慕夜枫的身影。便咧开嘴，虚弱地笑了笑。

"枫，你怎么来了？"

慕夜枫闻言，将视线转到了桑夏身上。看着她红彤彤的小脸上面全是晶莹的汗水，想必是因为暖气的缘故，再看看她身上盖着的那几条被子，才明白连正杰是为了防止她感冒而特意打开了暖气，加了被子帮她排汗。心中忽然一阵窘迫，虽然知道自己误会了连正杰，但是与生俱来的骄傲却让他无法将道歉说出口。

转头朝连正杰斜了一眼，他撇了撇嘴，扬起下巴朝桑夏走去。

"你是白痴吗？被人泼水都不知道躲吗？"他顺手在床头的面纸盒中抽出两张面巾纸，不由分说地甩到桑夏手中，"把汗水擦掉，难看死了！"

"噢！"桑夏接过面纸，低着头，一脸小媳妇样地开始擦脸。缓慢而轻柔的动作，让慕夜枫莫名的一阵烦躁，她就连擦脸的动作都需要这么我见犹怜吗？尤其是屋里还有第三者在场。

"动作慢得跟乌龟一样！等你擦完脸，太阳都下山了。"他一脸不耐烦地夺过她手中的面纸，在她脸上划了三两下，将汗水擦干了。只是他动作太过猛烈，桑夏原本就红彤彤的脸颊，被他这么划了几下，变得更加红了。

慕夜枫也发现自己的力道太大了，可却没见桑夏吭声。她只是微笑着，那笑容带着甜甜的幸福。慕夜枫抓着面纸的手僵在半空中，有那么一瞬间居然走神儿了。

趁慕夜枫发愣的空当，连正杰趁机开口问了桑夏："小夏，现在感觉身体好点了吗？有没有在发抖了？"

桑夏转头，笑眯眯地点了点头，道："谢谢连医生，现在感觉好多了，也没有发抖了。"

发现桑夏的视线转移，慕夜枫立刻意识过来，转头怒视连正杰。

"那就好！上课时间快到了，你们回教室吧！"连正杰故意视而不见，依旧对桑夏柔声细语，好像是存心想惹怒慕夜枫。

"好的，连医生，谢谢你了……"桑夏连声道谢，惹来慕夜枫一记警告的眼神。而且没等她把话说完，就已经被慕夜枫拉出了医务室。

走出医务室大门，慕夜枫立刻沉下了脸。

"以后不准再踏进医务室半步。"他板过桑夏的身子，与她面对面霸道地下达命令。

"为什么？如果生病了怎么办？"桑夏一脸不解。对这个无理的要求，表示抗议。

"生病了就找我，我会带你去医院。总之，不准再找连正杰，任何时候都不准。"他也不知道自己是怎么了，明明是选择袖手旁观，不闻不问，想让她知难而退，主动放弃的，可为什么自己的情绪却越来越受她的影响，而且刚才看到连正杰抱着她离开的时候，他的心里就像打翻了五味瓶一样，不是滋味。

"噢！"桑夏拗不过他的霸道，只能点头答应。可心里却还是疑惑不解，以前的枫可从来不会这么霸道而无理地要求她做任何事，看着眼前的这个人，若不是一张一模一样的脸可以确定他就是枫，否则，她绝对不会将现在的慕夜枫和以前的安以枫当成同一个人。

"真是可恶！原本以为在篮球场上故意绊了伊桑夏一脚让她出丑，慕夜枫会越来越讨厌她，可结果却适得其反。"

"对啊，听说昨天连医生居然也出面替那个臭丫头解围，真是太可恨了！"

"张艳，你别再说了，我已经够火大了。这个臭丫头不知道用了什么见不得人的勾当，居然能让慕夜枫答应跟她交往，真是够了！我受不了了。"

"一进圣起学院就夺去了学校两大王子的注意力，这个伊桑夏到底有什么魔力？"

"曼倩，你不能就这么放过她。"

"没错，不能放过她！我绝不允许这个不起眼的臭丫头夺取我所有的光彩！等着瞧吧，我会让她好看的。"顾曼倩危险地眯起双眼，心里开始盘算如何对付伊桑夏的办法。

几个女生围在卫生间的洗手台边，你一言我一语，正在激烈地咒骂伊桑夏。而走廊上，一个熟悉而美丽的背影缓缓从洗手间经过，脚步随着洗手间内的说话声放慢，只是没有多作停留，便又加快了离去的步伐。

第二天，学校网路上突然惊现一张熟悉的照片和一段出人意料的音频。照片上正是篮球联赛第一场的画面，而画面的女主角不是别人，正是最近学校的绯闻人物伊桑夏。照片的拍摄角度正好是桑夏跌倒之前的瞬间，从照片上很清楚地可以看到她是被人群中伸出的一只脚绊倒的。

而从照片上推断这只脚的主人怀疑对象是最靠近桑夏的三个人，其中两个是女生，一个是男生。根据脚型的大小，排除了男生的可能性，那么还剩下两个女生。这两个女生不同班也不同年级，而其中一个就是桑夏的同班同学。再根据那段音频，说话的声音之中，大家都听出了顾曼倩的声音，众所周知，顾曼倩与桑夏同一个班，所以不难判断，罪魁祸首就是桑夏的同班同学。证据确凿，这次就连顾曼倩也脱不了干系了。

照片一出，立刻在学校引起了不小的骚动，大家都在猜测放这个照片的人是谁,是谁敢和顾曼倩作对,又或者有人在暗中帮助伊桑夏。而此事也引起了学校的关注,对于这种不良风气是坚决需要遏制的,但由于事情牵扯到市长的千金,所以校方很聪明地将罪名统统都推到了那名直接动脚绊倒伊桑夏的人身上。

记大过一次,并扣除两个学分,这一惩罚对于个人而言是相当严重了。

"呜呜……曼倩,你一定要帮我!我不想被退学啊……"被当作替罪羔羊的张艳哭丧着脸,正扯着顾曼倩的胳膊,苦苦哀求。

此时,顾曼倩的脸色也不那么好看了。究竟是哪个不知好歹的家伙竟敢暗地里跟她作对,她一定要查出来让他好看。

"行了,难道这个罪名要让我背吗?"

顾曼倩不耐烦地吼了一声,张艳吓得立刻噤了声,但还是忍不住委屈地抽泣着。

"放心,记一次大过是不会被退学的,以后你安分一点就是了。至于那两个学分,离毕业还有一年,我会想办法让你挣回来的。"

听了顾曼倩的保证,张艳才松了一口气,原本的抽泣声也停止了。

"曼倩,这照片到底是谁放上去的?还有那天我们在厕所的对话,竟然被录音了。真是太可恶了!"

"我也想知道到底是哪个不知死活的家伙敢与我为敌。"

"会不会……是伊桑夏?"

"你是白痴吗?她又不知道会被我们暗算,怎么可能事先安排好人在旁边拍照?"

"说得也是。那会是谁呢?"

顾曼倩眯起眼,盯着前方的某个点,正在思忖着什么。

"为了以防万一,这段时间你们就不要对伊桑夏动手脚了,免得让那个不知名的家伙抓到把柄。"

"好!一切都听你的。"几个女生点了点头。

正在这时,走廊的另一头忽然传来一个刺耳的声音:"哟!一群人聚在一起是不是又在讨论什么见不得人的阴谋啊?"

众人回头,只见祝圆圆正挽着桑夏的胳膊,并肩朝她们走来。几个女生的脸色僵了僵,现在面对桑夏,她们怀着一份心虚,全都闪烁着视线不敢正视桑夏的眼睛。顾曼倩也是做贼心虚,避开了桑夏的视线,本想当作没看到,但是祝圆圆的话却让她的心极不舒服。

天生的骄傲和自尊让她无法漠视祝圆圆的态度,反正她是市长千金,有强大的后台,学校都要揖让三分,她大可不必担心会被退学。

"祝圆圆,说话最好注意点,当心风大闪了舌头。"

"呵!闪了舌头也总比有人做缩头乌龟强啊!明明自己才是幕后主使,却让人家顶罪,既然这么怕,当初又何必做出这样的事呢。幸亏我们桑夏心地好,不打算追究到底,否则你们一个也别想逃。"祝圆圆显然不是省油的灯。现在情势处于上方,她当然是抓着机会就尽情地损她们。

"圆圆,不要再说了,大家都是同学嘛!"桑夏扯了扯祝圆圆的胳膊,示意她不要再说了。毕竟闹出这样的状况也不是什么光彩的事情,虽然顾曼倩没有受到处罚,可大伙儿都心知肚明。张艳平时跟顾曼倩形影不离,出了事情自然是脱不了干系。但是既然学校有心袒护顾曼倩,那么正好可以就此了结这件事。

祝圆圆不甘地撇了撇嘴，倒是不再开口了，只是顾曼倩等人咽不下这口气，对于桑夏充当好人的行为十分不屑。

"伊桑夏，少在这里假惺惺的，别以为我们不知道你心里在想什么，看到我被学校处罚，你一定很开心吧！说不定那些照片和录音就是你放上去的。"张艳此刻也豁出去了，管他什么处罚，就是看不惯桑夏一副背后捅人一刀再假装好人的样子。

桑夏惊愕地睁大眼睛，急忙否认："不是我放的。"想不到自己的好意却换来她们的冤枉，这个世界真是有些黑白不分。

而原本打算闭嘴的祝圆圆听到张艳污蔑桑夏，立刻来了火气。

"喂，我说你别不知好歹，桑夏已经放你一马了，居然还冤枉她。"

"有没有冤枉，她自己最清楚了。"张艳还不怕死地顶了一句。

"啊，你这个死丫头，真是让人火大……"祝圆圆个性暴躁，受不了一点气，于是摩拳擦掌准备冲上去教训张艳。

桑夏见状，惊恐地拉住她的手，阻止这一起打架事件的发生。而那边的张艳显然也是个不落后的主儿，见祝圆圆捋起袖子准备开打，她也跟着握起了拳头。

双方蠢蠢欲动，气氛十分紧张。这时，一个空灵的声音从她们身后响起。

"你们在打群架吗？"

众人一回头，竟然发现是音乐系的连婕妤。所谓一山容不下二虎，一校不能有二花。虽然顾曼倩从入学后就一直稳居校花宝座，但是自从连婕妤的凭空出世，美貌的同时又兼具才艺，在获得几项音乐大奖后，就严重威胁到了顾曼倩的地位。

于是，顾曼倩和连婕好就成了水火不相容的两个人，所幸的是两人不同班也不同系，接触的机会几乎是零，所以一直以来才相安无事，只是在暗地较劲。

"谁说我们在打架？你哪只眼睛看到了？"顾曼倩立刻拉下张艳高举在半空中的手，转身挑衅似的朝连婕好挑了挑眉。

"不是打架吗？那就好。"连婕好一脸温和的微笑，似乎并不敌视顾曼倩，这反倒让顾曼倩有些意外。

桑夏愣愣地看着突然出现的连婕好，脑子里便想起了那天篮球赛上的事情。说起来，这个连婕好真是奇怪，明明就送过水给她，那天又为什么像不认识她似的。

"桑夏，你还好吗？"

"嗯。"桑夏下意识地点了点头，不明白连婕好为什么突然又好像认识她了。

"听说你电子琴弹得很好，因为我即将办一个校园演唱会，所以我想请你帮我伴奏，可以吗？"

"啊？这个……我恐怕不行吧？"桑夏有些尴尬地挠了挠头。连婕好怎么会知道她会弹电子琴？

"不要谦虚了，我知道你在原来的学校获得过电子琴比赛大奖，我相信你的实力。"

"唉？你怎么知道？"

"校长告诉我的啊！你的入学资料上面写得很清楚呢！"

"啊，原来是这样。"

桑夏还在犹豫要不要答应连婕好的请求，毕竟她在学校的处境很尴尬，能不露面还是不要露面为好。但是连婕好亲自邀请她帮忙，如果她拒绝的话，是不是有点说不过去呢？

这时，一旁的祝圆圆用手肘撞了撞桑夏的胳膊，接着凑到桑夏耳边低语:"这么好的机会你可不要错过啊!听说连婕好的这次演出会邀请很多音乐界的知名人士出席,或许你会被那些音乐人看中也说不定。"

桑夏闻言,不禁失笑出声。这个圆圆还真是关心她,连这种事情也替她想到了。可谁也不知道,她若是想进军娱乐圈,根本不用花多大的力气,因为她的母亲就是最好的媒介。

不过既然圆圆这么说了,她也正好给自己一个理由,答应连婕好的请求。

"好吧,我试试。如果不行的话,你只能找其他人了。"她先把丑话说在前面。

"好,一言为定。谢谢你,桑夏,你人真的很好。"连婕好十分高兴地向桑夏道了谢,然后转头看了一眼顾曼倩等人,故作惊讶地道:"咦?你们怎么还在这里?是想把照片录音事件冤枉给桑夏吗?"

"你……"顾曼倩气结,随后高傲地扬起下巴,丢出三个字:"我们走!"

看着顾曼倩等人离开的背影,连婕好的嘴角缓缓扬起一个美丽的弧线。跟着回头向桑夏打了个招呼:"明天下午三点,我在音乐教室等你哦!"

"好的。"桑夏点了点头。

自从球赛的照片在学校网路上曝光后,学校教务处便严肃处理了罪魁祸首,并对全校学生提出了警告。由于教务处的介入,那些原本欺负她的同学也不敢再嚣张了,所以这些天显然安静了许多。

免去了骚扰和恶整,她自然是最高兴不过了,因为这样就能经常待在慕夜枫身边，给他讲述以前的事情。

清晨的阳光掠过树梢，洒落校园。假山背后的草坪上，一男一女背靠背坐着。男生闭着眼，似乎正在闭目养神，而女生则眨着一双乌溜溜的大眼睛，一圈又一圈地转悠着，好像在思考什么事情。

"枫，明天就是周末了，我们去游乐园好吗？"桑夏忽然一脸兴奋地提议，打破了原有的寂静。

"不去，看到云霄飞车我会吐！"慕夜枫闻言睁开眼，头也不回地丢出一个理由正大光明地拒绝。

桑夏一脸黑线，一个大男生居然看到云霄飞车会吐？真的假的，以前坐云霄飞车怎么没见他吐过。哦……看来是不想去的借口。皱了皱眉，接着她又想出第二个方案："那去图书馆呢？"图书馆够安静了吧！

"周末还不让人休息吗？"他再次丢出一个理由，还是拒绝。

桑夏再次黑线。虽然心里有点委屈，不过他说得也没错啦，上了一个礼拜的课，周末还要去图书馆，是有点说不过去。那么……去哪里好呢？她使劲地想，终于让她想到了。

"啊……对了，去看电影吧！"看电影是每对男女都会做的事情，这应该没问题了吧！

慕夜枫挑了挑眉，似乎找不出理由反对。最后撇撇嘴，有些别扭地说道："我从来没看过电影。"

"怎么会，我们以前就经常……"桑夏把话说到一半，便顿住了。她差点忘了慕夜枫已经不记得以前的事了，所以也不会知道他们以前经常去看电影，电影院的售票员几乎都认识他们俩了。

慕夜枫斜了他一眼，问道："你很喜欢看电影吗？"

"是啊,我可是很热衷的影迷,每一部新片出来我都会去捧场。"一提起电影,桑夏就兴奋得滔滔不绝起来。

"喊,整天就知道干这些无聊的事,真是浪费青春。"慕夜枫不屑地冷哼一声。

"这怎么能说是浪费呢,明明是享受青春。好嘛好嘛,你就答应吧!就当是我们第一次约会,好不好?"

听到"约会"两个字,慕夜枫挑了挑眉,眼底浮现一丝期待。他长这么大还从来没有跟女生约会过,曾经也有过这样的机会,却被他拒绝了。或许是因为父亲的关系,导致他从来不相信爱情,也从不多看女生一眼。

"咯咯……我们约定交往的一个月内,我会尽量满足你的要求。礼拜天早上九点,你家门口见。"

"我家门口?你知道我家在哪里吗?"

慕夜枫忽然惊了惊,郁闷地皱起眉头,要问他怎么会知道她家的地址就要拜贺雷鸣所赐了,既然大家都装糊涂,那么他也没兴趣把事情挑明了说,冷眼旁观有时候也未尝不是一件好事。于是他随便找了个借口搪塞:"哦……那个……学校入学资料上有写。"

说完,他从草坪上起身,甚至没有拉桑夏一把,径直绕过假山朝教学楼走去。

而此时的桑夏显然不会去在乎这点细节问题,重要的是慕夜枫已经答应和她约会了,真是太好了!虽然以前约会过很多次了,但这次是她和他重逢的第一次约会,就连感觉也不一样了。

令人愉快的周末到了,桑夏的心情竟然是前所未有的兴奋,也不知道为什么,反正她就是十二万分的期待这次约会。吃饭、逛街、看电影，这些事情似乎是情侣都会做的事情，以前的他们也经常做这些，可如今不一样了，慕夜枫忘记了一切，现在就等于重新开始。

他自以为是富家子弟，出门开跑车，吃饭上酒店，根本不知道如何坐公车，也不知道如何在小吃摊前买东西吃。所以这次的约会，她要重新带他去尝试这些事情，说不定对他的记忆有所帮助。

早上九点整，桑夏整装待发，出了门就看到慕夜枫的红色保时捷停在了院子外的路旁。她惊讶地睁大眼睛，似乎有些不敢置信。兴奋地跑出院子，走到慕夜枫的车子旁。

"枫，你早就在等了吗？"她下意识地问了一句，偏头打量他今天的穿着。意外地发现平时习惯T恤牛仔裤的慕夜枫今天却穿了衬衫，还戴了装饰性的围巾。一派绅士的贵族形象，从来没见过他这样的打扮，倒是看得她都有点不习惯了。以前怎么没发现，原来他天生就有一种贵族气质，只是没有打扮出来而已。

"当然不是。"他斜睨了她一眼，毫不犹豫地否认，"我只是想看你准不准时，要是超过一分钟的话，你就准备自己走着去电影院吧。"

"啊？"桑夏张大嘴巴，愣住，"可是……我本来就打算要去坐公车啊！"

"什么？坐公车？你在开玩笑吗？"

"当然不是。"她十分严肃地否认，"坐公车逛街，吃饭，看电影，这才是约会嘛！"

"这是什么鬼道理？"慕夜枫一脸怀疑地挑了挑眉。

"现在流行平民化的约会啊，体验社会嘛！好嘛好嘛，我们去坐公车好不好？"

"见鬼，我讨厌坐公车。"慕夜枫突然皱起眉头，一脸的厌恶。公车是他的噩梦！

"你怎么了？为什么讨厌坐公车？"

"没事，赶紧上车！"他的脸上出现不耐烦之色，桑夏只好退让。

"噢！"点头应了一声，她拉开车门坐了进去。

车门关紧上锁，慕夜枫不发一言地踩下油门，车子飞一般地冲了出去。

车子驶上高架，慕夜枫却一直沉着脸不说一个字。桑夏有些尴尬地挠了挠头，貌似是自己刚才的提议才惹他生气了。

"怎么了嘛？是不是坐公车让你想到了什么不开心的事情？你可以说出来，一直闷在心里会不舒服的。"

"你真的很吵。"慕夜枫目不斜视地丢出一句话。

桑夏闻言蹙起了秀眉，望着他面无表情的侧脸，她忽然郁闷起来。以前他们经常坐公车去约会，也没见他讨厌啊！怎么回事？

车内忽然安静下来，慕夜枫下意识地转头瞥了桑夏一眼，见她歪着头，斜靠在椅背上，眉头深锁的样子，不禁有些后悔自己刚才的话是不是过重了。

"你在干什么？"

"啊？没什么，我只是在想你为什么变了那么多。"现在的慕夜枫和以前的安以枫简直就是两种极端的性格，一个温柔体贴，一个是霸道无理。难道失去记忆能让人的性格也发生变化吗？

慕夜枫闻言，嘴角扬起一道邪邪的弧线，一脸的不屑。

"你是不是又想告诉我，你以前认识我，而且还是亲密到不可分离的恋人？"他都答应跟她交往了，她居然还没忘记这套把戏。他真是越来越觉得好奇了，改天真的要问一下贺雷鸣，老头子安排的这个女的到底是什么人物？演戏还真不错，不去做演员实在可惜。

"哦……"桑夏这才意识到自己又说到了这个敏感话题上，于是窘迫地闭了嘴。

"哧，算了，反正我已经听习惯了。"慕夜枫冷笑了一声，将方向盘打了个转，车子下了高架，进入了市区。

自从搬到Z市之后，这还是桑夏第一次来到市中心，看着热闹繁华的街区和商场，她几乎要眼花了。这些都是在C城没法看到的，不得不承认Z市果然是一个繁华的城市。

一进入步行街，桑夏便忍不住拉着慕夜枫的手东走西串，一会儿进服装店，一会儿去饰品店，逛得不亦乐乎。而她身后的慕夜枫同样是第一次被女生拉着逛街，起初还有些新鲜感，可时间久了却开始厌烦了。

毫无形象地坐在街中心S形的长凳上，慕夜枫抬起头朝天空翻了个白眼，忍不住低咒："我一定是疯了才会答应她的约会。"

桑夏一脸乐呵地举着两个冰激凌走过来，将左手中的一个香草冰激凌交给慕夜枫。

"不甜不腻的香草冰激凌，是你最喜欢的口味。"而她自己则是捧着一个巧克力冰激凌。

"你怎么知道我喜欢吃香草口味？"慕夜枫奇怪地挑了挑眉。因为他从来都不吃冰激凌，所以就连他自己都不知道喜欢什么口味，而她却那么肯定地说他最喜欢香草口味。真是见鬼了!

"我当然知道,因为你不喜欢吃太甜的东西。"

慕夜枫这回倒是认同地点了点头,他的确不喜欢吃甜食,这一点她倒是没说错。但问题是她又怎么会知道他不喜欢甜食。他差点怀疑自己是不是真的失忆了,不然为什么一个从来没见过面的人会知道他的喜好。猜也不可能猜得那么准!

"喂,我说……你还要在这里待多久?电影开场时间快到了,该去电影院了。"

"哦?电影快开始了吗?好吧,那我们赶紧去电影院。"虽然有些意犹未尽,不过电影时间是不能错过了,尤其是刚才买票那么艰辛,要是错过一点就遗憾了。

慕夜枫丢出一个白眼,终于松了一口气。要是再让他在这里待下去,或许他会郁闷得提前结束这段交往。

第四章　千辛万苦等来的约会

周末的电影院格外拥挤，而今天的这部影片正好是新上映的大片，上座率极高，就算是有电影票在手，光是进场都得排好长时间的队。好不容易排到了检票，进了入口，却没想到电影院里面一片漆黑，慕夜枫立刻抓住了桑夏的肩膀。

"该死的，你怎么没告诉我电影院里面是黑的？"

桑夏一脸黑线，电影院里面是黑的，每个人都知道啊！还用说吗？可是他现在是怎么了？站在原地一动不动，而且还紧紧抓着她的肩膀不放。

"电影院当然是黑的，不然放电影就没效果了。"

"见鬼，我什么都看不见！"

"啊？你有夜盲症？"桑夏一脸惊讶地盯着他的脸。以前看电影的时候怎么从来没听他提起过有夜盲症的事。

"废话，快点扶着我找位置坐下。"慕夜枫不耐烦地打断桑夏的问题。在这种时候问他夜盲症的问题，不觉得很不适合吗？

"噢！"桑夏点了点头应了一声，接着伸手扶住慕夜枫的手，拉着他往前走，一边不时地提醒道："小心点，前面有台阶。"

费了半天的劲，总算是安然找到了座位坐下。电影开始了，播放的是刚刚火热上映的美国科幻大片,看电影的人几乎都是一些男同胞,很少看到一对对的男女,所以桑夏跟慕夜枫两个人就显得比较突兀了。

慕夜枫眯着眼,视线落在前方的大屏幕上,除了这荧幕能看清楚,周围的事物全都是模糊一片,甚至完全不知道场内坐着多少人。而桑夏却在一边看得聚精会神,几乎达到了完全忘我的地步。

慕夜枫闷闷地瞥了她一眼,这家伙的脑袋里装的都是些什么?女孩子家的居然喜欢看这种科幻片,什么嗜好?

"喂,你上辈子是外星人吗?"他忽然莫名其妙地丢出一句话,话一出口,连他自己也被吓到了。估计是在这个黑漆漆的地方看不清任何东西,就连脑袋也开始出现故障了。

"啊?你说什么?"桑夏全神贯注地盯着屏幕看,压根儿没听清楚他在说什么。

慕夜枫无力地翻了个白眼:"算了,当我没说。你这个反应慢半拍的家伙!"负气地靠向椅背,闭上眼不再开口。

桑夏奇怪地转过头,瞥了一眼闭目养神的慕夜枫,郁闷地皱起眉头。

"这么好看的片子,你怎么不看?"

"闭嘴,看你的电影吧!"

桑夏撇了撇嘴,满脸的问号。这好端端的又哪里惹到他了?她发现他的性格和脾气真的变了好多,变得她都快不认识他了。

两个小时的电影结束,慕夜枫差点就睡着了。这哪里是看电影,简直是花钱进来睡觉的。桑夏无奈地摇了摇头,拉着他出了电影院。

一见着亮光,慕夜枫立刻恢复了精神。刚才在电影院里面什么都看不见,他不得不乖乖地坐着等到电影结束。

"我发誓,这辈子我都不会再踏进电影院半步!"他咬牙切齿地向她提出警告,看电影仅此一回,下不为例。

"对不起嘛!我又不知道你有夜盲症……"桑夏也觉得委屈,她明明和他看过很多场电影,从来没听他提过有夜盲症,而且以前他在电影院内也行走自如,完全不需要别人搀扶。哪里知道他们分开了一段时间后,他突然就得了这种症状。所以这也不能怪她啊!

慕夜枫烦躁地握紧拳头,想发火又找不到充分的理由。她的确不知道他有夜盲症,而且他也从来没看过电影,不知道电影院里是一片漆黑的。所以,怪不了她,最后他只能自怨自艾地叹了一声:"算了。"

"噢!"她低头应了一声,发现肚子开始咕噜咕噜地叫。于是一脸窘迫地道:"肚子饿了,我们去吃饭吧!"

慕夜枫横了她一眼,不屑地撇撇嘴,道:"猪一样的家伙!"虽然毒舌,但脚步却还是朝马路对面的肯德基走去。

桑夏扬起嘴角,心里暖暖的。只是马路对面的肯德基显然不是她想去的地方,于是她拉住慕夜枫的胳膊。

"不要去吃肯德基了,我们去路边的小吃摊吃。怎么样?"以前他们的经济都拮据,就连吃肯德基也奢侈,所以为了省钱,他们经常跑去路边摊吃小吃。其实那些小吃味道真的不错,和肯德基完全是两种风味。久而久之,她也渐渐习惯了,每次出去都会找这样的小吃摊,又便宜又好吃。

慕夜枫虽然没吃过小吃摊的东西,但却经常看到那些小吃摊前面围着许多人群,人手一串,吃得津津有味。他也曾经想过,这些人难道穷得连吃饭的钱都没有了吗?而且看那些路边摊的卫生质量这么差,为什么还会有那么多人去买?

可事实却不是这样,不是因为穷得吃不起饭馆,而是因为这些小吃美味可口,适合大众口味,方便又实惠。也不是不知道小吃摊的卫生问题,而是他们奉行着一句"不干不净,吃了没病"的话。

"见鬼,怎么都这么喜欢吃路边摊?"

"路边摊的小吃很好吃的,吃过一回保证你还想吃第二回。相信我,走吧!"桑夏二话不说就拉着慕夜枫转道朝路边摊走去,希望这些曾经熟悉的事情能让他恢复以前的记忆。

小吃摊的老板是一个四十多岁的大叔,黑黑的皮肤,炯炯有神的眼睛,长得很忠厚老实。见桑夏和慕夜枫走近,他便很热情地招呼起来。

"小姑娘,想吃点什么?我这儿的小吃特别丰富,随便挑。"

桑夏微笑地点了点头,接着将视线转移到台面上的各种小吃。啊!光是用眼看,都觉得口水直流了呢!

"枫,你想吃什么?烤翅好不好?还是鱼丸?"她兴致勃勃地转头问慕夜枫。

慕夜枫兴趣缺缺地瞥了一眼台面上的小吃,似乎很不乐意吃这些东西。可桑夏还在眼巴巴地等着他的回答,于是他只好丢出两个字:"随便!"

"噢,那就烤翅吧!你最喜欢吃烤翅了,每次都要跟我抢。"回忆起往事,桑夏的脸上露出一副甜蜜的笑容。

慕夜枫挑了挑眉。这丫头又在幻想了吗?

买了两对烤翅,两串贡丸,还有两个玉米,慕夜枫掏的钱,桑夏将买好的小吃一人一份装在塑料杯里面,将其中一份交给慕夜枫。

"喏，吃吧！很不错呢！"

慕夜枫有些怀疑地看看她，伸出手，犹豫地接过杯子。再看看桑夏正吃得津津有味，于是终于动手拿起了一串烤翅。满脸怀疑地将烤翅塞进嘴巴里，却没顾及到刚烤熟的烤翅还很烫，这么一入口，自然是被烫了个半死。

"啊！好烫。"他惨叫一声，手一抖，鸡翅不慎掉到了地上，"该死的……"吃一串鸡翅都这么不顺利。

"哈哈……"看到慕夜枫窘迫的表情，桑夏忍不住笑弯了腰。他看起来还真像个小孩子，可爱得很。以前怎么没发现呢！

被桑夏这么一笑，慕夜枫更是觉得挂不住面子，当场恼羞成怒："喂，你这只打不死的'小强'，笑什么笑？"

"哈哈……好，好啦！我不笑就是了嘛！"桑夏憋红了脸，迫使自己不再笑出声。接着她将手中剩下的一只鸡翅举到慕夜枫面前，"还有一只，给你！"

慕夜枫默默地接过鸡翅，横了她一眼，表情一阵错杂。

为了防止他尴尬，桑夏聪明地转身朝前走去。

逛了街，看了电影，又吃了小吃，似乎一天的行程都安排完了，可是时间却还足足有余。那么接下来该干吗去呢？

两个人漫无目的地走在大街上，看到一对对的男女手挽手，肩并肩地从身边经过，脸上全都是甜蜜幸福的表情，桑夏不禁有了感慨。她和枫曾经也是如此亲密地走在街上，可现在呢！慕夜枫虽然就在身边，却怎么也找不到了那种感觉。不，应该是完全不一样的感觉。

"喂，你到底要去哪儿？"走了半天都没见桑夏停下来，慕夜枫终于不耐烦地提出了抗议。

"我也不知道……"桑夏皱了皱眉头。昨天晚上想的只有这三个安排而已,至于接下来,就随便了。

"什么?你不知道?那现在是在干吗?吃饱了撑着散步吗?"他瞪大眼睛,气得头顶冒烟。

桑夏弱弱地缩了缩脖子,退后两步,闪到行人道上。

"好嘛好嘛!我承认,今天的行程已经安排完了,只是我看时间还早,就想再逛一圈嘛!"

"你……真是……"他已经气得说不出半句话来。

半晌,他忽然沉下脸,加快了脚步。桑夏急忙跟了上去,怕他会半路将她甩了。果不其然,才转了两个弯,她就找不到他的人影了。

完了!他果然把她丢下了。怎么办?她在Z市人生地不熟的,早上出来的时候身上也没带钱,她要怎么回家?而且最严重的一个问题是,她竟然不知道慕夜枫的手机号。这个女朋友当的真是从头败了。

呜呜……怎么办?桑夏一个人在人来人往的大街上打转,毫无方向感的她不知道自己该往哪边走。

正当她焦急万分的时候,忽然一个高大的白色身影进入了她的视线。她眯起眼,抬头一看,接着便不可思议地瞪大眼睛。因为白色身影不是别人,竟然是连正杰。

"连医生?!"

"小夏?!"两人同时惊讶地开口,接着相视而笑。

遇到连正杰,桑夏的心终于放下来。至少有连正杰在,她不用担心回不了家了。

"小夏,你一个人来逛街吗?"

"哦……是啊!"桑夏硬着头皮承认,不想说出被慕夜枫半路放鸽子的事情。"连医生难道也来逛街吗？"

"哦，不是，我是来做义工的。就在那边！"说着，他伸手指了指一个方向。

桑夏转过头，顺着他手指的方向望过去，只见一辆红十字的救护车停在那边。她见过这样的车子停在街上，是替市民义务献血的。

"哦！原来是献血车啊！"

"嗯，你要不要也做一下贡献？献血对人体的血液循环有好处哦！"

"哦……好吧！"

连正杰微微一笑，两人转身正要朝献血车走去。却不料身后一个愠怒的声音响起："伊桑夏，你想去哪儿？"

两人脚步一顿，回过头，只见慕夜枫一脸阴沉地站在那里。

"枫！原来你没走，我以为你把我丢下了呢！"桑夏喜出望外，兴奋地扑过去。

慕夜枫面无表情地瞪她，"我只是去上个洗手间，你就准备跟着别的男人走了吗？"

"啊？不是……我跟连医生是凑巧碰到的，他在做义工，我就想说去义务献血。枫，你也一起去好吗？"

"是吗？不知道是不是真的在做义工……"慕夜枫冷笑一声，毫不友善地盯着连正杰。

连正杰扬起嘴角，一脸无辜地耸了耸肩，"如果不相信，你也可以一起去献血。"

慕夜枫挑眉，丢给他一个挑衅的眼神，拉起桑夏的手就朝献血车走去。

献血车内还有两名护士，她们一看到连正杰带了两个人过来，立刻从车上走了下来。

"连医生，这两位要献血吗？"

"对，帮他们安排一下。"只见连正杰点了点头，接着跳上了车。

慕夜枫见状，不屑地撇撇嘴，嘀咕了一句："这小子还真的在做义工。"

一旁的桑夏看到慕夜枫的窘状，忍不住闷笑了一声，"看吧，连医生真的是在做义工。没骗你哦！上车吧！"说完，她便跳上了车。

慕夜枫虽然满心的不情愿，但是碍于面子问题，他还是硬着头皮上了车。

车内，两名护士正在进行针管的消毒工作，见桑夏和慕夜枫上来，便招呼两人在指定的座位坐下。桑夏神情自若地按照护士的指示坐了下来，一边还跟护士打了声招呼。而另一边慕夜枫的脸色可就不那么好看了。

护士还以为他怕痛，便安慰他："不要怕，抽血不疼的。"

"见鬼，谁说我怕疼，我只是……晕血。"后面两个字，他说得特别小声。也许他自己都觉得很没面子，一个大男生不但有夜盲症，而且还晕血。这要是传到学校里，他的形象可全毁了。

只是，他那极小声的两个字还是落入了护士的耳朵里。护士忍不住惊叹："晕血你还来献血，真的是勇气可嘉。"

桑夏和连正杰闻言同时惊讶地转头，慕夜枫脸部表情僵化。

结果，在慕夜枫紧闭双眼咬牙切齿的情况下，护士终于抽完了血。而且是因为担心他晕倒，所以只抽了100cc的血。

抽完血后，慕夜枫的脸色几乎跟白纸没什么两样了，久久没有缓过神来。而一旁的桑夏则是抽了200cc的血,却面色如常地喝着护士给她的牛奶。

"喂,抽了那么多血你不头晕吗?"看到桑夏一脸的自然,慕夜枫不禁犯起了嘀咕。这丫头的身体果真跟"小强"一样健壮!

"没什么感觉哎!可是你真的有那么头晕?"桑夏满肚子的疑惑。她怎么感觉他越来越脆弱了,以前明明都没发现他有这些症状,难道是最近才有的吗?真是奇怪!

"废话,你以为我是装的吗?"他慕夜枫是多要面子的人,平白无故干吗在别人面前出丑。今天要不是为了撑面子,打死他都不会爬上献血车。要知道他是一个连医院都不愿意进去的人,一闻到医院里的那股味道就头晕。

"可是……你晕血为什么不说呢?既然晕血,刚刚就别献血了嘛!"

慕夜枫无语地丢给她一个白眼。真是马后炮,刚刚没抽血之前怎么没听她说这话,现在在抽完了血就假装来关心他了。虚伪的女人!他皱起眉头撇了撇嘴。

正在这时,连正杰拿着两张红色的纸朝他们走过来。

"多谢两位的无偿献血,这是证书。"说着,他微笑着将两张献血证书交到两人的手上。

慕夜枫接过证书瞥了一眼,一副完全不屑的表情。而桑夏则拿着证书十分开心,像是得了什么奖状似的,兴奋得跳了起来。

"嘭!"头顶装上车顶。她突然哎哟一声反弹回来,双手抱着头蹲了下去。她似乎忘记了自己还在献血车里面,而献血车的顶篷并不高,像慕夜枫和连正杰这种身高进入车内都必须低着头,而桑夏这兴奋的一跳,自然会撞到车顶。

"哈哈……白痴!"慕夜枫忍不住大笑起来,完全忘了自己真头晕,这一笑,差点就昏过去了。

桑夏窘迫地抬起头,狠狠瞥了慕夜枫一眼。这个没良心的家伙,只知道幸灾乐祸!

"小心点,有没有撞疼,我来看一下!"最后还是站在她身边的连正杰伸手将她扶起来,并细心帮她检查了头顶。

"没什么没什么,只是有点疼,揉几下就好了。谢谢你,连医生。"桑夏感动地朝连正杰道谢。

慕夜枫看在眼里,忍不住郁闷起来。就算头晕还没消除,他也不愿意再在这里待下去了。必须马上离开,离连正杰远远的。

"时间不早了,该回去了。"他霸道地拉起桑夏的手,二话不说就将她拉下了车。一下车,他立刻甩开了桑夏的手,径直朝前走去。因为动作太快,他的双脚一软,差点站不住倒下去。

幸亏桑夏眼疾手快,急忙扶住了他。"你不是头晕吗?怎么不多休息一下?"

"会越坐越头晕。"他不耐地吐出一句话。也不知道是怎么回事,看到连正杰跟桑夏站在一起,就算不抽血都会头晕。

"啊?"桑夏头顶冒出三个问号。没听过会越坐越头晕这一说,他真是个怪咖。

结束愉快的周末,又到了上学的日子。天气晴朗,阳光明媚。一大早,桑夏便拎着大包小包地跑进了学校。看起来像极了一个刚从战地逃难回来的难民。

一进教室,祝圆圆看到她就立刻惊叫起来,"哇,桑夏,你怎么拎了这么多包,回老家了吗?"

桑夏尴尬地摇摇头,"不是啦!"说着,她转过头朝慕夜枫的位置上望了一眼,有些失望地皱了皱眉,下意识地吐出一句话,"怎么还没来?"

祝圆圆显然听到了她的嘀咕,于是忍不住翻了个白眼,道:"我的大小姐,现在才几点,慕夜枫当然不会这么早来学校。"

"噢!也对啦,时间还早呢!"她将手中的东西放在座位上,一脸尴尬地挠了挠头。看来是她来得太早了!

"这包里都是些什么呀?让我看看……"没等桑夏反应过来,祝圆圆就一把将包抢过去了。

"喂……圆圆,没什么好看的啦!"桑夏扑上去阻止,可祝圆圆早就把包包打开了。

看着包里面倒出来的瓶瓶罐罐,祝圆圆傻眼了。

"胡萝卜、西红柿、菠菜、番茄汁,还有猪肝……这是什么跟什么呀!一大早你去扫荡菜市场了吗?"

桑夏一脸的窘迫,赶紧将东西都收到包里。

"不是啦,这些东西都是要给枫吃的。"

"不会吧!你把慕夜枫当猪喂吗?"祝圆圆睁大眼睛。

没等桑夏开口,身后忽然响起一个声音:"谁把我当猪了?"

两人同时转头,只见慕夜枫单手拎着一个包包,悠闲地朝她们走近。众人十分惊讶,第一次见到慕夜枫这么早来学校,真是奇迹。

"枫,今天你怎么这么早来学校了?"就连桑夏也忍不住疑惑起来。

慕夜枫闻言撇撇嘴,"早点来学校不好吗?"其实他自己也觉得奇怪,今天为什么偏偏这么早来学校了。

"当然好啊!这是个好习惯呢!"上学不迟到就不会被班导骂了,她可不想天天看到他一进教室就被班导点名。

慕夜枫得意地挑眉,视线落在课桌的包包上面。

"这是什么？"他好奇地问道。

"哦……这个是要给你的。"桑夏有些犹豫地将包包拿起，接着交到慕夜枫手中。

"给我的？"他瞥了她一眼，暗喜。她是要送礼物给他吗？

"嗯！"

"是什么？"

"是……对你的身体有好处的东西。"

"是吗？"他有些怀疑地将手伸进包包里面，手指触及一个瓶子，抓住，掏出来。一瓶鲜红的番茄汁进入他的视线，这瓶如血浆一样的东西差点让他当场昏过去。"哦，天哪！"他惊叫一声，赶紧将瓶子丢回包包里。

慕夜枫的脸色顿时煞白，把教室里的所有人都吓坏了。

"怎么回事？"从来没见过慕夜枫这个样子，就连祝圆圆也跟着紧张起来。

桑夏扭曲着俏脸，尴尬地回答："他晕血。"

众人瞪大眼睛，而此刻慕夜枫的脸已经是一阵青一阵白了。他极力隐瞒的弱点居然被这丫头堂而皇之地公之于世了，简直是毁他形象嘛！

他一怒之下，伸手揪住桑夏的肩膀，将她拉出了教室。

"你这个打不死的'小强'，到底想干吗？谁让你带这些乱七八糟的东西，看看这都是些什么？"他一脸怒容，将包包里的东西全数倒在地上，"胡萝卜、菠菜……居然还有猪肝？是怎样？准备喂猪吗？"他的脸色随着地上的一样样东西而变得铁青。前所未有的怒火涌上心头，全都拜她所赐。

桑夏愣愣地瞧着地上的一堆东西，心中说不出的委屈，眼泪跟着忍不住夺眶而出。这可是她一大早跑了好远的路到菜市场买来的，因为他有夜盲症和晕血症，所以她特意上网查了许多资料，才发现胡萝卜、菠菜和猪肝这些含有丰富维生素A，对治疗夜盲症有极佳的效果，而番茄汁看起来像血浆，只要天天喝，就能克服晕血症。

可是现在……他竟然不分青红皂白就将她辛苦准备的东西都扔到了地上。糟蹋她的心意不说，还吼她骂她。她越想越委屈，眼泪流得更加凶了。

"还有这该死的番茄汁，你……"慕夜枫怒气冲冲，本来还想继续发泄。可一个"你"字才出口，便自动噤了声。看到桑夏满脸的泪水，他再也不忍心说下去了。"你怎么又哭了？"他严重发现她的泪腺特别发达，动不动就鼻涕眼泪一大把，而他却偏偏对她的泪水敏感，只要她一哭，他就会宣布投降。

"呜呜……人家辛辛苦苦帮你准备了这些东西，可是……可是你不但不领情，还凶我……呜呜……"她越说越委屈，越哭越厉害。

慕夜枫完全投降了。

"好了好了，我不说了。"明明是他该埋怨的事情，谁让她都不问问他喜不喜欢吃，就随便买了这么多乱七八糟的东西。天知道这些东西他一样也不爱吃。"可是你没事干吗买这些东西？"他又不是饿着肚子。

桑夏委屈地撇撇嘴，吸了吸鼻子，回答道："这些都是对夜盲症和晕血症有帮助的，你必须要每天吃。"

"真的假的？你可别随便听人乱说。话可以乱说，东西不能乱吃。"慕夜枫极力替自己找理由。事实上，他根本不想吃这些讨厌的东西。

话可以乱说，东西不能乱吃？这话怎么听着这么别扭。桑夏皱起眉头，疑惑地问：" 好像应该说成 '东西可以乱吃，话可不能乱说'，是吧？"

"……"

慕夜枫无语地瞪了她一眼。这不是重点好不好！

"好啦好啦，这些东西没问题，我都是上网查了医学资料才知道的。所以，你放心吃吧！对你的夜盲症和晕血症有很多好处。"

"是吗？可是我最不喜欢吃这些东西。"第一个借口被推翻，他干脆直接表明立场。

"就是因为你不喜欢吃这些东西，所以才会得夜盲症。你并不是先天性夜盲症，对吧？"桑夏说得振振有词。

"你怎么知道？"他意外地挑了挑眉，她怎么会知道他不是先天性夜盲症。

"我认识你的时候你就没有夜盲症。"

"是吗？"他没有否认，继续找理由，"不过还有这个该死的番茄汁……是怎么回事？"

"我在网上查过晕血的人如果能多看血，就会慢慢克制头晕。但是我找不到那么多血，所以只好找番茄汁代替，顺便还可以喝！"

"喝？！"他惊恐地瞪大眼睛，"见鬼，我一看到这东西就头晕，你还让我喝？你想害死我吗？"

"没关系啦，忍一下就过去了。枫，我一定会帮你克服困难的。"桑夏说得信心满满。

慕夜枫犹豫了。看着地上一堆讨厌的食物，却面对一张满怀信心的脸，他该怎么办？难道真的要忍受头晕和反胃去吃这些东西吗？这样做的后果很可能是直接进医院。自他懂事起，就从来不会为任何人牺牲自己,所以这次也不例外,那么……拒绝吧!

抬起头,对上桑夏那一双泛着泪光的大眼睛,他顿时又心软了。完全受不了她欲哭无泪的表情,这比她大哭的时候更加令他不知所措。

最终,他闷闷地蹲下身子,将地上的东西一样一样捡起来放回包包里,接着又闷闷地说了一句:"我真的是疯了。"而且郁闷的是明知道自己不可以被她牵引,不可以对她动心,可行为却偏偏不受控制,一次又一次地妥协。

"枫真是个听话的好孩子!嘻嘻……"她一头扑进他的怀里,撒娇似的用头发磨蹭着他的脖子。痒痒的,却很舒服。

慕夜枫一动不动地任由她抱着,嘴角不自觉地慢慢扬起。

篮球联赛经过前几场的比赛,圣起学院篮球队成功地进入了决赛,学校为了隆重起见,决定招募一批女学生组成啦啦队和后勤队,为学校篮球队助威加油!这个消息一传开,立刻引起了全校女学生的热烈响应,尤其是崇拜慕夜枫的那群粉丝,几乎是争先恐后地报名参加,差点把教务处的门给挤破了。

午后的阳光暖暖地洒在身上,桑夏懒洋洋地趴在顶楼阳台上,看着一楼大厅内拥挤的人群,不禁蹙起了秀眉。那么多人抢着去报名,看来慕夜枫真的很受欢迎呢!那么,作为他女朋友的她,是不是应该感到很庆幸呢?

"我要不要去报名呢?"作为女朋友的她如果不报名的话,眼睁睁看着别的女生围着自己的男朋友转悠,心里一定会不舒服。但是如果去报名,肯定会受到排挤,说不定又会遭到莫名的恶整。

"想去就去，不想去就不要去。可没人逼你！"在她身旁的慕夜枫一条腿弯曲着搁在课桌上，舒服地斜靠着窗沿，低头翻着一本厚厚的课本，一脸悠闲地丢出一句话。最近她天天黏着他，几乎寸步不离。虽然有些不习惯，但不可否认，他并不讨厌这种感觉。闲来无事的时候，还可以损她几句消遣一下。

桑夏转头，视线落在慕夜枫完美的侧脸上。以前她总是喜欢看他的侧脸，无法想象世界上真的有那么漂亮的男生，这张脸简直是天生被女生嫉妒的。光是这样默默地看着，就觉得是一件幸福的事。

"可是如果不去报名，是不是就不能帮你送水了呢？"

"谁知道！不过就算你送了，我不会接受。"

"为什么不接受？第一场比赛的时候，我那么辛苦帮你送水，还摔了一跤，你却还是把水倒掉了。我多委屈！"

"你委屈？"慕夜枫挑眉，"呵！要是喝了那瓶水我才真的委屈了呢！"而且恐怕不止是委屈这么简单了。

"唉？为什么？"桑夏疑惑地问道。

"哪来那么多为什么，事情都过去了还有什么好问的。"慕夜枫不耐烦地结束谈话。

桑夏委屈地噘了噘嘴，低下头不再开口。

看到她失落的表情，慕夜枫只觉得莫名的不忍，竟然脱口道："算了，我会接受你送的水，这样可以了吗？"见鬼，他发现自己的心越来越不受控制了。

"真的吗？那你只可以接受我送的水，不可以接受其他女生的。"

"喂，你现在的要求似乎多起来了。"他放下手中的书本，侧头瞥了她一眼。

"有吗？这算是要求吗？"她一脸的无辜。

"难道不是吗？"慕夜枫挑眉。

"可是……这不是理所当然的事情吗？你是我男朋友，所以你不能接受其他女生送的水。"

"嗯，听起来是有点道理，我会考虑看看。"

"还要考虑？这种事情不是应该一口答应的吗？枫……"她扯着他的胳膊撒娇。

慕夜枫嘴角一斜，完全当作没听到，捧起书本继续看了起来。这样的午后，有她陪在身边，暖暖的感觉，似乎挺不错的。从来不会这样安静地待在教室看书，从来不会如此悠闲地跟任何一个女生说话，可她却连连打破了他的惯例，他承认，她的出现虽然突兀，却令他有一种说不出的感觉，很舒服，很温馨，她像是他上辈子就已经习惯的存在。他甚至忘记了，她极有可能是老头子安排给他的相亲对象。

桑夏磨蹭了许久也没见慕夜枫再理她，终于是放弃了。

"哼！不理我就算了，我走了。"偶尔，她也会耍点小脾气。而此刻，她正好要去音乐教室陪婕好练习。因为下个礼拜就是演出的日子了，所以这几天就延长了练习的时间。

这回慕夜枫总算是有反应了。

"去哪儿？"

"不告诉你。"她扬起下巴，跟他杠上了。

"想趁机去找连正杰吗？"他疑惑地眯起眼，斜睨着她。

"啊，你在吃醋吗？"

"见鬼！我只是在提醒你，不要忘了我说过的话。"他丢出一个白眼，低下头假装镇定地继续看书。死也不愿意承认自己真的很在意她跟连正杰扯上任何关系。

"好啦好啦，我只是去音乐教室帮婕妤伴奏。"

"婕妤？！"

"嗯，就是音乐系有名的连婕妤啊！之前答应过她要帮忙伴奏的，而且下个礼拜就要公演了，所以要抓紧时间了。"

"是吗？那你还不快去？"

桑夏嘟起嘴，为慕夜枫的不解风情而郁闷，"噢"了一声后，便垂着头走出了教室。

看着桑夏消失在门口的背影，慕夜枫皱了皱眉。连婕妤，这个名字似乎有点耳熟，似乎在哪里听过。

刚跨出门口，她的脖子又伸了回来，"别忘了喝番茄汁，还有胡萝卜！"

"知道了，我快成兔子了。"整天吃胡萝卜，他真觉得自己过着兔子一样的生活。转头看着课桌上的一瓶番茄汁，他郁闷地撇撇嘴。

刚开始几天，他几乎是每天喝到吐，可是这丫头像是铁了心一样当作没看见，硬是逼着他喝下去，他这辈子就没受过这种罪，偏偏还不能反抗，只要他一说放弃，她的泪水就像开了闸似的喷涌而出，他有时候甚至怀疑，她是不是故意的，知道他对她的泪水敏感，所以才用这招来对付他。可恶！这回他算是碰到了克星。

"变成兔子也不错啊，我很喜欢兔子的呢。嘻嘻……"她笑嘻嘻地离去。

慕夜枫当场黑线。该死，她把他当宠物了吗？

校际篮球决赛开赛在即，学校啦啦队也已报名就绪，桑夏最终还是和祝圆圆一起加入了啦啦队。根据祝圆圆的分析，这次的啦啦队是全校性的,可以名正言顺地接近慕夜枫,所以那些崇拜慕夜枫的女生一个个地铆足了劲要挤进啦啦队,其动机不纯是显而易见的。最主要的是每个球员都会指定几名后勤替自己送水和毛巾,如果桑夏不加入啦啦队的话,就是明摆着把机会让给那些女生。

本来还在犹豫要不要加入的桑夏听祝圆圆这么一说,便立即点头答应了下来。虽然她对自己很有信心,可以保证一心一意,但对慕夜枫却没有把握,毕竟他已经不是从前的那个枫了。面对那么多漂亮的女生,他也许一不小心就看中了。所以以防万一,她还是加入啦啦队,时刻监督着为好。

只是,桑夏加入啦啦队显然是受到了众人的排挤,虽然经过上次的照片和音频曝光事件,学校安静了许多,可那些却都是表面现象,实质上他们还是在暗地里排斥桑夏。就比如说像现在,去医务室领药明明是救护人员做的事情,却要她这个后勤人员去做。

唉!辛苦就辛苦点吧!就当这全是为了慕夜枫做的。

通往医务室的走廊上,一旁的祝圆圆忽然问了一句:"桑夏,你最近跟慕夜枫相处得好吗?"

桑夏有些莫名其妙,愣愣地点了点头,道:"很好啊!怎么了?"

"哦,那就好,其实没什么,我只是无聊随便问问。"祝圆圆的表情有点奇怪。

桑夏疑惑地皱起了眉头。她不是没有发觉,其实自从她跟慕夜枫交往以后,祝圆圆的表情都有点怪怪的,不知道怎么回事?难道……

心中有一个想法突然冒了出来,她惊恐地睁大眼睛,有些不可思议地盯着祝圆圆的脸。

"圆圆,你该不会也喜欢……枫吧?"她千思万想,最后只能得出这个结论。

祝圆圆闻言,同样也瞪大了眼睛,显然被桑夏的话吓到了。愣了半天才回过神来,接着"扑哧"一声笑了出来。

"天哪!桑夏,你怎么会想到这个事情上去?"

"难道不是吗?那你为什么无缘无故地问我这个问题?"桑夏疑惑地挠挠头。

"当然不是,就算我喜欢慕夜枫,也不会跟好朋友抢男朋友啊!再说了,我的偶像可是连医生。"说起连医生,祝圆圆的花痴病又发作了。

"噢,呵呵……看来是我想太多了。不好意思啊,圆圆。"桑夏傻乎乎地笑了两声。

"可不是,平常见你还蛮迟钝的,怎么今天特别敏感一点?你放心,有我在,肯定会帮你一起看住慕夜枫的。"祝圆圆仰着头,十分大气地拍胸脯保证。

"圆圆,你真好。"说着,她扬起可爱的笑脸,又将脸朝祝圆圆贴了上去。幸亏祝圆圆机灵地一闪,成功躲避了某人黏糊糊的撒娇。

"别靠过来,医务室到了。"祝圆圆扬起手,阻止桑夏再靠过来。

"好嘛好嘛,那我们进去吧!"桑夏妥协,转身向医务室紧闭的大门走去。刚走到门口,她突然又想起了什么似的,转过头,问祝圆圆:"圆圆,你需要整理一下仪容吗?"她知道祝圆圆向来对连正杰敏感,进医务室前总是会特别整理一下自己的装束。今天应该也不例外吧!

听了桑夏的提醒，祝圆圆这才意识到她们已经到了医务室门口。于是她急忙低下头看了看自己的衣服，甩了甩一头乌黑的短发。

桑夏忍不住笑了一声，伸手刚要敲门，却发现门是虚掩着，屋内传来连正杰的声音。她微微用力一推，从门缝望进去，只看到连正杰站在窗前的背影。

"上次的事情是侥幸，幸亏他没有喝，不然恐怕就会闹出大事了。听我说，那个女生是无辜的，不要再干傻事了……"

连正杰握着手机似乎在警告什么人，桑夏只听到这里便敲了门。连正杰转身看到桑夏，神色一慌，接着匆忙挂了电话。

"小夏？"他轻咳了两声，故作镇定地跟桑夏打招呼。

"哦……连医生，不好意思打扰你了。"桑夏尴尬地挠了挠头，硬着头皮推门进去。祝圆圆紧跟其后，越过桑夏，率先走到连正杰面前。

"不打扰，你们……找我有事吗？"连正杰看着眼前这个长得像樱桃小丸子的女生，礼貌地扬起了嘴角。

祝圆圆显然是被连正杰的笑容迷得心神荡漾，脸颊也渐渐红了起来。

"连医生，我们是来领取明天篮球赛的救护用品。"激动之余，她倒是还没忘了正事，一旁的桑夏着实为她担心了一把。

"噢，已经准备好了，在那边。"说着，他伸手朝墙角的方向指了指。两人顺势望去，果然看到了一个白色的医药箱子，上面有一个大大的红十字。

桑夏道了一声"谢谢"，便走过去拿医药箱。本来救护的事情应该是有校医担任，可是连正杰偏偏明天要请假，所以救护用品就只能由救援队的人领取。

"对了,听说连医生明天要请假,是有什么重要的事情吗?"祝圆圆不甘落后,极力吸引连正杰的注意。

"对,要请假一个礼拜回英国一趟。"

"哦?是回学校吧!"

"呵呵,是的。你知道我在英国留过学?"连正杰半认真半玩笑地问道。

见连正杰不排斥聊天,祝圆圆自然而然地放大了胆子,"那当然,像连医生这么优秀的人,早就成了我们学校的风云人物了。大家对你的资料全都一清二楚。"

"是吗?我都不知道自己这么受欢迎。"连正杰腼腆地笑了笑。

祝圆圆似乎聊得不亦乐乎,还想继续说下去,可一边的桑夏却有些焦急了。要知道啦啦队的那群女生可都眼巴巴地看着她们将救护用品拿回去,如果延误时间的话,指不定又会遭到什么冷言对待。

于是,桑夏走到祝圆圆身边,轻轻地扯了扯她的袖子,低声道:"圆圆,我们该回去了。"

"啊?这么快啊?"祝圆圆垮下脸,偷偷瞥了一眼连正杰,明显的不舍。

"既然你们有事,就赶紧回去吧!"连正杰看出了桑夏的为难,便主动送客。

桑夏感激地向连正杰点了点头,随后拉着祝圆圆便往门口走去。只是刚走到门口,连正杰突然又叫住了她们。

"等等,小夏。我还有事跟你说,你把医药箱交给你同学先带走。"

桑夏闻言,疑惑地皱起眉头,看了看祝圆圆,又看了看连正杰，想到连正杰多次帮她，心里觉得不好意思拒绝，所以只能将手中的医药箱交给圆圆。

"圆圆，你先回去吧！要不然她们等久了又会有麻烦的。"

祝圆圆不情愿地接过医药箱，转头看了一眼连正杰，又看了看桑夏，最后一脸不悦地走出了门口。因为这种时候，她不能说不，也没理由说不。

等大门再次关紧后，连正杰缓缓开口："小夏，听说你最近每天都在帮音乐系的连婕好伴奏，是吗？"

桑夏惊讶得睁大眼睛，点了点头，回答："连医生怎么知道这件事？"

"因为连婕好是我妹妹。"

"啊？原来婕好是你妹妹，好巧啊！"像是听到了什么大新闻，桑夏的嘴巴张得好大。

"是很巧，婕好因为要举行个人音乐会，十分紧张，所以每天不断地在练习。她邀请你去当伴奏，真是辛苦你了。"身为连婕好的哥哥，连正杰自然是以一副理所当然的态度去关心帮助妹妹的恩人。

"没事，我能体会她的心情。毕竟是第一次举办个人音乐会，所以紧张是难免的。说起来我真的很羡慕她呢！人长得漂亮，才艺又那么出众，真是像公主一样的人物。"说起连婕好的优秀，桑夏完全是一副崇拜的表情。

可此刻，看着桑夏那张天真无邪的脸，连正杰的眼里却隐隐地透着一丝歉疚和心虚，让人猜不透其中的缘由。

"明天就是篮球决赛，我看过后勤队的名单，你也报名了。是不是？"

"嗯，枫要上场打篮球，我当然要去参加后勤队，做好后勤工作。只是……不知道明天婕妤几点练习，千万不要与篮球赛的时间撞到一起才好啊！"说起这个事，桑夏忽然有些担心起来。以前练习都是婕妤临时通知她的，从来没规定具体的时间。所以她只能祈祷明天婕妤能晚点通知她，好让球赛比完。

看出了桑夏的为难，连正杰若有所思地点了点头。这样的情况正合他意，以篮球赛为借口，趁机告诉桑夏明天起不用再去帮婕妤练习了。

"这些天辛苦你了！我跟婕妤已经说好，从明天起就不用去音乐教室了。音乐会进入倒计时，该安排几天休息时间，以便能调整好状态，把最好的一面展现给观众。"

连正杰的话听起来十分有理，可桑夏却在疑惑，为什么今天练习结束的时候婕妤没有告诉她这个事情呢？

"真的吗？是婕妤说明天不用练习了吗？"但是疑惑归疑惑，重点是明天开始不用再去音乐教室练习，这对她来说真是个大解放啊！自从答应婕妤要帮忙伴奏的时候起，她每天除了上课之外，大部分时间都在音乐教室，就连和枫出去约会的时间都没有。

心里虽然不情愿，但是她却不能把想法说出来。因为婕妤曾经帮过她，她不好意思露出不耐烦的表情，更不好意思当面拒绝。

"真的，明天就放心去做后勤队员吧！"

"太好了，连医生，谢谢你！"桑夏激动地握住连正杰的手，就差扑上去和他来一个大大的拥抱。

只是这个不适的举动偏偏不凑巧地被刚刚推门进来的某人看到，瞬间，就像一场暴风雨来袭，慕夜枫的脸色顿时黑到了极点。

"你们在干什么?"

激动中的桑夏听到慕夜枫的声音,下意识地回头,却看到慕夜枫怒气冲冲地朝她靠近,接着没等她反应过来,他便一把拉住她的胳膊,将她拉到一边。而他自己却跨步上前,站到连正杰面前。

连正杰一言不发地看着慕夜枫孩子气的动作,嘴角忍不住扬起一道浅浅的弧线。

"还敢笑?该死的臭小子……"慕夜枫抡起拳头就朝连正杰的脸上打去,速度之快,连桑夏都没注意到。

只是这迅雷不及掩耳之势的一拳,却被连正杰稳稳地接住了。这是慕夜枫始料未及的,根本没想到看起来斯斯文文的连正杰居然有这么大的手劲,能接住他这用力的一拳。

"头脑简单四肢发达的人才喜欢用暴力解决问题,我希望你不是这种人。把拳头收起来对付敌人会比较合适一点。"说完,连正杰手指一紧,硬生生地将慕夜枫的拳头甩掉。

一拳失败的慕夜枫丢了面子又失了尊严,当下就恼羞成怒。

"我的拳头就是用来对付你这种敌人的。"慕夜枫气得咬牙切齿,恨不得将一拳打歪连正杰的脸,好让他不能再用这张脸勾引女生。

连正杰闻言挑了挑眉,一脸悠闲地甩出一句话:"我什么时候成了你的敌人?"

"任何时候。"慕夜枫从牙缝里寄出四个字。

"枫,你误会了。"这时,桑夏想开口圆场,可是却被慕夜枫阻止了。

"有没有误会我看得很清楚,明显是这小子居心不良,大白天喜欢关着门说话。"要不是刚刚祝圆圆告诉他,连正杰把桑夏一个人留在医务室说话,他恐怕到现在还没发现连正杰的不良企图呢!"

"不方便被别人听到的事情,所以只能关门说。就算你不相信我,也该相信小夏,难道你觉得她对你的感情不够深,会这么轻易被我引诱吗?"

连正杰的话句句犀利,让慕夜枫毫无反驳的余地。

"当然不会,我只是在警告你不要纠缠她,被别人误会就不好了。"没错,他就算不相信连正杰,也该相信桑夏。这丫头那么拼命地喜欢他,绝对不会轻易被别人引诱。

此时,桑夏也帮忙解释道:"枫,我们只是聊了一些篮球赛的事情,没别的。"

"是吗?聊篮球赛的事情需要关着门聊吗?"他还是心存怀疑。

"这个……"桑夏一时语塞,有些为难地看向连正杰。刚刚连正杰说的事情不知道能不能让第三者知道,毕竟这是他的个人隐私问题,没得到主人的允许,她不能轻易说给第三人听,即便是慕夜枫也不行。

连正杰见状,无奈地摇了摇头,"我告诉小夏一个秘密,不方便被别人听到,所以只好关门了。"

"秘密?什么秘密?"慕夜枫追问。

"既然是秘密,当然只能是天知地知,你知我知,若是被第三者知道,那还叫秘密吗?"

连正杰轻而易举的一句话再度让慕夜枫无语。

"你……臭小子,算你狠!我警告你,下次再让我看到你纠缠桑夏,你的下场一定会很惨。"最后,他撂下一句狠话,不由分说地拉着桑夏迅速走出了医务室。

第五章　乱吃飞醋

一路都是阴沉着脸的慕夜枫终于在远离医务室的操场上松开了拉着桑夏的手，虽然是松了手，可脸上的表情却还是没有变。

桑夏小心翼翼地瞥了他一眼，接着小心翼翼地伸出手指戳了戳他的手臂，慕夜枫转头瞪了她一眼，却没有说话，看来是怒气还没消。桑夏为难地挠了挠头，再接着将脸凑过去，不断磨蹭慕夜枫的胸前。

这回慕夜枫终于是有反应了。只见他不耐烦地捧住她的脑袋，阻止她在他胸前乱蹭。

"枫……你说说话好不好？你不说话的时候怪可怕的，而且一点也不帅了呢！"

"知道自己做错了吗？"看着她竭力讨好的举动，他就觉得她是有一种做贼心虚的感觉。刚才在医务室里发生了什么事，只有她自己知道。

也许是他太敏感了，才会有这么强烈地怀疑。可是只要一想到她有可能和连正杰卿卿我我，他的心里就会升起一股无名的妒火，就像是发现自己的妻子红杏出墙一样，恨不得将那个"奸夫"碎尸万段。

"做错什么？"桑夏无辜地眨了眨眼睛，一脸天真无邪的表情。

慕夜枫危险地眯起双眼，一动不动地盯着她，直到他确定她眼里的纯净无瑕后，才开口："刚才在医务室连正杰对你都说了些什么？"

"哦……就是关于球赛的一些救援知识。"她模糊不清地敷衍过去。

"还有呢？"他穷追不舍。

"还有……还有就是那个秘密了。"

"你和连正杰是串通好的吗？你们所说的秘密，我一个字也不相信。"他开始不耐烦地吼起来。

"不是啦，真的是秘密。只是我不能说……"桑夏急了。极力想解释清楚，可又不能说出连医生的秘密，真是左右为难。

"说不出来的话让我怎么相信。"慕夜枫下巴一扬，表明自己的立场，非逼她说出真相不可。

桑夏急得都快哭了，不能让慕夜枫误会她，否则一个月的交往期限转眼即至，到时候他不要她怎么办？所以……只能对不起连医生了。

"好嘛好嘛，我告诉你，可是不能让别人知道，这样我会对不起连医生的。"她天真地要求慕夜枫保证。

慕夜枫撇撇嘴斜了她一眼，"我是那种人吗？"

桑夏闻言，傻傻地笑了笑，接着便将连正杰与连婕好的关系说了出来。

慕夜枫挑了挑眉，一脸不屑地说道："这也算是秘密吗？"

只不过是兄妹关系，有什么可保密的。连正杰那小子真是闲着没事做的家伙！想以此为借口勾引女生吗？他越想越不屑。

"难道不算吗？学校没人知道连医生和连婕好的关系呢！"

桑夏说得一本正经。

慕夜枫则是不以为然地甩出一句话："真是无聊！"转身刚要走，忽然又想到了什么似的，再度回过身来，别有深意地盯着桑夏的脸。

桑夏被他看得有些不好意思红了脸。

"你在看什么？我脸上有东西吗？"说着，她下意识地抹了抹自己的脸。

"这个时间，你们去医务室干吗？我刚刚看到祝圆圆拎着一个医药箱，是干什么的？"他眯起眼问道。

桑夏愣了愣，才想起自己是偷偷报名参加了后勤队，并没有告诉慕夜枫。于是，她感觉自己像做贼被抓了一样，结结巴巴地回答："这个……是因为……"

"你报名参加了救护队？"聪明如他，看到桑夏心虚的表情，便猜到了一二。只是让他不解的是，救护队那么辛苦，她为什么去参加那个？就算是想帮他做点事，也用不着去参加救护队，难道她认为他会受伤？这丫头真是……

桑夏急忙摇头解释："不是救护队，是后勤队。"单纯如她，慕夜枫这么一问，她便不自觉地将实情说出来了。

"果然是报名了。"慕夜枫撇了撇嘴，忽然伸手按住她的肩膀，低头靠近她，近在咫尺的脸扬起了坏坏的笑容，"看来你真的很喜欢我。是吗？"

慕夜枫温热的呼吸吐在她的脸上，柔柔痒痒的，桑夏的脸颊不由自主地渐渐红了起来。以前的他温柔绅士，就连牵手都会先试探一下，可不会像现在这样，做坏坏的动作引诱她，不过她却并不讨厌这种感觉，心里反而出现了从未有过的悸动。

点了点头，她坚定地回答他："很喜欢……很喜欢。"

听到她毫不犹豫的回答，慕夜枫脸上的笑意更加浓了。看来他的担心是多余的，这丫头还真是死心塌地地喜欢他。很好！

"那就继续喜欢下去吧！"他一脸宠溺地摸了摸她的头，嘴角的弧度扩散到极点。转身，他心情大好地离去。

剩下满头问号的桑夏在原地半天也没反应过来。前一刻还是黑着脸的人，此刻竟是带着笑容离去，心情似乎好到了极点。真是越来越怪了！

令人激动的校际篮球决赛终于在一片欢呼声中开始了。

这天，圣起学院的人流空前火爆。因为是省级的校际比赛，所以格外引起了媒体的注意。一些受邀的电视台和报社纷纷派了记者前来采访，大家都十分看好圣起学院的实力，也对主力选手慕夜枫帅气的外表和神秘的家世背景十分感兴趣。

此刻，圣起学院休息室内，气氛十分紧张，几名主力球员已整装待发，正在做着热身运动。而这边的后勤室也同样紧张，啦啦队后勤队包括救护队全集中在了一起，由总队长顾曼倩开始指定每个队员的任务。

桑夏和祝圆圆也跟着站在队伍之中，虽然报名参加的是后勤队，可前期的准备工作几乎都是她俩做的。桑夏知道自己不得人缘，顾曼倩一定是想借机故意整她，只是连累了祝圆圆跟她一起受罪，真是觉得过意不去。

"现在离开场还有十分钟，你们检查一下所有的道具和用品是否都准备好了。"顾曼倩指着所有人先问了一遍。

于是大伙儿开始检查各自队里的用品，尤其是啦啦队，需要用到的道具不少，特别要检查仔细，要是少了一样，等下在球场上出丑，可是会被其他学校的人笑掉大牙的。

经过一番仔细的检查后,啦啦队果然出了状况。领队的一名女生向顾曼倩举手道:"队长,我们的道具好像少了。"

"少了?"顾曼倩故意大声地反问。

"是啊,昨天检查过还在的,今天不知道怎么回事突然不见了。"

"你确定不见了吗?有没有去其他地方找过?"

"都找过了,就是没找到。"啦啦队的领队开始着急起来。

球赛即将开始,要是啦啦队的道具不齐全,那就会影响助威的声势。这可如何是好?全场的人似乎也跟着担心起来,而现在唯一的办法就是再去仓库领道具。可是仓库位置比较偏远,圣起学院的建筑面积又那么大,即使是用跑的,也不可能在十分钟内赶回来。

"那么现在只有一个办法,派一个人去仓库将道具领过来。"顾曼倩果断迅速地下达命令,像是早有计划,她将视线转到桑夏身上。"伊桑夏,就你去。"

"我?"桑夏指了指自己的鼻子问道。虽然早就料到顾曼倩会处处针对她,可现在这种情况未免也太不合情理了。她明明不是啦啦队的,为什么要让她去领道具?啦啦队那么多人,怎么也轮不到她这个后勤队的啊。

"怎么?不行吗?教务处指定我是总队长,负责整个队伍。我让你干什么就得干什么,不服从的话可以退出,没有人会阻拦你。"顾曼倩使出撒手锏,逼得桑夏不得不答应。她就是吃定了桑夏不会为了这点小事而放弃照顾慕夜枫的机会,所以才肆无忌惮地处处为难桑夏。

"我去。"为了能上球场照顾慕夜枫,桑夏咬牙点了点头,转身朝门口走去。只是去一趟仓库而已,相信花不了多少时间了。

只要她用力跑，很快就能回来了。

听到桑夏的回答，顾曼倩的嘴角掠过一丝冷笑。伊桑夏，既然参加了这个队伍，那就必须付出代价。

一边的祝圆圆看着这一切，不禁皱起了眉头。啦啦队的道具什么时候丢不好，偏偏今天才不见了。而顾曼倩的表情看上去有些过于平静了，像是早就安排好似的，让人觉得事有蹊跷。于是为了以防万一，她终于忍不住站了出来。

"我和桑夏一起去。"

顾曼倩见有人帮腔，转过视线落在祝圆圆身上。

"都是很轻的东西，用不着两个人去。我还有任务派给你呢！把这些救护用品和道具搬到球场上去。"顾曼倩扬着下巴，伸手指了指桌子上堆满的东西，理所当然地下了指令。

"这里那么多人，你凭什么让我搬？"祝圆圆可不如桑夏那么好欺负，凡是她觉得不公平的事情，绝对会反抗。只不过反抗有没有用就不得而知了。

"凭我是总队长。我让你干什么就干什么，不服的可以退出。"顾曼倩开口还是这句话。能报名参加这个队伍的人多半是冲着慕夜枫而去的，而这个祝圆圆跟伊桑夏两个人平时形影不离，就连报名参加后勤队也是一起商量好的。所以只要伊桑夏不肯退出，那么祝圆圆也就只能忍气吞声。

"你……顾曼倩，你不要公报私仇。"祝圆圆气得跳脚，就差没冲上去给顾曼倩两个耳光。

"哈，你说我公报私仇？我倒是很好奇，你和我之间有什么私仇可以报？我，跟你，不熟！"顾曼倩故作疑惑地反问，脸上显然是一副胜利者的表情。

祝圆圆气得说不出话来。之前报名的时候，她也纯粹是因为桑夏才答应的。可却没想到会受到顾曼倩的气,真是岂有此理!顾曼倩仗着她市长老爸的身份,在学校横行无忌,而偏偏学校的老师也忌惮她老爸的身份,所以就算顾曼倩欺负同学被发现,学校也照样没有处罚她,而是找了个替死鬼便了事了。

如此横行,恐怕顾曼倩的胆子会越来越大,指不定会做出什么疯狂的事情。想到这里,祝圆圆忽然被自己吓了一跳。刚才桑夏一个人去了仓库,而仓库位置又那么偏远,在那儿出什么意外都不会有人看到。

她越想越害怕,不顾一切地冲出门去。可走廊上早已不见桑夏的身影,祝圆圆惊愕地瞪大眼睛,才不大会儿的工夫怎么就不见人影了?于是她只好再度折回教室,质问顾曼倩:"你把桑夏弄到哪里去了?为什么才一会儿工夫她就不见人影了?"

顾曼倩听闻,忽然大笑起来。

"比赛就要开始了,她不跑快点恐怕就会错过精彩部分了。"

"……"

祝圆圆语塞!

"不要再磨蹭了,时间已经到了,大伙儿赶紧上球场。"顾曼倩显然失去了耐心,既然主要人物伊桑夏已经对付了,那么她也没必要在这里多费口舌了。这个祝圆圆对她来说根本构不上敌人,她并不需要花心思去对付。

话声一落,在场的众人便纷纷绕过祝圆圆,顺着门口鱼贯而出。走在最后的顾曼倩不屑地瞥了祝圆圆一眼,接着甩出一句话:"还不搬东西?你想退出吗?"

祝圆圆努力压下心中的怒火,握紧拳头,忍住挥拳的冲动。

"对不起,我是义务服务,没必要听你的差遣,本小姐我不干了。"她甩了甩毛茸茸的短发,转身潇洒地离去,当场把顾曼倩气白了脸。

"你……"她指着祝圆圆离去的背影,气得半天没说出话来。

早晨的时候还是阳光明媚的天气,怎么这会儿却乌云密布了?桑夏抬起头看了看这变幻无常的天空,不由得皱起了眉头。

想不到仓库的位置居然这么远,她本以为跑步可以在十分钟内赶回篮球场,可现在看来是不可能的事情了。糟糕,现在已经是九点整了,篮球赛已经开始了!

桑夏加紧了奔跑的脚步,一定要快一点,再快一点。她答应过枫,要为他加油的!

正在这时,口袋里的手机忽然响了起来。桑夏放慢脚步,伸手从口袋里掏出手机,看了一眼显示屏上的名字竟然是连婕好。她惊了一下,有些犹豫地按下接听键。

一个"喂"字才出口,就听到手机那头传来一个惊恐的叫声。

"救命啊……桑夏快来救我!"是婕好的声音,她出事了?!桑夏第一直觉地认为。

"婕好,你在哪儿?发生什么事了?"

没等桑夏问完,电话那头便出现一个低沉的男声。

"不想看到连婕好出事的话,就到后山的废墟。记住,一个人过来!"

"好……我马上过来!"桑夏几乎没有考虑,脱口就答应了。

心地单纯的她遇到这样的恐怖事件,根本没有多余的精力去思考其中的利害关系,只知道先答应绑匪的要求,保证婕好的安全才是第一。

同一时间,篮球场上早已热火朝天。拥挤的人潮将体育馆围得水泄不通，一大群媒体记者扛着摄像机举着话筒正在做现场直播。

而篮球场中央正在进行的自然是最精彩的篮球决赛。进入决赛的学校一共有八所，根据决赛的规则，抽签决定一对一进行预决赛。每对的胜出者再相互PK，直到决出最后冠军为止。

第一场预决赛正在火热进行中，参赛队伍是S市两所有名的体校。而此时，圣起学院的篮球队员正坐在一旁准备，因为第二场就轮到他们了。

作为主力球员的慕夜枫则是坐在首排第一个位置，而圣起学院的啦啦队就在离他不远处的围栏外面。

比赛还没开始，慕夜枫的视线便不由自主地瞥向啦啦队的方向。快速地扫视了一圈后，却没有发现某个熟悉的人影。他撇了撇嘴，忽然有些不悦地皱起了眉头，自言自语道："那只打不死的'小强'干什么去了？球赛都开始了。"

"嘟……"随着一声尖锐的哨声响起，第一场预决赛划下句号。接下来由圣起学院对决同市的另一所贵族学院，慕夜枫与队员们在教练的嘱咐下起身上场。

双方球员就位后，裁判员口含哨子，举起篮球用力向上一抛，"嘟——"一声哨响，双方的强求员迅速起跳，圣起学院幸运地夺得了进攻机会，激烈的进攻和防卫战就这样开始了。

周旋许久，慕夜枫一个漂亮的外线球稳稳地落入篮筐中，率先夺得第一个三分，不光是队友激动得欢呼起来，就连对方的球员也不禁投以佩服的目光。圣起学院传说中的篮球战神果然不容小觑。

球场上战况激烈，球场外欢呼声呐喊声此起彼伏。上半场结束，圣起学院以15∶10的分数领先五分。中场休息的时候，圣起学院的后勤队立刻蜂拥而上,替球员送水。慕夜枫扫视了一眼这群女生,并没有看到桑夏的人影。

随手接过一个女生递上来的水,他不悦地撇了撇嘴,打开盖子,仰头喝了几口。啦啦队里不见人影,后勤队里面也不见人影,难道那只"小强"在救护队吗?可是昨天明明告诉他是后勤队……

下半场刚开始的时候,体育馆的大门口忽然跑进一个匆忙的身影。球场上的慕夜枫视线一闪,正好瞥见那一抹熟悉的身影就是祝圆圆。看她神色焦急,似乎有什么急事。伊桑夏平时与她形影不离,为什么今天却只见她一人?

该死,那只"小强"呢?慕夜枫眉头倏然蹙紧,心中突然有一种不好的预感升起,那丫头……不会出什么事吧?

"小心!"球场上不知谁大喊了一声,接着众人一阵惊叫,慕夜枫惊愕地回过神,只见篮球不偏不倚地朝他飞来,他来不及闪躲,硬生生地被篮球砸中鼻子。

随着"啊"的一声,全场瞬间安静下来。慕夜枫被这样毫无防备的一击,脚跟一个不稳跌坐在地板上,鼻孔中竟然有红色的液体渗出,而罪魁祸首的那只篮球则"嘭嘭嘭"地向前抛去。

裁判见状立刻吹响了哨子,暂停比赛。这时,圣起的教练大喊一声:"救护队——"接着圣起学院的救护队便像炸开锅一样,尖叫着一窝蜂地冲向球场,甚至连啦啦队和后勤队的人都不顾一切地冲了上去。慕夜枫第一场在球场上受伤,那得让多少女生担心啊!

而此时被篮球击中的慕夜枫,就连自己流鼻血都不曾发觉,而他非但没有停在原地休息,而且还奋力推开救护队的人,接着不顾众人异样的表情,穿过人群直接朝大门口跑去,正好拦住了祝圆圆的脚步。

祝圆圆一看到慕夜枫,便跑了上去。

"那丫头呢?"慕夜枫首先开口问道。

"桑夏失踪了。"祝圆圆一脸的担心。

"失踪?!"慕夜枫闻言,惊愕地瞪大眼睛,"怎么会失踪的?"

"刚才顾曼倩叫桑夏去仓库拿啦啦队的道具,我有些不放心,所以跟了上去。桑夏为了在比赛前赶回球场,所以跑得很快,我没追上她。可是我到了仓库后,仓管却说没人去领过道具。桑夏根本没有去仓库,我打她手机没人接,在附近找了一遍,也没找到她。"

听了祝圆圆的描述,慕夜枫皱起眉头,下意识地转过头朝啦啦队瞥了一眼。领道具?哼!道具好好的拿在她们手上。他冷哼一声,视线锁住顾曼倩的脸。又是她在作怪!

"找人要紧!走!"慕夜枫当机立断,决定先找到桑夏再说。至于顾曼倩,如果真是她动的手脚,他绝不会轻饶她,即使她是市长千金也不例外。

祝圆圆同意地点了点头,转身随慕夜枫一起冲出门口。

两人在学校仓库附近又找了一遍,还是没有发现桑夏的踪影。于是慕夜枫下了判断,要是顾曼倩真的想动手,绝不会在仓库附近这么明显而且容易找到的地方,要干坏事也一定会选一个隐秘的地方,那样才不会被人发现。

但是这个学校有什么地方是隐秘又让人想不到的地方呢?他来这个学校不到一个学期,除了几幢教学楼勉强能认识,对学校的其他地理环境实在不熟悉。

"学校有什么比较隐秘的地方？很少有人去的。"最后，他只能求助祝圆圆。

"隐秘的地方？"祝圆圆闻言皱了皱眉，努力思考了一会儿，才不确定地回答："我不知道那里算不算隐秘的地方，不过平时倒是没人会去那里。"

"哪里？"

"后山的废屋，听说那里曾经有个女生上吊自杀过，所以没有人敢去那里。"

"好，就去那里找找！"

"啊？可是……"那里据说闹鬼啊！祝圆圆把后半句话咽了回去。现在桑夏下落不明，作为好朋友的她怎么能因为害怕而放弃找寻桑夏的机会呢？

"如果那丫头真的被绑架，一定会在那里。"慕夜枫下了肯定的结论。那丫头做事循规蹈矩，绝不会无故跑去别的地方，更何况她说过要赶回去看球赛，所以一定是出了什么意外。

绑架……如果真的被绑架了，她该有多害怕！那么瘦弱的一个人，怎么能经得起惊吓？想到这里，慕夜枫的脸色更加难看了。没等祝圆圆反应过来，他的人早已往后山方向跑去。

"等等我！"祝圆圆二话不说也跟着追了上去。

通往后山的路十分狭窄，两旁又布满了荆棘，必须先撩开这些荆棘丛，才能勉强前行。慕夜枫大概这辈子也没走过这种地方，可是为了尽快找到桑夏，他硬是一声不吭地往前走，就算手掌被荆棘划出血痕，也不见他皱一皱眉头。

"废屋就快到了，就在前面。"祝圆圆沿着慕夜枫撩开的道路，紧紧跟在后面，顺便探测着路况。

听了祝圆圆的话，慕夜枫点了点头，突然脚下一拐，似乎踩到了什么东西。他低头一看，竟然是一部手机，而且有些眼熟。于是他弯腰捡起来仔细看了看，才认出了这就是桑夏的手机。

身后的祝圆圆见他停住了脚步，便伸长脖子一探究竟。才一眼就看到了慕夜枫拿着的手机，便下意识地叫了出来："这不是桑夏的手机吗？"

"没错，她一定在这里。"慕夜枫斩钉截铁地说。这回他可以百分之百地确定，桑夏在后山，而且是被绑架了。

"那我们赶紧去救她。"祝圆圆一心急，就赶着往前冲，但却被慕夜枫拦住了。

"不能这样去救人，万一绑匪狗急跳墙，那丫头就会有危险了。"慕夜枫思忖了一会儿，当下就做出了决定，"这样，你先回去通知学校，我一个人上去先观察一下他们的举动。"

慕夜枫认真的表情让人毫无条件地相信他，祝圆圆点了点头，丢下一句"那你自己小心，我马上去叫人"，转身朝原路返回。

手握着桑夏的手机，慕夜枫深深地吸了一口气，"伊桑夏，我不准你出事。"抬起脚步继续朝废屋前进。

爬满青苔的旧屋子被郁郁葱葱的梧桐树严严实实地围着，只有树叶间隙漏下的几缕光线才提醒此刻正处于白天。屋子里阴暗潮湿，甚至有些刺骨的冷意。被绳子捆绑着的两个女孩肩并肩缩在墙角，低着头无声地啜泣。

"桑夏，对不起啊！都是我害了你。要是我不把你的名字存在通讯录的第一位，他们就不会打给你了。"一边的连婕好红着眼睛，一脸歉疚地说道。

"没关系啦，一定会有人来救我们的。"桑夏强忍着笑了笑，摇摇头表示不介意。"也不知道现在几点了，篮球赛应该结束了吧！真可惜没有帮枫加油！"她还真是倒霉，不但看不成球赛，还莫名其妙地被绑架。

"现在我们都被绑架了，你怎么还想着帮慕夜枫加油？"

"我答应过他的，一定会去帮他加油。可是却失信了，他现在一定很生气很生气。毕竟他是那么爱发脾气的人！"说完，桑夏又不自觉地皱起眉头，似乎在担心慕夜枫会不会修理她。

听了桑夏的话，连婕妤忽然一动不动地注视着她的脸，脸上有一种说不出的表情，不像愤怒，倒是更像一种入骨的嫉恨。

短暂的沉默让桑夏下意识地转过头，对上连婕妤的眼神，她竟然觉得莫名地心惊。

"婕妤，你怎么了？"她疑惑地问。

连婕妤意识到自己的失态，于是尴尬地笑了笑，"没什么，我只是羡慕你跟慕夜枫的感情这么好。"

说到感情，桑夏不禁叹了一声。一个月的期限下个礼拜就到期了，她也不知道现在她跟慕夜枫的感情算不算好，他平时喜怒无常，又爱耍脾气，像极了恶魔。可是有时也会莫名其妙地对着你笑，温柔到了极点，那样的他看起来又像一个天使。

究竟……他会不会提出分手呢？她开始担心起来。

"桑夏，你别怪我实话实说。我知道你并不是一个虚荣的女生，而那个慕夜枫除了长相帅气，会打篮球之外，实在没有别的可取之处。他平时趾高气扬，飞扬跋扈，对老师也不尊敬，对同学更加不礼貌。这样的男生你怎么会喜欢上他呢？"

"嗯……其实我也不知道哎！喜欢就喜欢了。其实枫以前很温柔很温柔，对人也很礼貌。不知道这段时间发生了什么事情，才让他的性情突然大变。可是偶尔他还是很温柔，只是别人并不知道。"

"是吗？你和慕夜枫很早就认识了？"连婕妤疑惑地看着桑夏。

"呃……算是吧！"桑夏犹豫了一下，她不知道现在的慕夜枫算不算是重新认识的。不过最终她还是点了点头，因为不管他变得怎么样，都一样是她深爱的枫。

"难怪……"连婕妤的眼底闪过一丝异样的光芒，脸色比起先前更加的阴沉。

这时，屋外忽然传来一阵粗糙的脚步声，看样子是绑匪回来了。

果不其然，一道魁梧的身影出现在门口，几乎挡住整个门框，将原本就阴暗的屋内变得更加黑了。

魁梧男子手握着一根棒球棍进屋，朝两个女生走了过去。在他身后，跟进来几个瘦长的青年，也同样人手一根棒球棍，看样子是准备动粗了。

桑夏一脸惊恐地朝角落挪了挪，全身忍不住害怕地颤抖起来。这些人到底想干什么，把人绑来也不说目的，要赎金的话至少也得打个电话。拿着棒球棍是想做什么，难不成要对她们两个女生使用暴力吗？

而一旁的连婕妤显然也在害怕，只不过她比桑夏厉害，还敢跟绑匪呛声。

"你们到底想干什么？要钱的话说个数，我一定马上给你们。"

"嗬！臭丫头，嘴巴倒是蛮厉害的。不过老子告诉你，我们都是拿钱干活的人，不是绑匪。"说完，魁梧男子还伸出食指在她们面前晃了晃。

"不要钱？那你们想干什么？"连婕妤疑惑地皱起眉头。

魁梧男子突然狂笑起来,"哈哈……没什么,我们只是受人所托,想在你们脸上身上留下点记号而已,省得你们再去勾引男人。"

"勾引男人?!"桑夏听到这四个字,当下就睁大了眼睛。她长这么大,从来没有人这么诋毁过她。她都不知道她什么时候成了勾引男人的狐狸精了?如此的屈辱令桑夏气愤地大叫起来。"你们这群浑蛋,到底是谁指使你们这么做的?"

一声大吼,不仅把连婕好吓了一跳,而且那几个绑匪也不可思议地吓退了一步,似乎没料到这个看起来瘦瘦小小的女生居然还会反抗。于是,他们首先将矛头对准了桑夏。

"哟!小丫头,声音还挺大的,信不信我把你的舌头割了,让你再也喊不出来。"魁梧男子说话间伸手往口袋里一探,接着拿出一把明晃晃的匕首,举到桑夏眼前晃了晃。

桑夏见状,不禁缩了缩身子,开始后悔自己的冲动,怎么能在这种时候逞强呢?要是他真的要割了她的舌头,那该怎么办?想到这里,她立刻把嘴巴闭得紧紧的。

那男子见她这副害怕的样子,很轻蔑地笑了笑。

"呵呵!小丫头,知道怕了吧!等我在你脸上划上两刀,把你变成丑八怪,到时候哪个男人还会看上你。"说着,他将匕首一寸寸靠近桑夏的脸。

桑夏惊恐地向后缩去。因为手脚都被绑着,所以只有肩膀以上的部位可以活动。可是刚才的惊吓已经逼得她靠在了墙角,而此刻,她再也不能挪动半分。

眼看着匕首贴上她的脸,脸颊传来凉飕飕的感觉,桑夏的身体不住地颤抖,恐惧的泪水夺眶而出,顺着脸颊滑落。不知是因为惊吓过度,还是垂死挣扎,她忽然嘶声竭力地大叫起来:

"救命啊——救命啊——"

这一叫，正好让刚刚靠近废屋的慕夜枫听到了。于是他不顾一切地冲了进去——

"住手！"

魁梧男子发现有人闯入，立刻机灵地转身，一把抓住桑夏的衣领，将匕首搁在桑夏的脖子上，以确保来人乖乖就范。

"枫……救……救我！"此时的桑夏已经被脖子上的匕首吓得接近崩溃边缘。

看着桑夏几近昏厥的脸，慕夜枫的心一瞬间被揪得很紧，无法言喻的恐惧感从心底升起。恨不得立刻冲上去救她，可他却不能这么做。惹怒了绑匪的结果只有一个，他绝对不会冒这样的险。所以，在"救兵"还没到之前，他只能站在原地先与绑匪周旋。

"大白天竟敢公然在学校绑架，你们不想活了吗？"

那男子轻蔑地瞥了慕夜枫一眼，挑衅似的将匕首在桑夏的脸颊旁晃了晃。

"喂，小子，你又是谁啊？这不关你的事，聪明的就滚远点。"

"是我劝你们聪明点，我已经报警了，马上放了她们，不然就等着被抓吧！"这种时候，撒谎吓唬往往是最有效的方法。

可事实却非如此，这招似乎对这些人不管用。瞧这男子脸上根本没有一丝畏惧，反而有种可笑的表情。

"哟呵，小子，好厉害的口气啊！不怕告诉你，老子既然有本事绑架，自然有本事在警察来之前把这两个丫头解决掉了。"说完，他还不忘扬起一脸邪恶的阴笑，看得众人一阵哆嗦。

慕夜枫眉头紧蹙。既然不能智斗，那么只能以身犯险。

"说吧！你要多少钱我都会给你。"

"哇，看来又是一个阔少爷。这么喜欢用钱砸人是吧？老子偏偏不吃这一套。要是我在这丫头脸上划两道痕，你说会怎么样？"

"不要！"慕夜枫惊叫着上前一步，伸手阻止，"不要冲动，你要什么尽管提出来，但是不要伤害她。"

"看你这么紧张，难道你就是慕夜枫？"

慕夜枫挑眉。一个绑匪居然会知道他的名字？这其中一定有阴谋。

"没错，我就是。"

"果然被我猜中了。很好！你这小子究竟是什么眼光，放着好好的大美女不喜欢，偏偏喜欢这个瘦不拉几的小丫头，我说哥儿们，你的口味还真是特别啊！"男子的一句话落，周围的几名手下都哈哈大笑起来，笑声中充满了讽刺的味道。

慕夜枫沉下脸，强忍着心中的怒火，为了保证桑夏的安全，他并不敢与他们正面起冲突。

"我喜欢什么样的女生好像不关各位的事情吧！"

魁梧男子状似认同地点了点头，道："是不关我们的事，不过我们受人所托，总得终人之事。我只是想在这丫头脸上划两刀，也不会死人，你要是真的喜欢她，那么就替她挨揍，怎么样？"

终于提出了条件！慕夜枫斜了斜嘴角，眼底闪过一丝异样的光芒。

"好，我答应你！不过你得先放了她们。"

魁梧男子似乎怀疑自己的耳朵出了问题，竟然有些不可思议地挑了挑眉。

"好，有种！兄弟，给我上。"

一声令下，周围一群青年便渐渐朝慕夜枫围了上去。像是早有预谋似的，这些人手中都拿着一根棒球棍，随时准备揍人。

　　"嘭"的一棍落下，正好不偏不倚地打在慕夜枫的腿关节上，慕夜枫冷不防地跪倒在地，没等他喘口气，接着又一棍下来，落在了他的背上。再接着一棍又一棍地落在他的腰上、腿上。慕夜枫双手抱头，咬牙强忍。

　　而此时，处于崩溃状态中的桑夏像是意识到了什么，突然就清醒过来。她看到一群人围殴慕夜枫，顿时尖叫起来："不……不要打他，不要打他……求求你们，不要打他！"

　　可是，那群人就像是耳聋了一样，完全当作没有听见。棒球棍一个接一个地轮流落下，完全不给慕夜枫喘息的机会。短短数十秒时间，慕夜枫身上已经连续挨了七八棍，棒球棍的力道不用想也知道，光是一棍下去就疼得受不了了。而此刻的慕夜枫全身骨头像是断掉了一样，终于支撑不住倒在了地上。

　　"枫……"桑夏慌了，不顾一切地挣脱魁梧男子的挟持，冲向了慕夜枫。

　　此刻，屋外的不远处传来一阵粗糙的脚步声，魁梧男子见状，便立刻向那群手下挥了挥手，紧接着一群人从后墙的一个破洞鱼贯而出。

　　没多久，只见祝圆圆率先从外面冲了进来，一看到地上躺坐着的两个人，立刻冲了过去。

　　"桑夏，你们还好吧！慕夜枫怎么样了？"她看到慕夜枫裸露的手臂上有着一道道红肿的瘀痕，而且还流着鼻血，不禁跟着担心起来。

　　桑夏似乎没有听到祝圆圆的话，她满脸泪水，疯狂地摇晃着已经进入昏迷状态的慕夜枫，嘴里还一个劲地叫着他的名字。

情绪濒临崩溃！

当学校派来的救援队跑进屋内后，一边将受伤昏迷的慕夜枫抬上了担架，一边为屋内另外一个被绑架者连婕好松绑。而自始至终，连婕好都没有开口说过一句话，只是安静地看着桑夏如何被挟持，慕夜枫如何被殴打。仿佛这一切都与她无关，而她只是一个看戏的局外人而已。

绑架事件在学校传开后，校董事会立即勒令展开了一场彻底调查，而根据绑匪当时的诉说和种种迹象推断，这场绑架案的最大嫌疑犯就是顾曼倩。

但是顾曼倩身份特殊，若是贸然将她定罪的话，恐怕会引起市长大人的不满。可另一方面慕夜枫的身份也同样不容小觑，虽然不知道慕夜枫有什么来头，但是这个危险是绝对冒不起的。于是校方开始为难。

再来说这边，慕夜枫自从受伤昏迷整整一夜一天才总算苏醒过来，而桑夏一直陪在他身边寸步不离。

全身骨头像散了架似的，就连移动一下身子都必须忍受剧痛。手臂上的伤痕已经渐渐转变成了瘀青，红一块紫一块，触目惊心。慕夜枫看着这样的自己，郁闷到了极点。

"枫……对不起，都是我害了你。都是我……呜呜……"桑夏坐在慕夜枫的病床边，握着他的手不断自责。从他昏迷的那一刻起，她的眼泪就没有停过。

慕夜枫侧头瞥了她一眼，忍不住苦笑了一声："喂，你在我耳边哭了一个晚上，害我睡得很不安稳，知道吗？"

"啊？你怎么知道？"她突然抬起头，挂着泪珠的大眼睛无辜地朝他眨了眨。

慕夜枫再次失笑："眼睛哭得都像核桃了，还能不知道吗？"

"对不起……我真的很抱歉，害你被他们打。"桑夏还是在继续自责。

慕夜枫无语地蹙起眉头，终于不耐烦地叹了口气："停，不准再说对不起，你没有对不起我。我会让那些人付出代价的。"

"可是当时那么危险，你为什么不躲开呢？"桑夏突然疑惑地问道，随后皱着眉头思索了片刻，还没等慕夜枫回答，她便自言自语地接下去了，"啊，貌似你反抗也没有用，他们这么多人，你一定打不过他们。可是你为什么会去那里呢？"

一个问题接着一个问题的从她口中说出，而慕夜枫能做的却只是哭笑不得地摇头。这丫头的思想还停留在幼稚园时代吗？

"我为什么会去那里？"他眯起眼睛，死死地盯着桑夏的脸，那眼神恨不得将她绑起来游街示众。

居然问他为什么会去那里？她是白痴吗？他明明那么紧张，那么担心她，她怎么就没发觉？哦，对了，那个时候她被吓得完全失了理智，又怎么会发现呢？可是不对……这么说起来他这个英雄不就是白当了？被揍得全身骨头都快断了换来的结果竟然是这样，这丫头什么都不明白。天哪！他疯了吗？

"对啊，你为什么会去那里？你明明应该在球场打球的啊！"桑夏疑惑地挠挠头。单纯得一塌糊涂，天真得可以把慕夜枫气疯。

"没错，我是应该在球场打球，所以我是疯了才会去那里。"他完全无语，对她举手投降。这丫头只知道一心喜欢他，难道就从来不关心他有没有喜欢她吗？

"啊？"

"啊什么啊，又不是鸭子。我饿了，给我去买骨头煲。"

他终于失去了耐心,赌气地指使她去买东西。

"噢!你等我一会儿,马上就回来。"她可是很乐意当他的看护呢!

等桑夏出了病房后,慕夜枫才收起脸上的表情,伸手拿来床头的手机,熟练地按下一串号码。

"替我查几个人……"

经过三天的休养,慕夜枫重新回到了学校。所幸的是棒球棍没打在他的脸上,没损他帅气的长相。只是全身瘀青未退,不能参加剧烈的体育活动,更不能打篮球。

而说起这个篮球,就不得不提起三天前那场 PK 赛,因为慕夜枫的突然离场,而导致圣起学院下半场输给了对方。双方就此打成平手,鉴于慕夜枫的身体状况,于是组委会决定一个礼拜后再举行一次 PK 赛。这也同时反映出慕夜枫在圣起篮球队里的主力地位是无可替代的。

既然在养伤期间,那么就可以光明正大地翘课,比如说那些健身课、游泳课和体育课,慕夜枫都可以名正言顺地 sayno!其实这点小伤对慕夜枫来说根本不算什么,在医院休养了三天已经差不多好了,只是他现在有更重要的事情要做,于是干脆就顺水推舟,翘几节课算了。

绑架案的首要嫌疑犯是顾曼倩,而且针对其平时傲慢的态度和不可一世的作风,让慕夜枫不得不怀疑。从桑夏第一天转学进来,顾曼倩就处处为难她,这些他都看在眼里,清清楚楚。至于连婕好,虽然他并不熟悉那个女生,但是却听过她的大名,全校唯一拥有进军维也纳金色大厅的潜力,也是唯一一个可以威胁顾曼倩校花宝座的女生。因此,顾曼倩对她们两个人绝对有充分的作案动机。

而且，根据案发当天祝圆圆的陈述，桑夏是听了顾曼倩的指示才会一个人跑去偏僻的仓库，又那么凑巧地被绑架。作案时间吻合，作案动机明显，顾曼倩绝对是第一嫌疑犯。

学校明知道顾曼倩有重大的嫌疑，却没有采取强硬的措施。完全是忌惮顾曼倩的后台，只可惜，校方担心的事情，他可不担心。

"你，跟我出来！"一大早，慕夜枫便面无表情地走进教室，酷酷地伸出手朝顾曼倩勾了勾手指，随后，没等顾曼倩开口，他便头也不回转身走出教室，仿佛料准了她会乖乖跟出来。

要是换作平时，慕夜枫要是愿意跟顾曼倩多说一句话，她一定会乐得跳起来，可是现在……顾曼倩的脸上除了厌恶之外，没有多余的一丝表情。

跟着慕夜枫的脚步走到了楼梯口，她终于不愿再走了。

"如果你是像其他人一样来质问我的话，那么我很清楚地告诉你，我还是那句话，不是我干的。"她的态度十分傲慢，像极了做了坏事却有恃无恐的样子。

慕夜枫停下脚步，斜了斜嘴角，转身看她。

"是吗？如果不是你干的，怎么会那么凑巧在案发当天指使伊桑夏去仓库？你从一开始就对桑夏不满，而且又怕连婕妤抢走你的风头，所以干脆来个一箭双雕，一劳永逸。让她们俩毁容，你便可以安枕无忧了。"

顾曼倩皱起眉头，死死地盯着眼前这张迷人的俊脸，此刻却再也没有那种神魂颠倒的感觉。一直以为他与众不同，其实也不过是普通人，会相信表面看到的东西。

"我说没有就没有，你们能把我怎么样？"顾曼倩扬起下巴，像是横了心不承认。

慕夜枫皱眉,盯着她的眸子变得深邃,仿佛有一股无形的气压渐渐笼罩在他身上。

"别给我摆出一副有恃无恐的样子!如果真是你干的,就算你老子是省长也没有用。听着,趁事情还没闹大,立刻去学校自首。或许看在你老子是市长的分上,会免去你开除学籍的处分。我说得没错吧?"

顾曼倩不可思议地瞪大眼睛,按照慕夜枫的推断,她真的是跳进黄河也洗不清了。众所皆知,她一向对伊桑夏不满,以前也确实害过她,至于连婕好,表面上虽然和谐,但却暗藏汹涌,所谓一山容不下二虎,两个人暗中较劲必定会有一人先出手。她派人绑架伊桑夏和连婕好是最有嫌疑的。

怎么办?虽然她一直相信只要自己没做过,就不怕被冤枉。可是现在看来,似乎不那么乐观了。她终于相信在这个世界上,巧合也能杀死一个人。于是她低头沉思了片刻,最终决定把实情和盘托出,伤害未遂总比绑架罪轻一点。

"慕夜枫,我告诉你,我顾曼倩敢做就敢承认。那天上午的确是我故意把啦啦队的道具藏起来,接着叫伊桑夏去仓库,我事先在仓库那边安排了人,只要伊桑夏一进仓库就立刻锁门,目的是不让她回来看球赛。球赛开始后,伊桑夏果然没有回来,我以为我的计划成功了,她一定被关进了仓库。可是球赛结束后,我安排的人过来说他们并没有看到伊桑夏,而祝圆圆却突然跑来说伊桑夏被绑架了。整件事情就是这样,我承认自己心怀不轨,想整伊桑夏,但是我绝对没有绑架她。所以,信不信由你,我把实情都告诉你了。"

听了顾曼倩的话,慕夜枫迷惑了。看她的表情和解释不像是在说谎，更何况如果她坚持要否认，他也拿她没办法，因为他没有确凿的证据。照这样看来，顾曼倩所说的话有可能不是假的，但是如果不是顾曼倩干的，那么真正的幕后主使者会是谁？直到此刻，他也没想过那丫头到底得罪过什么人。

没错，是该先问问那丫头，到底得罪过什么人。

"这件事我会调查清楚，你可以走了。"最后，他伸手朝顾曼倩打了个转弯的手势，示意她可以回去了。

顾曼倩有些疑惑地看看他，不明白他到底是相信还是不相信。只是此刻要从慕夜枫口中得出答案，显然是不太可能的事。于是她只能一脸不甘地转身回去。

第六章　阴谋背后的真相

午餐时间，桑夏照例捧着一堆瓶瓶罐罐将慕夜枫拉到了餐厅。这是学校唯一一家高级的西餐厅，里面的服务设施全是一流，若不是慕夜枫的关系，桑夏恐怕也不会踏进这里半步。

餐厅依旧浪漫温馨，只是桑夏的脸色却并不像以前那般兴奋，这不禁让慕夜枫有些好奇。他还是喜欢她笑起来的样子，很温暖，很舒服。

"又是胡萝卜！"慕夜枫看着餐桌上一大堆东西，眉头早已是上蹿下跳了。连续一个月，她几乎是天天盯着他把这些东西吃完，还狠心逼他喝那个恶心的番茄汁，喝到他吐为止。不过所幸的是，她这个方法倒是真的有效，一个月下来，他在晚上的视力似乎好了不少，而且看到血也不那么头晕了。

可是……这些东西他还是要继续吃吗？他偷偷瞥了一眼对面的桑夏，却意外地发现她竟然是一副状况外的表情，他立时挑高了双眉。敢情他刚才说的话她都当成空气了吗？

"喂，你在发什么愣？"

"啊？没……没什么。你赶快吃啊！过了时间就不好了。"意识到自己的失神，桑夏立刻找了个理由糊弄过去，但是这招显然是骗不过慕夜枫的。

他疑惑地盯着她，心里顿时有了疙瘩。这丫头竟然开始有事情瞒着他了！他再次挑眉。

"说吧，有什么事？"

"我……"桑夏尴尬地挠了挠头，一脸的为难，这便更加引起了慕夜枫的好奇。

"你什么你，有事就赶紧说。现在不说可别后悔。"

"其实是……一个月的交往期限已经到了。所以……你……"支吾了半天，她终于把话说出来了。

慕夜枫撇撇嘴，一动不动地盯着她的脸。难怪这只打不死的"小强"今天一整天都在晃神，原来是在想着这件事。交往的期限倒是记得蛮清楚的，不过她现在是什么意思？数着日子等待这一天的到来是想干吗？分手吗？不对，她那么死心塌地喜欢他，不可能提出分手。那么是想求他继续交往下去吗？啊……一定是这样了。

"咳咳……"他故意咳嗽了两声，忽然兴起恶作剧的念头，决定戏弄她一下，"所以你想问我要不要终止这段交往，是吗？"

桑夏咬着下唇，一声不吭地点了点头，看得出她十分紧张。慕夜枫心中一阵暗爽，继续将恶作剧进行到底。

"这个事情倒是真的有点为难，我得好好考虑一下，明天再给你答复。"

"啊？还要考虑哦！"听到慕夜枫说要考虑，桑夏顿时阴下了脸。他一定是对她不满意，才没有答应她。当场没有拒绝她，或许是因为想给她留点面子，让她有点心理准备。

"当然，你不觉得这是个重大的决定吗？当然需要好好考虑。"慕夜枫回答得一本正经，让人找不出一丝恶作剧的味道。

"好吧……那我先走了，你好好考虑，还有把桌子上的东西都吃完。"也许这是最后一天了,万一明天他拒绝了,那么她再也没有理由帮他买这些东西了。

唉!桑夏叹了口气,起身准备离开,却被慕夜枫一把拦住了。

"还没吃饭呢,你要去哪儿?"看着她垂头丧气的表情,他忽然有些不忍,差点就把答案告诉她了。

"我不饿,先回教室了。"她还是不愿再待下去。

"不行,不饿也得吃一点。"慕夜枫火了,提高了音量以命令的口吻迫使桑夏坐回座位。伸手打了个响声,服务员立刻迎了上来。

"请问您有什么需要?"

"给我来一份沙朗牛排套餐,牛排七分熟。马上送过来。"他不用看菜单,就随口报出了一份价值不菲的套餐,不禁让桑夏傻眼。

"好的,请稍等,马上送到。"服务员写好单子匆匆离去。

桑夏惊愕地看着一脸自然的慕夜枫,有些僵硬地扯了扯嘴角。

"我不用吃那么贵的套餐啦!"

"让你吃就吃,哪来那么多话。又不是不知道自己身上有几两肉,就不懂好好养养身子吗?"听起来火药味十足的话,实质上却蕴藏着他满满的关心。

桑夏终于忍不住扬起了嘴角,这家伙总是这么口硬心软,明明就想关心她,为什么就不能好好地说呢?只不过这样的语气,她的心里依旧觉得暖暖的。

"傻乎乎地笑什么,丑死了。"他不准她在公众场合笑得这么灿烂,不想让她的笑容给别人分享。尤其是某些有心人,比如说那个连正杰!

"丑吗?可是明明有人说过我笑起来比较好看哎!"桑夏

皱了皱眉,伸手摸摸脸蛋,一脸的质疑。

慕夜枫再次挑眉:"是谁那么没眼光?连正杰吗?"听起来很随意的一句话,却掩饰不了慕夜枫紧张的心理。明明就很在意到底是谁在夸桑夏笑起来好看,可慕夜枫却是死要面子死鸭子嘴硬死不承认。

"不是啊,以前有朋友说过。"她一脸无辜,如实回答。

"什么?"听到"以前"两个字,慕夜枫顿时不自觉地提高了音量,引来了餐厅其他学生的注意。意识到了自己的失态,他尴尬地轻咳了两声,撇过头去。该死的"小强",真看不出来她这么受欢迎,以前是不是对很多男生都这样笑?想到这里,他心里忽然升起一股莫名的妒火,虽然这是虚无缥缈的事情,但是他想想就觉得嫉妒。

该死的!他竟然不知道自己是从什么时候开始如此在意她了,就连一件小小的事情都足以让他嫉妒吃醋。

这时,服务员正好将牛排套餐送上。慕夜枫瞥了一眼,适时地转移话题。

"赶紧吃吧!"

看着热气腾腾的牛排,桑夏才发觉自己的肚子正在咕噜咕噜地响。看来刚才是被自己的郁愤撑着了,而此刻看到色香味俱全的牛排,她的胃终于抗议了。

天大的事情也不能对不起自己的胃啊!不知道是谁说过这样的话,于是她动手拿起刀叉,准备开动。忽然又觉得不对劲,看了看对面的慕夜枫,为什么他不吃呢?

"枫,你不点吗?"

慕夜枫闻言,斜了她一眼。伸手指指桌上的一堆瓶瓶罐罐,说:"吃完这些都想吐了,还用点餐吗?"说着,他孩子气地抓起一根胡萝卜，负气似的往嘴里啃。

桑夏尴尬地笑了笑，虽然每天逼他吃这些他不爱吃的东西，她心有不忍，但是为了治好他的夜盲症和晕血症，她必须狠下心，天天逼着他吃。

"这些东西其实很好吃啊，你会慢慢喜欢的。"不得不吃的情况下，她只能说这些东西很好吃。天知道就算再好吃的东西，连续吃一个月也会厌恶了。更何况，这些都是慕夜枫最讨厌的东西，光是看着就觉得恶心了。

慕夜枫扯了扯嘴角，哭笑不得。他要是能喜欢吃这些东西，太阳就打西边出来了。

"少啰唆，吃你的牛排。"

"噢！"她应了一声，低下头，开动。

看着桑夏吃得津津有味，慕夜枫的嘴角随之扬起。不过没多久，他忽然皱了皱眉头，似乎想到了什么事情。于是开口问道："三天前的绑架案，你把详细的经过说一遍给我听。"

"啊？"桑夏闻言抬起头，嘴里的牛肉块一不留神掉了下去，不偏不倚地落在浓浓的酱汁上，溅到了脸上。

"哎呀……"下一秒，她惊叫一声，全身僵直地闭上双眼。想伸手拿面纸，却又睁不开眼睛，一时之间不知如何是好。看着眼前这个笨手笨脚的人儿，慕夜枫不禁扭曲了俊脸。这丫头……到底在干什么？

伸手抽了两张面纸，他细心帮她擦去脸上的酱汁，这才让桑夏重新睁开眼睛，同时也让她尴尬得红了脸。

"对不起啊……我不是故意的。可你刚刚说什么？要让我把绑架案的详细经过说一遍吗？"

慕夜枫点点头，顺手将手中的面纸扔进桌子底下的垃圾桶。

"有什么问题吗？不是已经确定了顾曼倩是幕后主使者吗？难道还有疑问？"桑夏不解地问他。

"按照表面的现象是这样没错，但是顾曼倩说她只是想把你关进仓库，并不承认绑架。所以事有可疑，我决定要查个清楚。"

桑夏听闻后了然地点了点头，其实她并不在意幕后主使者是否服法定罪，事情既然已经过去了，就没必要再计较那么多。只要大家都平安无事就好。

"如果觉得困难，就不要花那么多精力去查了。我们都平安无事，事情过去就算了。"

听了桑夏的话，慕夜枫意外地挑了挑眉。似乎没料到桑夏会这么豁达，竟然可以不去计较绑架伤害她的人。又或许是怕幕后主使者身份特殊，要是得罪了对方，恐怕会惹来麻烦。

"以德报怨不是聪明人的做法，既然这事我插手了，就一定会查出真相，你不用担心。"

慕夜枫坚持己见，表明了立场。桑夏无奈地皱了皱眉，只能配合他。于是，她将事发当天的经过从头到尾详细地讲了一遍。包括如何接到绑匪的电话，如何中了圈套，完完全全一丝不漏地告诉了慕夜枫。

慕夜枫一边听着，一边渐渐蹙紧了眉头。这丫头果真是个笨蛋，居然会相信绑匪的话，单枪匹马地过去。

"所以绑匪的目的是你和连婕好两个人，只不过绑匪怎么敢肯定你听到连婕好被绑架，就会乖乖过去？"

桑夏摇了摇头，回答："哦……这个我也不知道哎！"

慕夜枫再问："你说绑匪给你打电话的时候，连婕好正对着电话喊救命？"

桑点点了点头，"嗯"了一声。

慕夜枫开始怀疑。既然她不想害桑夏，为什么又对着电话喊救命呢？他到现在也没正眼看过连婕好这个人，而且那天他冲进废屋救人的时候，她似乎也是低着头一声不响，以至于他差点没有注意到她。直到他被打得晕过去，也没见她说过一个字，仿佛这场绑架只是演戏，而她就是那个看戏的人。

于是他接着问："你跟连婕好的关系很好吗？"

"算是吧，她人很好的，平时特别喜欢帮助别人。我们第一次见面的时候，就是在你初赛的篮球场上，就是她送了我一瓶矿泉水，只是后来你却把水倒掉了。"

"你说什么？那瓶矿泉水是她送的？"慕夜枫倏地坐直身子，惊恐地瞪大眼睛，情绪显然有些失控。

桑夏被他突然的变化吓了一跳，惊愕地盯着他的脸，点了点头。

"原来是她……"一瞬间，忽然所有的事情都可以串联起来了。原来一切都是连婕好早有阴谋，她从一开始就打算接近桑夏，然后伺机对付桑夏。但是他想不通的是那个连婕好为什么要绑架桑夏，她跟桑夏明明是朋友，而且以桑夏的资质永远也不会成为她的竞争对手，可是她为什么会做这种事情呢？

"你说的她……是婕好吗？"她的心忽然咯噔了一下，似乎担心慕夜枫会看中连婕好，毕竟连婕好的条件那么优秀。而她自己除了足够喜欢他之外，什么都比不上连婕好。

"嗯，我会去找她好好聊一聊。"不过在那之前，他必须先找到证据，才能逼她就范。

"哦……"此时的桑夏已经完全笑不出来了。慕夜枫说要去找连婕好好好聊一聊，她的担心成了现实，她的心脏重重地受到了打击。

三天前在医院的那通电话，终于等来回应。根据探子的调查，慕夜枫得知了那伙绑匪的具体资料。那伙团体一共有十多个人，而绑架案当天只出动了六名，那名领头的男子叫大飞，在黑道上小有名气，作案多年，有无数的前科。现在只要他动动手指，他们便成瓮中之鳖，无处可逃。但是，真相没有解开，幕后主事者还没查到，所以他打算从那伙绑匪身上下手。

慕夜枫在一名探子的带领下，长驱直入，来到了绑匪的老巢。这是一群专门拿钱做事，不问原因的混混，所以这一回他会来个一网打尽。

"嘭"的一声巨响，门被踢开了。原本就已经破破烂烂的门，被慕夜枫这么一踢，便更加摇摇晃晃了，几乎就要倒下来。

慕夜枫郁闷地瞥了一眼摇晃的门，赶紧跨门而入，免得被晃下来的门板砸到。

屋内烟雾袅袅，几个人正围在一起打牌，忽听到一阵巨响，全都惊觉地站了起来。领头的魁梧男子见到慕夜枫，顿时吓了一跳。

"你……你这小子怎么会来这里？"领头人大飞防备地盯着慕夜枫，两条腿蠢蠢欲动，却又不敢冲上来。明眼人都看出慕夜枫独闯虎穴，肯定是有备而来，因此谁也不敢轻举妄动。

"想来跟你叙叙旧！怎么样？不欢迎吗？"慕夜枫忽然耍起花腔，完全是一副有恃无恐的样子。

"呵呵……叙旧，不至于吧！"大飞冷笑了两声。

"别紧张，我只是想让你听一样东西。"慕夜枫一边装作安慰他们，另一边就将口袋里事先准备好的录音笔拿了出来。

按下开关键,录音笔内响起熟悉的对话,竟然就是绑架那天魁梧男子与慕夜枫的对话,清清楚楚一字不漏地证明了他们的作案事实。

"你……居然敢和老子来阴的!"

大飞火了,冲上去就想夺取慕夜枫手中的录音笔。而慕夜枫像是早有预料一般,轻巧地躲开了。没想到这个流氓头子竟还想卷土重来,但却被慕夜枫提前开口阻止了。

"你以为我会把原版带出来给你听吗?放心,这只是备份而已。如果我将这个东西交给警察局,你猜猜你们几个会坐多久的牢呢?"

大飞怒目圆睁,盯着慕夜枫的眼睛几乎要喷出火来。紧握的拳头咯咯作响,却只能强忍着不能出手。

"好小子,你有种!老子竟然会栽在你这个乳臭未干的毛头小子手里,这么多年算是白混了。说吧,你有什么条件?"

果然是老江湖,一看就知道他是有目的而来。慕夜枫满意地扬起嘴角,将录音笔放回口袋。接着说:"我只想知道圣起学院那场绑架案的幕后主使者是谁。"

大飞闻言愣了愣,然后犹豫了片刻,回答:"老子以为你有多聪明,难道就看不出来幕后主使者是谁吗?"

"哼哼!"慕夜枫斜了斜嘴角,冷笑一声,"就是因为太聪明了,所以才想来找你确认一下真相。真正的幕后主使者是连婕好,是不是?"

"哈哈……"大飞突然狂笑起来,眼神中带了点敬佩之色,"小子,我欣赏你的聪明你的气魄。没错,真正的幕后主使者就是连婕好。"

得到了正确答案的慕夜枫终于满足地眯起了眼,口袋里的录音笔随之"嘀——"的一声,记录了这重要的一刻。

"既然我把真相告诉了你,那么录音原件什么时候给我?"欣赏归欣赏,大飞最关心的还是慕夜枫手中的犯罪证据。

慕夜枫淡淡地瞥了他一眼,再度拿出口袋里的录音笔,按下播放键,这回的内容却变成了刚才他们的对话。

"已经消除了,而且这就是原件。"

说完,他帅气地转身离去,大飞呆愕当场。想不到游荡江湖这么多年,竟然沦落到被这个毛头小子忽悠的地步,而且还不止一次。他的形象啊!

篮球赛过后,圣起学院紧接着又一场盛举便是连婕好的个人音乐会了。学校对此事的重视程度绝对不亚于篮球联赛,连婕好显然是被学校当成了明日之星。只要这次音乐会成功举行,那么连婕好就能顺利进军维也纳,为整个圣起学院写下辉煌的一笔。

音乐会正好是礼拜天,可以邀请更多的外界人士前来参加。圣起学院的音乐大厅门口,人流络绎不绝。当初桑夏以为这只是一个小型的音乐会,充其量也就学校的学生和一些音乐界的知名人士来参加。却没想到学校竟然会搞得这么隆重,不但邀请了报社杂志等媒体,而且还有政界商界人士。这俨然就是一场盛大的音乐会嘛!看来连婕好的影响力真是不容小觑。

这让桑夏不禁想起了慕夜枫的话,他说要找连婕好聊一聊的意思是什么?这几天,她始终不能释怀。此刻,看着化妆间里穿着一身金色礼服的连婕好,她的心绪更加翻乱了。那么漂亮那么优秀的女生,理应被捧在手心不是吗?换作任何一个男生,都会喜欢的吧!

"喂，你在发什么愣？马上就上场了，怎么还站在这里？"刚刚帮连婕好化好妆的一名造型师转头正好瞥见一脸呆滞的桑夏站在角落，衣服也没换，头发也没弄，什么都没做，不禁来了火气。

桑夏从冥思中回过神，连忙鞠躬道歉："对不起……我马上去换衣服。"

看着桑夏一脸抱歉的表情，连婕好从化妆镜中瞥了她一眼，嘴角扬起一道轻蔑的弧度，没有多说一个字。要是换作平时，她早就摆出一副好朋友的模样，去帮助桑夏解围。可是今天她却没有这么做，因为桑夏已经没有了利用价值，她再也不必装下去了。

"动作快点，不要耽误时间。"造型师一脸的不耐烦，对连婕好和对桑夏的态度完全是两个级别的。当然，连婕好才是主角，而桑夏只是个伴奏的配角而已，所以她只要伺候好主角就行了，至于配角，才没有闲工夫去理会。

桑夏拿了一套衣服走进更衣室的时候，连正杰正好从门口进来。

"美人！"

连婕好一听这声音，便欣喜地转过头，"咦？你怎么这么快就回来了？不是说要去一个礼拜吗？"

"为了我亲爱的小美人举办首场音乐会，做哥哥的当然得赶回来了。"连正杰扬起嘴角，笑嘻嘻地走了进去。

连婕好娇笑一声，随即又佯装生气地皱起眉，道："说了不要叫我美人。"

连正杰一脸理所当然地解释："婕好不就是古代皇帝的美人吗？"

"都怪爸妈啦，取什么名字不好，偏偏取了婕妤这个名字，害我经常被人取笑。"

"有什么可取笑的，我妹妹可是当之无愧的美人。哇！瞧这脸蛋，比宋慧乔都漂亮！"连正杰看着镜子里的连婕妤，不禁啧啧赞叹起来。

连婕妤被他说得有点不好意思了。虽然从小就听惯了周围人的赞美，但是她哥哥却从来没有如此正式的赞美她。这不禁让她有点怀疑！

"万年冰山男连正杰的嘴巴什么时候变得这么甜了？很可疑哦！"她一脸怀疑地打量他。

"夸你还不好吗？难道要让我骂你？"连正杰故意装糊涂，扯开话题。

"不要扯开话题，你是不是有女朋友了？所以才学会了甜言蜜语。快点从实招来！"连婕妤可不打算这么放过他。

连正杰自从英国留学回来后就一直拒绝交女朋友，也不知道是不是在英国受了什么情伤，回来后就不近女色了。眼看快到了而立之年，家里边不断地物色各家的名门淑媛，逼他相亲。最后，他竟然一声不吭地跑路了，到现在都没有回去过。

唯一知道连正杰行踪的也只有连婕妤一人而已，只不过这兄妹俩早已达成协议，若是连婕妤向家里透露他的行踪，连正杰便会立刻消失，以后都不会再找她。所以，连婕妤只能乖乖保守秘密。所幸的是这兄妹俩的关系从小就很不错，连婕妤基本上都是支持连正杰的决定。

"唉！你放心，有女朋友一定会先让你过目。这样可以吗？"连正杰无奈地叹了口气，真怀疑她到底是他妹妹，还是他老妈。

听到连正杰的回答，连婕妤这才满意地点点头，暂时放过他，不再追问。

"音乐会快开始了,准备好了吗?"

"嗯,只是有点小紧张,不过这种场面我见多了。"

"很好,有自信才会成功。"连正杰满意地扬起嘴角,接着转身在化妆间环视了一圈,竟然没见到桑夏的身影。于是他疑惑地皱起眉头,今天她不是应该出席伴奏的角色吗?

正在他思虑之时,更衣室的方向忽然传来桑夏的声音。

"对不起,不好意思,麻烦造型师姐姐来一下,衣服有点问题。"

一旁的造型师闻言郁闷地皱起了眉头,但是碍于连正杰在场,所以只能耐着性子朝更衣室走去:"衣服能有什么问题?"

桑夏打开更衣室的门,伸出手,将衣服递给造型师。

"侧腰的地方脱线了,还有胸口的地方和领子褪色,应该是洗的时候没注意。"这样一件衣服怎么能穿上台,虽然不是什么重大的音乐会,但也不能出现一点瑕疵,影响整场音乐会的效果。

造型师接过衣服一看,确实如桑夏所说,腰部位置脱线,裂开了好大一个口子,胸口处也有一块黑色,本是一件淡蓝色的衣服,于是这块黑色更加凸显了。

"衣服脱线还可以缝补,但是这染色问题一时半会儿却解决不了。怎么办?"造型师顿时焦急起来,音乐会马上就要开始了,这个时候再去找一件衣服,是绝对不可能的事情。要是因为一件衣服而影响整个音乐会的效果,那她就别想在学校混下去了。

连正杰闻声,好奇地走了过来。

"发生什么事了?"

"连医生！？"桑夏惊讶地叫了一声，忽然发现自己还未穿好衣服，便急忙尴尬地关了更衣室的门。

更衣室外，造型师拿着手中的衣服无奈地说道："衣服不知道什么时候破了，又染了颜色。这可怎么办？"

未等连正杰开口，身后的连婕好便抢先回答："现在只有一件衣服，将就着穿一下好了，反正她只是坐在钢琴前面，观众只看到她的侧面，不会去注意她的衣服啦！"

连婕好如此犀利的话让在场的人全都不可思议地睁大了眼睛，尤其是更衣室里面的桑夏，听到连婕好这样的话，不禁感到心凉。这是连婕好会说的话吗？她简直不敢相信。平时那么照顾她，那么关心她的连婕好，此刻竟然建议她穿着一件染了颜色的破衣服上台。

穿好衣服，桑夏一声不响地打开更衣室的门，走了出来。对上连婕好不屑的表情，她的心再次咯噔了一下，为什么她觉得连婕好像是突然变了一个人似的？此刻连婕好脸上的表情就像她们在走廊第二次见面的时候一样。如此冷漠，如此陌生。

连正杰伸手拿起造型师手中的衣服，仔细看了看衣服上的一块黑色，忽然皱起了眉头，接着他二话不说将连婕好拉到了化妆室门外。

"你拉我干什么呀？好疼。"连婕好狠狠甩开连正杰的手，白皙娇嫩的手腕被无情地掐出一道红印，疼得她蹙起了秀眉。

连正杰看到她手腕上的红印，眼底掠过一丝心疼，却终究没有理会，因为此时的他实在是太气愤了。

"是不是你做的？那件衣服上面的一块黑色墨汁是不是你弄上去的？"他太了解他这个妹妹了，从小就被捧在手心惯了，受不了一点点的刺激。凡是她想要做的事情，就会不择手段地达成目的，甚至可以不惜一切代价。而她得不到的东西，宁可毁掉，也不愿让别人得了便宜。

连婕好闻言怔了怔，脸上闪过一点心虚，然而却摇头否认："我没有，不是我做的。"

"你没有？那这是什么？"不知道什么时候，连正杰手中多了一瓶黑色指甲油。

连婕好彻底吓了一跳，接着下意识地向化妆间望去。

"我……我是准备用来涂指甲的。"

"婕好，从小到大，你哪一次撒谎能逃过我的眼睛。你能骗过所有人，却不能骗过我。这瓶指甲油已经空了，而你的指甲还是干干净净的。"连正杰将一切挑明，提醒她谎言已经被拆穿。

连婕好低下头，不再否认。

"我告诉过你，她是无辜的，你不能这么对她。"

"不，她不无辜。因为她，我才被当场羞辱。你知不知道，他们认识两年了。既然早就认识，为什么要答应那场宴会？这么做全都是为了羞辱我，哥！你到底知不知道我心里有多恨？我要报复，绝对不能看着他们这么幸福地在一起。"

一想起三个月前的那场宴会，连婕好忍不住眼底的恨意，委屈的泪水涌出眼眶。

连正杰心疼地将连婕好拥入怀里，再也说不出一个字。他知道三个月前的那场宴会，也知道连婕好所受的羞辱。婕好个性尖锐，受不了一点刺激，为了报复所受的羞辱，她毅然放弃了英国伯明翰大学的留学课程，转学到了圣起学院。而他，为了防止唯一的妹妹做出什么傻事，也为了能一睹那个人的"不可一世"，于是担任了圣起学院的医务室老师。

许久之后，连正杰才拍着连婕好的背，帮她擦去眼泪。

"好了，不要哭了。就算你要报复，也不该拿自己的首场音乐会开玩笑。不是吗？看看，妆都花了，难不成要变一只大花猫上场吗？"

一句话终于是把连婕好逗笑了，破涕为笑的样子更显得妆容的恐怖，连正杰不愿再忍受下去，于是从口袋掏出一张面纸，替她擦了干净。

"没时间了，得赶紧找衣服给桑夏换上，不然真的要出丑了。"连正杰抬手看了看手腕上的omega金表，接着皱起眉头焦急起来。

连婕好平复了心情后，看到连正杰一脸着急的样子，不禁失笑："你好像特别关心桑夏？"

连正杰闻言，愣了愣，表情有些僵硬，随即便立刻解释："只是比较熟而已。"

"是吗？我差点以为你喜欢上桑夏了。"

"咳，开什么玩笑，她还是小女生呢。"

连正杰尴尬的表情让连婕好更加疑惑了，只是这会儿时间紧迫，她没这个心思去研究他跟桑夏之间的关系，音乐会要紧！

"我突然想起我包包里还有一件小礼服，只是有点短，不知道桑夏愿不愿意穿？"说着，她便转身进了化妆间。

化妆间内，造型师已经帮桑夏化完了妆，而且按照造型师的计划，如果没有衣服可换，只能穿便装上场了，至少比穿那件瑕疵衣服要好一点。

连婕好进门口，直接翻开自己的包包，拿出一条黑色的丝质小礼服。二话不说将裙子丢给桑夏，用命令的语气对桑夏说道："快去换上，时间来不及了。"

桑夏冷不防接过礼服,有那么一瞬间出现了错愕的表情,可是时间不容许她多问,她下意识地起身,跑向更衣室。

这时,化妆室门口传来工作人员的声音:"连婕好,上场时间到了,准备好了就跟我走吧!"

连婕好应了一声,转头对造型师说:"我先去了,叫她换好衣服马上过来。"

造型师点了点头,"好的。"

连婕好瞥了更衣室一眼,便走出了化妆室。

没过多久,更衣室门被打开,桑夏扭捏地从里面走了出来,当场让造型师惊艳了。这是一件露肩礼服,胸前镶了一排细碎精致的水钻,在灯光的照耀下,闪闪发亮。收腰的款式,将桑夏曼妙的身材勾勒得完美无瑕,只是裙摆略短,还不到膝盖,只能遮盖大腿部分。桑夏的一只手护在胸前,另一只手则别扭地扯着裙摆,企图将裙子拉长一点。

造型师实在看不下去了,于是郁闷地说道:"别拉了,裙子就这么点长度,再拉就要露胸了。"虽然不愿意承认,但事实上,这件礼服正好恰如其分地衬托了桑夏小巧玲珑的身材。穿成这个样子上台,恐怕多少会夺取一点主角的风采。

"啊?"桑夏尴尬地松了手,改放在胸前。

"真是太完美了!这条裙子简直是为你而设计的。"一旁的连正杰情不自禁地夸赞。

"谢谢!您过奖了。"听到连正杰的赞美,桑夏愈发觉得不好意思了。看着镜子里的自己,她差点认不出来。从来没有穿过这种衣服,不知道会不会被人笑。

"好了好了,快点上台吧!"造型师没有忘记连婕好嘱咐过的话,立刻催桑夏上场。

桑夏对着镜子做了一下深呼吸后，终于抬头挺胸地走出了化妆室。

音乐大厅内早已人声沸腾，座无虚席。而此刻，主持人正在致问候词，连婕好则拿着一把小提琴，微笑着站在一旁。看着她一脸的自信与骄傲，仿佛有一种站在云端俯瞰天下的感觉。

桑夏从幕布后窥探着前台的情况，打算等主持人喊开始的时候，她再偷偷溜到钢琴前。反正钢琴就在角落，应该没人会注意。

只是现实却常常事与愿违，她明明想低调地上台，却偏偏不小心被舞台上的电缆线绊倒，以一个标准狗吃屎的姿势直接摔出了舞台。

"啊……"她惊叫一声，这下想低调也低调不起来了。

全场哄笑！主持人与连婕好同时回头，主持人尴尬地扭曲了脸，而连婕好却气愤地拧起了眉头。

"呵呵……看来我们这位伴奏的同学已经迫不及待要一显身手了，那么我们就废话不多说，直接欣赏连婕好和这位同学的精彩演奏吧！"主持人急中生智，甩下一句话匆匆下台，决定把这尴尬的场面丢给连婕好自己处理。毕竟这是她自己选的搭档，出了差错可怪不了谁。

桑夏狼狈地从地上爬起来，整了整裙子，急忙向观众鞠躬道歉。

"对不起，不好意思！"

小巧而不失妩媚，高贵而不失性感，桑夏以一袭黑色露肩礼服惊现于台前，让观众席一片惊艳。仿佛所有的视线都集中在这个配角的身上，有一种喧宾夺主的感觉。

连婕妤一脸嫌恶地看着桑夏狼狈地从地上爬起,再跌跌撞撞地跑到舞台中间,对着观众席鞠躬道歉。这才完全注意到了桑夏穿着她的小礼服竟然如此贴身,有那么一瞬间,她顿生了悔意。早知如此,她根本不该将礼服拿出来让桑夏穿。

"快点准备,等你的伴奏开始呢!"

连婕妤的一句话,桑夏又跌跌撞撞地跑到钢琴前,舒了口气,伸手按下钢琴键,美妙轻盈的旋律随即悠扬而出,音乐会终于开始。

一首小提琴和钢琴的协奏曲完美结束,观众席响起一片雷鸣般的掌声。只见坐在前排贵宾席上的几个资深音乐人面带微笑,表情和悦,对第一曲的演奏似乎十分满意。

第二曲开始,由桑夏钢琴伴奏,连婕妤一展歌喉。桑夏轻盈纯净的钢琴声,加上连婕妤无瑕的天籁之声,多日来的练习总算不负众望,两人在台上配合得天衣无缝,一度让观众席鸦雀无声。

连续几首曲子下来,桑夏终于可以中场休息一下了,接下来的部分都是由连婕妤独奏,她只需要在最后一曲的时候伴奏一下就能完成任务了。

穿着这一身衣服可真是累人啊,桑夏皱着眉头走进化妆间,因为还有最后一首歌的伴奏,所以她现在还不能把礼服换掉。但是又不习惯穿成这样坐在这里,最后只好在外面披上了一件外套。

早知如此,当初就不该答应连婕妤的邀请,现在也不会把自己弄得这么尴尬。上台的时候竟然当着这么多人的面跌倒,真是太丢脸了!

"伊桑夏,你真的是什么事情都做不好哎!"她自己骂自己。

这个时候,祝圆圆忽然从门外急急忙忙地冲了进来,而且一脸的紧张。

"桑……桑夏……"祝圆圆跑得上气不接下气,连桑夏的名字都喊不出来了。

"圆圆,你别急,有什么事喘口气再慢慢说。"桑夏急忙地站起身来,伸手拍了拍祝圆圆的背,企图让她顺气。

而祝圆圆却是摇摇手,喘着气大声说道:"不能……慢,是……是很急的事情。慕夜枫……我看到慕夜枫和连婕好一起往顶楼方向去了。"

"你……你说什么?"桑夏愣住了。前两天就听慕夜枫说要去找连婕好好好聊一聊,难道被她料中了吗?慕夜枫真的看上连婕好了。一瞬间,委屈和不甘的泪水涌上了眼眶。

"不敢相信是吧?我也以为我看错了,可确实是他们,我看着他们走上楼梯,才跑来告诉你的。桑夏,我们快去看看。"

没等桑夏反应过来,祝圆圆已经将她拉出了化妆间。

学校顶楼,慕夜枫双手插着裤袋,面无表情地站在护栏边,任凭风吹乱他乌黑浓密的头发。站在他身边的连婕好同样是神色凝重,两人之间仿佛弥漫着一股低气压,让人透不过气来。

许久未见慕夜枫开口,连婕好只好先声夺人。

"等下我还要演出呢,有什么话就快说,慕夜枫。"这是她第一次叫他的名字,眼里表达着毫不掩饰的怒意。

慕夜枫闻言,转过头瞥了她一眼,随即斜了斜嘴角,眼底尽是嘲讽之色。

"依我之见,你别玩音乐了,做演员可能会更有前途。"

"你这话什么意思?"连婕好挑了挑眉。

"栽赃嫁祸,借刀杀人,《孙子兵法》学得不错啊!"

连婕好这回终于变了脸色,慕夜枫言下之意再明显不过了。只不过此刻她尚存一丝侥幸,以为慕夜枫不可能会抓到她的证据。

"我不懂你在说什么,下半场演出要开始了,我要走了。"说着,她转身准备走人。

慕夜枫伸手拦住她的去路,不打算这么放过她。

"中场休息二十分钟,现在还剩十分钟。如果你还想继续下半场演奏的话,那么乖乖地待在这里。"他拿出了事先准备好的录音笔,按下了 power 键,接着便听到录音笔中响起了绑匪头目大飞的指证词,清清楚楚地说明了连婕好就是幕后真凶。

一支小小的录音笔让连婕好彻底放弃了狡辩。她早该想到慕夜枫之所以会单独找她,那么一定有十分的把握能证明她才是罪魁祸首,而现在这支录音笔就是最好的证据。她知道事情已经瞒不下去了,想必慕夜枫是不想将事情闹大,才会不动声色地来找她。如果再不承认的话,恐怕事情会更加严重。

"没错,都是我做的。从一开始的硫酸矿泉水被你倒掉,到这次的绑架案围殴你,这一切全都是我做的。"

"你终于肯承认了。"慕夜枫眯起眼,若有所思地盯着她,继续问:"今天我只要一个答案。我根本不认识你,跟你也没有任何瓜葛,你为什么要对付我?"

慕夜枫的话刚落,连婕好忽然疯狂地笑了起来。

"哈哈……对,你的确不认识我,因为你根本不用认识就能羞辱我了。"她笑得有些自嘲。

慕夜枫皱起眉,对她刺耳的笑声明显不悦。

"我什么时候羞辱过你?"在这之前,他根本连她的人都没见过。虽然对她的名字有点熟悉,但按照他的想法,大概因为是她在学校的名气太大,听多了所以就觉得熟悉了。

"这么快就忘记了吗?三个月前,名扬山庄的酒会,因为你——慕夜枫的缺席,让我在那么多人面前丢尽了脸。你不记得了吗?"

听了连婕好的话,慕夜枫瞬间瞪大眼睛,终于记起来了。

"你……你就是那个……相亲的女生?"

"总算你还没忘。既然当初你不想出席,为什么不干脆拒绝?答应了之后又玩失踪,让我一个女生受尽羞辱,从小到大,我什么时候受过这种屈辱,就是因为你,自以为了不起的大少爷,你以为你是谁?竟敢出尔反尔,临时变卦。你这样做难道就不该付出代价吗?"她怒视着他的眸子充满了仇恨,恨不得将他从这顶楼上推下去。

慕夜枫顿时无言以对。他从来没想过自己因为不满父亲的安排而一时兴起的恶作剧会造成这样的结果,更没有想到被他放鸽子的相亲对象就是连婕好,而连婕好竟然会对这件事情耿耿于怀,而特意转到圣起学院,只为了报复他。

天哪!他到底干了些什么?其实这一切事情都因他而起,罪魁祸首应该是他自己才对。

"对不起!那件事情我很抱歉,但是我并不是故意针对你,只是不想顺从我父亲的安排。对你造成了伤害,我真的很抱歉。"第一次,他竟然低头道歉了。

连婕好不可思议地盯着他的脸,差点以为自己听错了。不可一世的慕夜枫竟然也会道歉!可是没等她开口,慕夜枫又继续说了下去。

"有什么不满，你可以光明正大地冲着我来，但是……绝对不能伤害桑夏。"

她明白了！她终于明白了！他会这样低下头道歉，不是因为愧对她，而是为了伊桑夏。

"跟我道歉的理由竟然是为了伊桑夏。哈哈……慕夜枫，你羞辱我一次还不够，想再羞辱我一次吗？"她露出绝望而自嘲的笑容，身体忍不住地颤抖着。

那么美丽那么出色的连婕好竟然会输给一个整天只会小鸟依人、懦弱无用的乖乖女，好胜心比任何人都强烈的她怎么可以忍受这样的结果？不能就这样认输，她得不到的，别人也休想得到。就算玉石俱焚，她也在所不惜。

"喂，你还好吧！"慕夜枫看出了她有点异常，于是下意识地伸手扶住她的肩膀。而凑巧的是，桑夏和祝圆圆正好在这个时侯跑上顶楼。

冲出顶楼大门的一瞬间，桑夏完全没想到会看到这样的一幕，整个人顿时僵住了。还是一旁的祝圆圆忍不住大喊："你们在干什么？"

慕夜枫闻言下意识地回头，看到呆立在顶楼出口处的桑夏，不由得惊了一下，刚才扶住连婕好的手也同时放了下来。

"慕夜枫，你对得起桑夏吗？竟然一脚踏两船。还有你，连婕好，桑夏那么帮你，你居然抢她男朋友，要不要脸啊？"祝圆圆心直口快，想到什么就说什么，一串话出口将双方的气氛弄得十分尴尬。

慕夜枫皱起眉头，对祝圆圆莫名其妙的指控完全不予理会，只是若有所思地望着不远处的桑夏。

而连婕好听了祝圆圆的话，忽然扬起一丝冷笑，说道："我抢她男朋友？究竟是谁抢谁的还说不准呢！"她缓缓调转脚步笔直朝桑夏走去。

慕夜枫见状，眉头越蹙越紧。仿佛在担心什么，脚步一动，想阻止连婕好，但最终还是没有上前。该面对的还是要面对，如果他决定跟桑夏在一起，那么她理应知道这件事。

"桑夏，你知道我和慕夜枫是什么关系吗？"连婕好走到桑夏身边，不紧不慢地丢出一句暧昧不明的话。

桑夏一脸的震惊，含着泪光的眼睛呆滞地看着慕夜枫，仿佛看到了玩弄和欺骗。

连婕好很满意看到这样的效果，于是接着说："慕夜枫和我可是相亲对象呢！就在三个月前，在本市最豪华的度假村名扬山庄内，双方的家长已经为我们订下了婚约，所以，他是我未来的丈夫……"

直到此刻，桑夏的泪水终于忍不住夺眶而出，一滴一滴像断了线的珠子往下掉。她看着他的眼神充满了悲伤和委屈，让慕夜枫忍不下去了。

"你在胡说什么？从来没有婚约之说，我跟你只是相亲而已。"说着，他一个疾步上前，企图想向桑夏解释。

可没等他靠近，连婕好却突然伸手勒住了桑夏的脖子。

"啊……"随着一声惊叫，桑夏冷不防地被她拖到了护栏边。

"喂，你干什么？快放开她。"

"不要过来，不然我就把她推下去。"连婕好的眼底浮现决绝之色，仿佛只要慕夜枫再靠近一步，她就真的会将桑夏推下去。

慕夜枫闻言一惊，脚步霎时愣在原地，不敢再移动半步。

"好，我不过去，你不要冲动，有什么话慢慢说。"

正在这个时候，连正杰突然从顶楼出口处冲了出来。当他发现连婕好和桑夏都不在化妆间的时候，就料到了事情的严重性，于是急忙问了后台的工作人员才知道他们都上了顶楼。该来的总是会来，希望不要弄到不可挽回的地步才好。

"婕好，快放开桑夏，不要伤害她。"

"哥，这一次你不要再管我。我要让慕夜枫付出代价，我连婕好得不到的，谁也别想得到。桑夏，不要怪我，怪只怪你喜欢错人了。"说着，她以身高的优势慢慢将桑夏的脖子勒紧，几乎勒得桑夏透不过气来。

慕夜枫的心悬到了嗓子眼，眼看着桑夏因为缺氧而越来越红的脸，他的心脏倏然抽紧，仿佛还在滴血。

而桑夏却忽然笑了起来，"不，我没有喜欢错人，就算死……我也会一直喜欢枫，这辈子……下辈子也会一直喜欢下去。"

"闭嘴，你没有机会再喜欢他了。"连婕好的情绪已经非常激动。

一旁的连正杰越来越担心，怕她一时想不开旧病复发，真的做出不可弥补的错事。

"婕好，你听哥哥说，放开桑夏，下半场的演奏会还等着你呢！你该去准备了。"他试图转移连婕好的注意力。可最终还是没有成功，连婕好像是铁了心要置桑夏于死地，依旧勒着她的脖子不放。

"什么音乐会，那都是谎言。我一直都知道这都是父亲拜托学校故意散播出来的消息，根本不会有人请我去维也纳。我现在只想对付这个贱人……"

听到"贱人"两个字，慕夜枫倏然瞪大眼睛。他的耳朵不容许听到这样低级的词语,尤其被侮辱的对象是桑夏。

"连婕好,她要是有半点损伤,我绝不会放过你。"此刻,他恨不得冲过去把连婕好给宰了。

连婕好疯了似的狂笑起来:"哈哈……慕夜枫,我也要让你尝尝痛不欲生的滋味!"说着,她加重了手劲,桑夏再也喘不过气来,闭上眼睛,她渐渐地失去了意识。

"不……"这个时候,慕夜枫再也不顾一切地冲了上去,将桑夏从连婕好的手中夺了过来。可此时的桑夏却如一个没有一丝生气的破布娃娃般软绵绵地滑了下去,慕夜枫一脸惊慌地抱住她,将她紧紧搂在怀里。

"醒来,醒过来!睁开眼睛,快点醒过来!"他在她耳边拼命喊着,可她却始终没有醒来。

"哈哈……她死了,终于死了!"看着桑夏毫无意识的脸,连婕好再度狂笑起来,看上去就像一个精神病患者。

"连——婕——好!"慕夜枫扭曲了俊脸,猛然站起身,握紧拳头,咬牙切齿地挤出三个字,仿佛下一秒就会朝连婕好脸上挥拳过去。

连正杰见状,立刻冲上前将连婕好护在身后,阻止慕夜枫的动作。

"请不要动手,先把桑夏送医院要紧。"

听了连正杰的话,慕夜枫这才意识到自己避重就轻了,此刻最重要的是将桑夏救醒才对。于是他立刻抱起已经休克状态的桑夏,接着转头对祝圆圆喊道:"你还愣在那里干什么,快叫救护车!"

已经完全被刚才的一幕吓傻了的祝圆圆直到听见慕夜枫的喊声才回过神来,于是慌乱地应了一声,赶紧掏出手机拨了急救电话。

　　慕夜枫抱着桑夏飞快地朝楼梯口冲去，再也没有多看连婕好一眼。

　　微风习习的顶楼天台上，只剩下一脸心疼和无奈的连正杰，还有疯狂大笑的连婕好。

第七章 受伤入院

关于连婕妤是绑架案幕后真凶的消息，在桑夏被送进医院急救的那一刻起便在学校散播开来了。至于那场举行了一半的音乐会也因为连婕妤的突然缺席导致半途而废，事实上，连婕妤因为精神崩溃而被连正杰秘密送进了自家的医院，而且保密工作十分周到，并没有所有人都知道连婕妤的状况。

桑夏昏迷送进医院抢救，而连婕妤也突然在这个时候失踪，一时间，学校里传说四起，有人说连婕妤是不满桑夏在音乐会上场时抢了她的风头，所以怀恨在心，以至于中场休息的时候将桑夏打晕。也有人说，桑夏得知了连婕妤是绑架她的真凶后，受不了刺激晕过去的，而连婕妤则因为良心发现，愧对桑夏，所以不告而别。

总之说法不一，但真相只有一个，除了当事人之外，谁也不知道是什么。

找到绑架案的真正凶手，最高兴的莫过于顾曼倩了。这些天她背负着这个罪名简直是受尽了煎熬，如今终于沉冤得雪了。这次她倒是打从心底里感激慕夜枫，如果没有他的调查，恐怕她还会继续背负这个罪名。真想不到表面最清纯的人原来心这么狠毒，还有那栽赃嫁祸、一箭双雕、天衣无缝的计谋！

"差点就被连婕好给害死了!真是倒霉。"顾曼倩站在河边,伸手摘下一片树叶,狠狠地往河里扔去。

"难道你从来没有想过这一切都是你在自食恶果吗?如果不是你处处针对桑夏,又怎么会给连婕好嫁祸的机会?"慕夜枫从河边路过,正好听到顾曼倩自言自语的话,于是忍不住停住了脚步,打算给她洗洗脑。

顾曼倩听见有人说话,下意识地回头,竟然看到慕夜枫正站身后。她惊了惊,随即便开始消化慕夜枫刚才这句话。

他说得没错,如果不是与伊桑夏这么明显的敌对关系,也不会让连婕好有机会利用。说起来这一切都是她自己的错,是她平时说话做事太蛮横,以至于得罪了那么多人,遭来了报复。

"你说得没错,我是在自食恶果,也许这就是我平时太目中无人的报应。"

"明白就好。"慕夜枫满意地扬起嘴角,抬起脚步准备离开。

顾曼倩忽然像想到了什么似的,追问:"那个……伊桑夏怎么样了?"话一出口,她连自己也觉得不可思议,她竟然会主动询问桑夏的情况。

慕夜枫显然也愣了愣,一时没反应过来,片刻后才回答:"谢谢关心,医生说没什么大问题了。"

"那就好!我……就不去看她了,以前的事,帮我向她说声抱歉。"

顾曼倩高傲不可一世的个性还是不能容忍自己低下头去当面向别人道歉,能做到的也只有这样了。慕夜枫斜了斜嘴角,没有回答,起步离开了。

秋高气爽,阳光明媚,正是个出院的好日子呢!

在医院待了三天，而且还是强制性的，桑夏早已厌烦了病房里的消毒水味道。她明明已经恢复到活蹦乱跳的地步，可为什么就是不准她出院。天知道这七十二小时她是怎么熬过来的？

趴在窗台前，看着晨光照进病房，照在她的脸上，柔柔暖暖的，真舒服，就像这三天和枫在一起的感觉。

八点了，枫该到了！

"10、9、8……3、2、1——叮咚！"她默数着倒计时，果然，最后一个数字刚喊出，便听到门铃响起，接着慕夜枫意料之中地走了进来。

"喂，你趴在那里干什么？想感冒吗？"他一进门就劈头盖脸地将她数落了一顿，并且毫不犹豫地把她抱回床上，替她盖好被子，直到将她裹得严严实实才罢休。

看着自己被包得像个粽子似的，桑夏不满地嘟起了嘴。

"这样会捂出痱子的。"

"现在是秋天，哪来的痱子。"他举起手，二话不说在她头顶落下一个爆栗。

"好疼啊！被你这样裹着就会有了。"她疼得哇哇大叫，泪水在眼眶里打转，一脸的委屈。

慕夜枫立即宣布投降，将裹着的被子松开了一点，不过仅限一点，只是为了方便她通风，以免她所谓的痱子会捂出来。

"嘻嘻……枫真是个乖孩子。奖励亲亲！"她猛然钻出被子，扑到慕夜枫怀里，主动献上一吻。

慕夜枫僵住，没想到桑夏第一次这么主动献吻，反应完全慢了半拍。桑夏偷笑着企图躲回被窝，却没想到被慕夜枫一把抓住，轻巧地带进了怀里。她吓了一跳，没等她反应过来，他温热而柔软的唇便贴了上去，落下一串密密实实的吻。

他对她的唇流连忘返,就像是一团棉花糖,柔软而甜蜜,让他情不自禁深陷其中。直到病房门口传来一阵刺耳的咳嗽声——

"喀喀……公共场合,稍微注意点。当然我是不介意你们可以再开放点。"连正杰一脸调侃地出现在病房门口,硬生生地打断了某人的好事。

桑夏慌乱地推开慕夜枫,窘迫地躲进了被子里,羞得没脸见人。这回真是糗大了,竟然被连医生撞见她和慕夜枫接吻,好羞人啊!

"没有人告诉过你,打扰别人是很不道德的事情吗?而且,你不知道进门前要先敲门这个道理吗?"慕夜枫挑高双眉,以其人之道还治其人之身。想当初第一次进学校医务室的时候,连正杰也是以同样的话对付他,这回终于找到机会报仇了。

原以为连正杰会无言以对,可事实并非如此。连正杰非但没有任何不自在,而且还理直气壮地回答:"门没关!"

搬起石头砸自己的脚!不但没有噎住连正杰,反而把自己给难住了。该死的,刚刚进门的时候,他的确忘记关门了。

"门没关就能随便进来吗?"他开始幼稚地强词夺理。

"OK,打扰了。那我改天再来好了,你们继续。"连正杰举手投降,状似无辜地耸耸肩,转身准备走人。

慕夜枫受不了地翻了个白眼,打扰了别人之后再若无其事地走人,这小子是故意的吗?

"站住,把话说完再走。"

连正杰果然停住了脚步,再度回过身,嘴角划过一道弧线,走进病房。

"我今天特地过来向你们道歉的。之前婕好虽然做了很多伤害你们的事情，但是我希望你们不要恨她。"提及连婕妤的事情，连正杰的神情开始严肃起来。

听到"连婕妤"三个字，慕夜枫的脸色沉了下来。他从来都是有仇必报的人，连婕妤对桑夏造成的伤害，本该受到惩罚。虽然是他有愧于她在先，但是他决不能容忍她伤害桑夏。

"凭什么？"慕夜枫冷冷地吐出三个字。

"凭你在那场宴会对她的羞辱。因为那场宴会，导致婕妤的旧病复发。对你们做出的伤害，其实连她也不受控制。"

"旧病复发？"此时，就连躲在被子底下的桑夏听到连正杰的话，也钻了出来，"什么意思？她有什么病吗？"

连正杰点了点头，无奈地叹了一口气。说道："婕妤小时候发生过一起意外，导致她的心理出现了严重的扭曲，只要一受到刺激，就会想不开，甚至做出一些疯狂的举动。这么多年来，我访遍了国外的名医，替她治疗，直到这两年她都没有再病发。可是就在三个月前的某一天，婕妤突然很开心地跑来找我，并且告诉我家里准备安排她和一个男生相亲，当时我很意外，一向心高气傲的她怎么会接受相亲这种荒唐的事情。后来我才发现，原来她的相亲对象也就是你——慕夜枫，所以才会爽快答应。但是没想到相亲宴当天，男主角竟然临阵缺席，不但伤了她的自尊，而且还让她一个人面对这么多宾客的嘲讽和同情，那致命的羞辱彻底刺激了她。她执拗地放弃了英国伯明翰大学的留学，而转学到了圣起学院，目的就是为了报复你。为了防止她做出什么不可挽回的错事，我也跟着来到了圣起学院成为医务室的教工。之前我故意处处挑衅你，其实只是为了替婕妤出口气。我以为婕妤只是小小地惩罚你一下就会罢手，所以才配给她一瓶掺了松香的矿泉水，让你一闻就能知道矿泉水有问题。没想到，第一次失败后,她还是没有罢休。看到你和桑夏的关系非同寻常,于是便开始接近桑夏,甚至连校园网上面的照片和音频都是她放上去的,充当好人替桑夏解除眼前的危急,她只是为了伺机伤害你们。"

听了连正杰一长串的话,慕夜枫眉头深锁,"你似乎漏了最经典的一幕。连婕好利用桑夏的单纯,把她骗到了后山的废屋,甚至不惜用苦肉计,连她自己也装出一副被绑架的样子。最终目的就是要引我过去,然后对付我。"

"绑架?!什么时候的事?"连正杰愣了愣,有些不可思议地瞪大眼睛,这件事他倒是真的一无所知,婕好的一举一动他都监视得严严实实,不可能会错漏一点,难道是……他请假回英国的这段时间发生的吗?

"你觉得现在说这些还有意义吗?"慕夜枫不愿再提起那件不愉快的事情,于是闷声打断了连正杰的问题。

连正杰无奈地点了点头,不再开口。慕夜枫说得没错,现在说这些已经没有任何意义了,只会影响心情。

这时候,始终在一旁倾听却保持沉默的桑夏忽然开口说了一句:"婕好……现在还好吗?"

话落,两个男人同时惊讶地扭头看着桑夏。

"怎么了?你们看我干吗?"桑夏被他们这样盯着看,有些不好意思了。

"丫头,你是得了失忆症还是脑袋进水了?"慕夜枫扭曲着俊脸,疑惑地盯着她的脸,半晌都没有研究出什么异常。

"我哪有。"桑夏郁闷地皱起眉头,显然不满慕夜枫对她的用词。什么叫作"得了失忆症还是脑袋进水了",她明明好端端的坐在床上,哪里有问题了。

慕夜枫挑眉,"没有失忆的话,怎么会去关心连婕好的状况?难道你忘记三天前你差点死在她手上吗?"

"记得啊!可是刚刚连医生不是说了吗?婕好的心理有问题,做出的这些事情就连她自己也控制不了。我们不能怪她,不是吗?"

桑夏的一句话让慕夜枫无言以对,此刻,他不知道是该哭还是该笑,天底下怎么会有这么傻乎乎的女生,被人伤害之后还能那么轻易地原谅对方,她的心会不会太善良了点。而这个傻乎乎的女生却偏偏让他给遇到了。

相较于慕夜枫的沉默,一旁的连正杰却早已感动得痛哭流涕。

"小夏,你人真的太好了。我替婕好谢谢你,你放心,她现在的病情已经控制住了。"

看着连正杰夸张的表情,桑夏一脸黑线。这个男生平时总是一派绅士的形象,从来都给人一种成熟稳重的感觉,可现在的表情与平时的形象简直判若两人,她开始怀疑那个成熟稳重又绅士的连医生根本就是装出来的。

"噢,那就好。"她尴尬地抓了抓头发,扬起嘴角。

"好什么好,以后最好不要再让我看见她。"慕夜枫不耐烦地丢出一个白眼,表明自己的立场。反正他向来是恩怨分明的人,想要让他原谅连婕好,扯淡。

连正杰无奈地扯了扯嘴角,不再强求。他很清楚以慕夜枫的性格是绝对不会轻易原谅婕好的,其实这样也好,反正他马上会带着婕好去英国,让彼此不再见面,就会淡忘曾经发生过的事吧!

"好吧,既然这样,我就先走了。下个礼拜,我会把婕好带回英国,以后不用担心会再见面。"说完,他扯出一个职业性的笑容,转身走出了病房。

病房内,气氛沉闷。桑夏和慕夜枫同时皱着眉,各怀心思。

在医院待了将近一个星期,经过医生反反复复的检查和测量,在百分之两百确定桑夏的身体状况完全正常的情况下,慕夜枫总算是答应出院了。

只不过是暂时性的缺氧休克,慕夜枫却强迫她住院一个星期,简直是够夸张的。没事占着医院的病床位,却害其他的病人只能在走廊加床。桑夏真是郁闷得无话可说,天天对着慕夜枫唠叨也没用,平时只要她挤两滴眼泪出来,他一准就妥协,可这回却说什么也不松口,她都差点哭天抢地了,他愣是当作没听见。这回要不是医生开口,他指不定还会让她继续在医院待下去。

走出医院大门,桑夏忽然有一种被释放的感觉,天很蓝,云很白,阳光很明媚,她的心情很好。

"啊!终于能出院了。感谢上帝!"

她的话刚落,头顶便落下一记爆栗,"咚"的一声敲在她的脑门上,痛得她扭曲了俏脸,原来的好心情也被破坏殆尽。

"感谢什么上帝,是我准许你出院的,该感谢的人难道不应该是我吗?"慕夜枫摆出一副理所当然的样子,幼稚得连这种无聊的事情都计较。

"可是……如果不是你阻止,我就可以更早出院了。"桑夏不但没有肯定慕夜枫的问题,而且还一脸无辜地指责慕夜枫的不对。

慕夜枫挑了挑眉,"伊桑夏,住了几天医院连胆子也变大了吗？越来越会顶嘴了。"

"哪有，我只是实话实说嘛！"桑夏委屈地撇撇嘴，一副快要哭出来的样子。

慕夜枫立即宣布投降，"好了好了，算你没说错。"他就知道，一旦出了医院，就再也没办法抵挡她的眼泪攻势了。

没想到，桑夏刚才欲哭无泪的样子完全是装给慕夜枫看的，下一秒，听到慕夜枫宣布投降，她便立即抬头绽放一个大大的笑容，"嘻嘻……我就知道枫是世界上最好最好的人。"

"你……"慕夜枫惊愕得完全无语，彻底被她打败了。

"枫，我们去看看婕妤好不好？下个礼拜她就要去英国了呢！"桑夏突然提出这么一个问题，让慕夜枫有些措手不及。

半晌，他才反应过来，便厉声斥责："你活腻了是不是，刚从医院出来还想被送进去吗？"连婕妤的狠毒他可是领教过了，直到现在还心有余悸。虽然根据连正杰的说法，连婕妤的病情已经控制住了，但是他可不敢保证连婕妤见到桑夏会不会引起突发状况。

"可是连医生不是说了吗，婕妤的病情已经控制住了，我觉得应该去看看她，毕竟我们曾是好朋友。"

"好朋友？哧。"慕夜枫一声冷笑，"差点被她害死，你还能说她是你的好朋友？"这丫头的脑袋里面装的是糨糊吗？

"不是这样说的啦，虽然她只是在利用我，但是我真的把她当成好朋友，那份友谊是真心的。枫，你就让我去看看她吧，哪怕跟她说话，不让她发现，我只要看到她好好的就行了。"桑夏几乎用哀求的口吻在征得慕夜枫的同意。

看到桑夏这么坚持，慕夜枫的心开始动摇了。他并非铁石心肠之人，只是怕桑夏再有什么闪失，因为他不愿再经受那种呼吸困难，心脏停止跳动的感觉。所以才坚持不让桑夏去看连婕好。可是此刻……桑夏哀求的眼神让他不得不点头答应下来。

"好吧！我准许你去看她，但是只限看，看完后马上离开，不能被她发现。"

桑夏满口答应，那头点得跟捣蒜似的。慕夜枫无奈地皱起眉头，忍不住摸了摸她的头发。真是个单纯善良的"小强"。

连和医院是本市最大的一家私立医院，隶属连氏家族名下，拥有一流的师资人员和先进的医疗设备，本着"生命高于一切"的宗旨为人民服务，在本市的口碑极好。

连正杰将连婕好安排在自家的医院，自然是为了做好更严密的保护措施，不让消息外泄，以防那些耳听八方的狗仔队来纠缠不休。

天气晴朗，气温宜人，阳光温和地照在地面，暖暖的，柔柔的，很舒服。住院部大楼前的一块草坪上，一个清瘦的身影正坐在一条白色的长椅上，聚精会神地看着草坪上玩耍的几个小孩子。一会儿露出微笑，一会儿又紧张地皱起眉头，脸上的表情十分丰富。

在她身后，一个高大帅气的身影靠近。

"婕好，该吃药了。"连正杰一手拿着药瓶，一手拿着一杯白开水，走到连婕好身边。

连婕好笑嘻嘻地转头，眼神极其温和，"哥，你看那些小孩子多可爱。"

"是啊，无忧无虑的，什么也不用想。"连正杰微笑着，将手中的东西放在长椅上，顺势在一旁坐了下来。

"我也好想跟他们一样自由自在地玩。"连婕好的眼底除了单纯的羡慕之外,再无其他。此时的她,透明得像一面镜子,让人一眼就能看清。

"等你出院后,哥陪你去玩,好吗?"

"好。那我可要赶快出院,早点可以去玩。"

"嗯,想早点出院就得按时吃药,来,把这个药先吃了。"说着,他连哄带骗的将药丸和水杯递到连婕好手上。

没想到连婕好二话不说就将药丸吞了下去,甚至连开水都没有喝。大概是真的很相信连正杰的话,为了能早点出院,早点去玩,所以才这么迫不及待地把药吞了下去。

看着这样单纯无忧的连婕好,连正杰不知该哭还是该笑。如果不是小时候的一场意外,婕好本该是一个非常优秀的女生,拥有很好的音乐天赋,将来极有可能登上维也纳的金色大厅。只可惜……

但是,他现在已经不奢望那个最高点,只希望他的妹妹能快乐地过日子,不要再受到任何人的伤害。

"哥,我吃完药了,我很乖哦!你什么时候带我去玩?"连婕好将空无一物的手心摊在连正杰面前,证明她已经把药丸吃下去了。

连正杰微笑着摸了摸她的头顶,"婕好真乖,哥下个礼拜就带你去玩。"

"太好了!哥,你说话要算话哦!"

"嗯,一定算话。"

看着连婕好一脸高兴的神情,连正杰突然心酸起来,不忍再待下去,于是趁机拿了杯子起身离开。

住院部二楼的阳台上，两个熟悉的身影靠在一起，沉默地望着一楼草坪上的那个背影。连正杰走上二楼楼梯时，正好看到他们，虽然有些惊讶，却还是朝他们走了过来。

　　"我很意外你们会来看婕好，不过真的很谢谢你们。"

　　慕夜枫和桑夏闻言，同时转头。桑夏扬起一个笑脸，立即说道："不用客气，婕好毕竟是我的朋友，现在看到她这个样子，我也很惋惜。那么优秀的人怎么会……"她无奈地叹了口气，想想就觉得遗憾。

　　"她现在看起来很平和，病情有所好转了吗？"慕夜枫趁机插话，而他刚刚已经注意到了连婕好的气色很好，而且还对着草坪上的小朋友笑呢！像是十分开心。

　　"也不算好转，只是用药物控制住了。而且之前发生的事情，她已经什么也不记得了。"

　　"什么？不记得了？那她岂不是很可怜吗？"

　　听到"可怜"两个字，连正杰不免皱了皱眉。从某种角度而言，婕好确实可怜，可他却觉得现在这个样子未必是坏事。良久，他撑起招牌式的笑容，"我倒希望婕好能像现在这样无忧无虑地生活，不用去想，不用去恨，就这样一直生活下去。"

　　连正杰的话却让慕夜枫不以为然地挑了挑眉："这样的生活跟白痴有什么区别。你觉得她会开心，她会愿意吗？"

　　"她清醒的时候会记着仇恨，记着报复，那样的她绝对不会开心。所以我宁愿她像现在这样什么都不要想，每天说说笑笑，陪孩子们玩玩。至少现在她会觉得很开心！"

　　慕夜枫依然不屑地撇撇嘴，却没有再开口反驳。也许连正杰说得没错，与其整天担心连婕好会因为心理扭曲而做出一些祸事，倒不如让她不要清醒过来。

"上次你说会带婕好回英国,这事已经决定了吗?"桑夏突然想到了这个问题。连婕好现在这样,也不可能再回学校,或许离开是她最好的选择。

连正杰闻言毫不犹豫地点了点头,道:"是,我不想她再在这个城市待下去,去英国会比较合适。"

"嗯,希望她不要再想起不开心的事情,就这样无忧无虑地生活下去。"这是她最后送给连婕好的祝福。一想到以后都不可能再见面了,桑夏忽然有些伤感起来。

连正杰微笑着刚想道谢,却不料手机铃声突然响了起来。

"不好意思,接个电话!"他掏出手机,向慕夜枫和桑夏打了个抱歉的手势。

慕夜枫见状,便趁机开口告辞:"既然这样的话,那我们就先走了。等下还要上课呢!"

连正杰愣了愣,虽然还想与桑夏再多聊一会儿,可慕夜枫却在用眼神警告他了,于是他只能微笑着点了点头,"好吧!那下次有机会再见了。"

桑夏也跟着挥了挥手,接着便被慕夜枫拉走了,两人并肩朝走廊尽头的楼梯走去。

手机铃声还在不断地唱着,连正杰看着两人远去后才转身接起了电话:"喂,你好!请问哪位找我……哦,是的……没错,献血的人是慕夜枫……"

现在正是午休时间,学校的松柏大道上冷冷清清的,偶尔只有一两个人影经过。看着两旁苍绿的青松屹立,桑夏突然感到一种莫名的失落和空虚。

转到这个学校不过两个月时间,却没想到发生了那么多事情,还差点命悬一线,想想都觉得不可思议。幸好她的身边还有一个枫,有他在,她就能放心了。可是说起来,从那次意外昏迷后到现在出院都已经一个多礼拜了,她却还没听到慕夜枫的答案。连婕好音乐会的前一天,他明明说过两天会给她答案的,为什么到现在都没提起?

想到这个,桑夏忽然郁闷起来。

"那个……上次说的事情……"

"什么?"一旁的慕夜枫听见桑夏开口,便放慢了脚步。

"就是那个……那个……一个月交往期限的事情。"她说得有些胆怯。虽然现在慕夜枫对她好得没话说,可也很难保证他会答应继续交往。

听到桑夏别扭的话,慕夜枫挑了挑眉,嘴角忍不住扬起一丝坏坏的微笑。原来这丫头一回到学校就在担心这个事情了,看来真的很担心他忽然不要她了。想到这里,他嘴角的笑意更浓了。

停下脚步,他状似认真地转头看她。

"这个问题其实我考虑了很久……"他一脸严肃,开始吊她胃口。

果不其然,以桑夏的单纯,立刻就急了。

"那结果呢?结果怎么样?"

慕夜枫故意干咳了两声,嘴角扬起一道好看的弧线,继续吊她胃口:"结果让我很为难。如果我不答应你继续交往,是不是会伤了你的心?可是如果答应你继续交往,那么就违背了我的本意。所以真的很为难……"

话落,他沉默下来,一动不动地注视着桑夏的表情。

只见桑夏的脸色明显僵硬了许多,想笑又笑不出来的样子,让慕夜枫有一种恶作剧成功的窃喜。

"其……其实不用在意我的啦！"桑夏别过脸，心开始绞痛，泪水在眼眶里打转，却不能让它流下来，"拒绝也没关系的，你不用为难，我……我没关系的。"就算心痛得要死，也不能再哭了。因为在交往之前，他早已跟她约定，一个月以后如果还是不行，她就决不能再纠缠他。

努力地吸了吸鼻子，她慢慢地转身，木讷地往前走去。难道这一次真的走到尽头了吗？她还以为这一个月的相处，他对她的温柔，对她的霸道，还有为了她而心甘情愿挨揍，在医院贴心照顾她的这一切，足以证明他也是喜欢她的。可事实却是她想太多了，他还是无法喜欢她。为什么……为什么曾经明明那么深爱她的枫会不认识她？

看着桑夏失落的背影，慕夜枫才慢悠悠地跟了上去。

"看来我们的'小强'小姐真伤心了！就那么喜欢我吗？离开我会活不下去吗？"

"枫，不要再给我希望了，我已经知道了结果，请你让我微笑着说分手吧！"她再次吸了吸鼻子，扯出一个大大的笑容，苦笑着对慕夜枫说再见。

慕夜枫拧起眉头，郁闷地盯着她的脸。天底下怎么会有这么笨的人？

"你还没回答我的问题，离开我你会活不下去吗？就那么喜欢我吗？"他依旧穷追不舍，非要听到肯定的答案不可。

桑夏被他逼得无处可逃，眼眶里打转的眼泪终于忍不住决堤，她忽然哭着大喊："就算我喜欢你又怎么样，就算离开你我会活不下去又怎么样，你还是不会喜欢我，还是不会……呜呜……"她的情绪渐渐失控，而且有一发不可收拾的趋势。

慕夜枫完全被她的举动惊得失去了反应，就这么愣愣地盯着她，半晌才回过神来，居然有些语无伦次起来："也许……哦，我是说可能……不，是说不定你还会有机会，对，是这样没错，会有机会。"

慕夜枫的话让桑夏听得莫名其妙，一会儿也许，一会儿可能，什么机会？他到底想说什么？明知道她脑袋没他聪明，怎么尽是讲些深奥的话让她听不懂。

"你……你说的是什么意思？"

一句话让慕夜枫立即抬头朝天空翻了个白眼，彻底无语。算了，他不能奢求她能理解话中的深意，或许直接一点会比较好。那么……

"我的意思就是说我要重新拟定一份交往协议，要求和日期由我来定，也就是说我是协议的甲方，你是协议的乙方。乙方必须遵从甲方的要求，所以什么时候终止合约由甲方说了算。"这样他已经说得够清楚了，要是再不明白，他立马将她再送回医院。

不负所望，桑夏这回总算是听明白了，不管条件是什么，总之最终的意思就是枫要跟她续约，会继续跟她交往。这是真的吗？应该没听错吧！她不可置信地伸手掐了一把脸颊，"哎哟"一声，是疼的，原来真的不是做梦，是真的！

慕夜枫愣愣地看着她被自己掐红的脸颊，完全无语。这丫头真是……

"枫，你说的是真的吗？我没听错吧，你要继续跟我交往对不对？啊，你说过的话就一定要算话，不能反悔哦！耶！我好开心啊！"桑夏开心得在原地跳着转圈，让慕夜枫哭笑不得。幸亏现在没什么人经过这里，否则可就丢脸丢大了。

"记住我的协议就行,好了,现在我送你回去!"

"回……回去?不是要上课吗?"

"我说什么你就相信吗?真是听话。"慕夜枫满意地扬起嘴角,露出一脸坏坏的笑,靠近桑夏的耳边,轻声说道:"忘了告诉你,今天是星期天!"

开玩笑,进学校这么长时间,也没见着几个人,只有这只笨蛋"小强"才没发觉异常。要不是为了早点摆脱连正杰,他才不屑撒这个谎来当借口。

"哦……那你刚刚为什么说要来学校上课?"桑夏还是不解地问他。

啊,果然是够单纯的,这样还没看出问题。算了,他不就是喜欢这只傻傻的"小强"吗?

"我乐意,不行吗?快点走,先去吃饭,然后再送你回家。"他迅速打断她的问题,二话不说拉着她往回走,

只是还没走两步,就被迎面走来的两个西装笔挺的男子给拦住了去路。其中一个男子三十左右,手提着一个黑色公文包,长得清秀白净,戴着一副金边眼睛,藏在镜片后的眸子深邃精明,让桑夏不自觉地联想到了连正杰。

"咦?这个人跟连医生长得好像啊!"这种时候,也只有桑夏才会傻乎乎地说出这种话,而一旁的慕夜枫则完全没有兴致去研究对方的长相,而早已在揣测对方拦住他们去路的目的是什么。

而与这个清秀男子并肩而立的另一个男子则比较粗犷了点,及肩的灰色卷发,带着一副酷酷的墨镜,还留着自然卷的络腮胡,这个人看上去让人觉得有一种艺术家的气息,这样两人站在一起完全是两种极致的对比。

慕夜枫防备地打量让对方有些尴尬地笑了笑。清秀男子挂着一副职业性的笑容从公文包中拿出一张名片，桑夏本以为这两人一定是来找慕夜枫的，而名片也会递给慕夜枫，所以并没有接名片的打算。

可当那名清秀男子礼貌地将名片递到她面前时，桑夏蒙了，就连一旁的慕夜枫也不禁皱起了眉头。有陌生男子递名片给桑夏，这是一件多么不可思议的事情。

"哦……确定是给我的吗？"桑夏完全不敢相信自己的眼睛。

"是的，伊桑夏同学，我是国际钢琴演奏协会的代表小罗，一个礼拜前在圣起学院音乐大厅的演奏会上听到你的钢琴声，觉得你非常符合加入我们协会的标准，所以特地来征求你的意见，这位是我们协会的钢琴艺术家张政教授。"他摊开手掌指向一旁灰色卷发的男子。

张政？桑夏听到这两个字，忽然瞪大了眼睛。难怪有一种似曾相识的感觉，原来他就是张政，她曾经在音乐杂志上见过他的照片。

虽然她不是专业的音乐系学生，但是对于从小练钢琴的人来说，"张政"这两个字的影响力还是非常大的。只要是学钢琴的人都应该知道，那些经常出现在音乐杂志上有关天才钢琴艺术家张政教授的报道，说他是一位拥有极高的创作才华和演奏天赋的艺术家，凡是得到他肯定的音乐，一定会成为流行。

"您……您就是张政教授？"桑夏的嘴巴成了"O"字形。

"你好，很高兴认识你。那天听了你的钢琴演奏，我很满意。"张政教授礼貌地伸出手，桑夏十分紧张地伸出手，与张政的手相握，心中免不了一阵激动。

而一旁的小罗代表再度开口："这次我们张教授亲自过来，就是想诚心邀请你加入我们协会，相信你也应该知道，能得到张政教授的认可，你将来的音乐前途一定会无可限量。"

听了这个小罗代表的介绍，桑夏越来越蒙了。能亲眼见到张政已经让她够震惊了，而现在又听到这些不可思议的话，她简直无法相信，现在是大白天，而自己不是在做梦吧。

桑夏完全处于惊愕状态，这些问题自然就由慕夜枫来回答。

"你们确定是要找伊桑夏吗？"

"没错！一个礼拜前在这个学校的音乐大厅为连婕好伴奏的人就是她没错。"

"她并不是音乐系的学生，从来没有接受过专业的训练，你们觉得她会让你们满意吗？"

"只要她有天赋，就不用担心这一点。我们会将她送往奥地利学习。"

慕夜枫皱眉，下意识地转头瞥了一眼呆愣状态的桑夏。如果真的加入了演奏协会，那么他们就会把这只笨蛋"小强"送去奥地利。去国外深造，少说也得三五年，那么……他岂不是以后都见不到她了？想到这里，他的眉头越蹙越紧。这可真是个挣扎的事情。他不能替她做决定，又不能表现出他其实很在意。该死的……这只"小强"还真不是普通的麻烦。

"这件事恐怕要好好考虑一下。"最后，他丢出一句模棱两可的话，以"考虑考虑"当作借口，与那两位告辞。

小罗代表有些郁闷地看了看慕夜枫，又转头询问张政的意见。只见张政教授点了点头，说道："考虑是应该的，毕竟这是人生的转折点。希望三天后能给我个确切的答复，那么……"

再见!"艺术家的个性直爽,从来不扭捏做作,既然已经听出了慕夜枫的话外音,那么他也不需要再留在这里磨蹭,毕竟强扭的瓜不甜。

两位转身离开口,慕夜枫才伸出"魔爪",毫不犹豫地拍向桑夏的后脑勺。

"回神了!大白天的,做什么梦?"

"啊……好痛!怎么老是打我头,会变笨的。"桑夏皱着眉头,一脸痛苦地揉着后脑勺。

"已经很笨了,多打两下也差不到哪里去。"他说得理直气壮,好似打她的脑袋是天经地义的事情。

桑夏委屈地嘟起嘴,这才发现张政教授和小罗代表不见了。

"咦?张政教授和小罗代表呢?刚刚不是在这里的吗?还说要让我加入钢琴演奏协会,怎么……不见了?"

慕夜枫丢出一个白眼。真是后知后觉的丫头!

"早走了。等你回神,太阳都下山了。"

"啊?那后来他们有没有说什么?"桑夏急了。刚刚明明听到他们在说邀请她加入钢琴演奏协会的事情,都怪她太没见识,才这么几句话就蒙了。也不知道后来怎么样了?一定是没戏了。

"让我想想……"慕夜枫故意皱起眉头,装出一副努力回忆的样子。

为了自己的私心,他应该把这件事当作从来没有发生过,既然桑夏刚才没听清楚他们的话,那么他为了能让桑夏留在身边,隐瞒这件事也是理所当然。可是此刻,看着桑夏懊悔和失落的表情,他的决心动摇了。

如果他为了一己之私而阻止她的前途,将来她知道真相,会不会恨他呢？与其冒着被恨的危险，倒不如说出事实，让她自己决定。

"怎么样？想起来了吗？"桑夏一脸迫切的期待。

"他们邀请你加入钢琴演奏协会，并且会马上送你出国深造。我说给你三天的考虑，三天后再给他们一个回复。"

"真的吗？我真的被他们选中了吗？"桑夏满脸的震惊和不可思议，同时也十分的惊喜。

慕夜枫眯起眼，郁闷地盯着她喜形于色的脸，心里不禁燃起了一股莫名的怒火。被选中出国深造就那么开心吗？难道她就不想想一出国就会三五年见不到他吗？

"被他们选中那么开心吗？"

"当然开心啊！没想到我这样的钢琴水平会被张政教授选中。哎！真是太不可思议了，我一定要把这个好消息告诉圆圆，如果不是她劝我帮婕好伴奏，我也不会有机会上台表演，更不会被张政教授选中了！嘻嘻……"

桑夏的言语之间全是藏不住的喜悦，慕夜枫不屑地撇了撇嘴。他在她心中的地位明显地在下滑了。不行，他不能看到这样的结果……

"伊桑夏，你听好了。刚刚我们是不是有过口头的交往协议？乙方必须遵从甲方的任何要求。就连协议的有效期也由甲方决定，对吗？"

桑夏愣愣地点了点头，对慕夜枫突然蹦出的问题赶到莫名其妙。好端端的为什么突然搬出这个协议呢？这跟她现在的情况有关联吗？

"好，那么容我先提醒你一下，不要高兴得太早，关于加入钢琴演奏协会的事情，完全是在协议期间所发生的，所以乙方必须经过甲方的同意才能答应此事。"他越说越理直气壮，完全不给桑夏反驳的余地。

单纯的桑夏还浑然不知自己正掉入了慕夜枫设好的圈套，针对他此刻的话，竟然都是毫不犹豫地点头认同。

"哦……那么你会认同吧！这么好的事情，就像是天上掉馅饼一样的好事呢！"桑夏满心欢喜地认为慕夜枫会毫无条件地认同。

可没想到慕夜枫却是毫不犹豫地摇头："不认同。"

"唉？为什么不认同？这么难得的机会……"桑夏被彻底打击了。此刻终于明白过来，慕夜枫讲了这么多话其实就是为了最后这三个字——不认同！

可是为什么不认同呢？看到自己的女朋友被国际钢琴演奏协会选中，不是一件值得骄傲而高兴的事情吗？这种可遇不可求的事情怎么会不认同呢？她百思不得其解。

"你这只笨得无可救药的笨蛋'小强'！总之我不认同就是不认同。"慕夜枫无语地撇了撇嘴，扭头走人。不想再跟她解释下去了，反正再怎么暗示，这只笨蛋"小强"也不会懂。

"枫……为什么不认同啊？从小到大我都没有遇到过这种好事呢，也没有去过国外……"

"我会带你去国外，但是就是不准你加入那个什么鬼协会。"

"可是不一样嘛……"

"……"

他负气地加快脚步，不再说话。脚步越走越快，把桑夏一个人落在了后面。

回去的路上，慕夜枫都沉着脸没有说话，一副生气的样子。

桑夏郁闷地皱着眉头，该生气的人明明是她，可为什么现在的情况却是反的。令她疑惑的是，他到底在生气什么？她被钢琴演奏协会的人选中，这明明是件好事，可他为什么一副怒气冲冲的样子，不同意她加入协会，她还没来得及生气呢！

这是第一次，两人的冷战时间超过了半个小时。直到车子到达桑夏家门口时，慕夜枫还是没有开口说一个字。这回桑夏索性也倔起脾气来了，在理的人是她，说什么也不妥协了。负气地推门下车，她头也不回踏进了家门。

"嘭"的一声，听到大门被重重地甩上，慕夜枫皱着眉头撇了撇嘴，狠狠踩下油门，车子飞一般地驶离了桑夏家门口。

就在同一时间，大门被轻轻地移开一条缝，桑夏偷偷地看着慕夜枫的车子疾驰而去，一会儿便消失了踪影，心里不禁泛起了酸。每次都是她妥协，她讨好，这次明明是他的错，为什么他还可以这么理直气壮？

她越想越委屈，眼泪终于忍不住夺眶而出，靠在门框边无声地哭了起来。

"宝贝，你怎么了？呀？怎么在哭呢？谁欺负你了？快告诉妈妈。"身后忽然响起了伊莎华甜美的声音。

桑夏愣了愣，赶紧擦掉眼泪，转过头，一脸惊讶地睁大眼睛，问道："妈妈，你什么时候回来的？"

"上午回来的。哟！哭得这么伤心，是不是小枫欺负你了？"伊莎华一脸心疼地替桑夏擦去眼泪。其实刚才的一幕，她在窗口看得清清楚楚。

"妈妈……"桑夏委屈地扑进伊莎华的怀里，放声大哭起来。

"怎么了怎么了，瞧把你委屈的。别哭，告诉妈妈发生什么事了？"

桑夏抬起头，擦了一把眼泪，哽咽着将事情的经过都说了一遍。伊莎华顿时明白过来，十分了然地点了点头。

"傻丫头，这就是你的不对了。"伊莎华笑眯眯地摸了摸桑夏的头。

桑夏不解地皱起眉头，反问："为什么是我不对？明明是我受了委屈，这样好的机会，他为什么不认同？"

"你想想，要是你加入了演奏协会，就会马上被送出国学习，去国外留学可不是一两个月就能回来的，少说也得三五年的，你们俩岂不是三五年不能见面吗？这对于热恋中的两个人来说，是很残忍的事，不是吗？小枫拒绝你加入协会，就是不想跟你分开。懂吗？"

伊莎华是过来人，一听桑夏的情况就立刻作出了准确的判断。就这点小事情，她只需要动一动嘴巴就能让两人和解了。

"啊？妈妈的意思是……枫不想跟我分开才不同意我加入协会的吗？可是他为什么不说呢？"桑夏愣愣地抓了抓头发。可是如果真是因为这个原因，为什么他不直接说出来呢？还让她误会他。

伊莎华拧了拧眉头，无奈地瞥了桑夏一眼。她这个女儿真是单纯得无药可救！

"人家一个男孩子总是要面子的，当然不会轻易说出自己的心意。可心里又不舍得跟你分开，所以只好采用强制手段了。哪怕被你误会，也总好过和你分隔两地。"

听了伊莎华的解释后，桑夏才彻底醒悟过来。与慕夜枫交往这么长时间，她竟然一点也不了解他的个性，母亲说得没错，他是那种死要面子的人，绝对不会当面坦白自己的心意，所以解开这个僵局的人只有她了。

如果加入了国际钢琴演奏协会后就要与慕夜枫分隔两地,那么她宁愿放弃这次机会,也不愿冒着相思成疾的后果去国外。反正她本来也不是学音乐的,就当这次是个小小的意外吧!

"妈妈……也不希望我加入演奏协会吗?"桑夏虽然在心里做了决定,但是基于最基本的礼貌,她还是向伊莎华询问了意见。

伊莎华微笑着摇了摇头,道:"你已经长大了,什么事都该有自己的决定,妈妈不发表意见。想怎么决定,你自己做选择。"

母亲的答案在桑夏的意料之中,她点了点头,在心中默默确认了答案。

从小就很民主的母亲任何事都逼着她亲力亲为,每遇到一个难题,母亲总是让她独自解决,甚至连小学毕业和初中毕业报考的学校也都是桑夏自己决定的,母亲从来没有干涉过。只有这次的转学事件,母亲的举动很意外,包括最近对她的态度突然变得亲切温和,也让她觉得不太习惯。

"有决定就好了,来,快来吃饭吧!妈妈听说你前段时间进医院了,抽不出时间回来照顾你,真是担心。幸好没什么大事,不然可让我怎么办呢?"伊莎华满脸的担忧。

"哎,妈妈放心啦!没什么大事了。"桑夏听着心里暖暖的很舒服。原来得到母亲的关心是那么开心的事情。

"没事就好,去吃饭吧!今天妈妈做了好多菜,好帮你补补身子。"

"谢谢妈妈!"

母女俩手挽着手,一起朝餐厅走去。

餐桌上已经摆满了热气腾腾的一桌子菜,伊莎华亲自动手替桑夏舀了一碗鲜嫩的鱼汤。

"尝尝看！"

桑夏接过鱼汤喝了一口，鲜香滑嫩，不油不腻，入口柔软，真是极品，比那些五星大饭店做出来的还要好喝。

"啊！这才是妈妈的拿手菜吧！"桑夏不由自主地赞叹出声。以前总是她做鱼汤给母亲喝，自认为味道已经很不错了，母亲也总是一声不吭地喝完。可她怎么也没想到，真正会做鱼汤的人其实是母亲。

伊莎华听到桑夏的赞美，扬了扬嘴角，表示默认，但似乎不愿意提起做菜的事情，于是便岔开了话题。

"哦对了，这两天我会在家里休息，你找个时间把小枫带到家里来吃顿饭，我想见见他。"

"哦……把枫带到家里？是不是……不太合适？"虽然她和以前的枫交往过两年，可是现在的慕夜枫认识才一个多月，她对于他来说完全像个陌生人，而且今天才真正确定的交往关系，这么快就把他带到家里，不太合适吧！

"有什么不合适的，人家说丑媳妇总要见公婆，丑女婿也得见丈母娘啊！更何况小枫长得又不丑呢。"伊莎华一脸好心情地调侃。

桑夏羞红了脸，她娇嗔道："妈妈……"想不到一向冷漠的母亲居然也能说出这样玩笑的话，倒让她不知所措了。

"好了好了，有什么好害羞的。女儿长大了，是该谈婚论嫁。"伊莎华极力表现出一个民主母亲的样子。

"我们才认识一个月而已啦！以后的事又说不准，他那么优秀，那么受欢迎，也许他会喜欢上别的女孩子……"说到这里，桑夏不禁皱起了眉头。一个连婕好已经够让她受打击了，再加上顾曼倩，光是学校里喜欢慕夜枫的女生就多如牛毛了，要是将来到了社会，以慕夜枫的家世和长相，肯定会惹来更多女孩子的喜欢，到时候……她会不会被遗忘在这个海洋里呢？

"傻丫头，别想太多，珍惜现在就行了。"伊莎华说这句话的时候，眼底忽然闪过一丝莫名的伤痛。

桑夏点了点头，不疑有他。

第八章　甜蜜爱恋

　　第二天一大早，桑夏早早地来到了学校，等慕夜枫的到来。可是，一直等到上课铃声响起，都不见慕夜枫来上课。她下意识地掏出手机拨通了慕夜枫的电话，可电话那头却传来了"嘟……嘟……"的忙音。合上手机盖，桑夏郁闷地皱起了眉头。转头望着墙角空空的座位，难道还在生气吗？

　　前座的祝圆圆转过身，关心道："桑夏，你的身体都好了吗？那天差点都把大家吓死了，尤其是慕夜枫。我从来都没有看到过他这样惊慌的表情，我想他是真的怕失去你。"

　　"其实没什么大事啦！是枫有点小题大做而已。"听到祝圆圆的话，桑夏心里暖暖的。慕夜枫一直都在关心她，只是不愿在她面前表现出来而已。

　　不过现在她要怎么办呢？枫今天没来学校，打电话也不通，一定是为了昨天的事情还在生气，所以才不愿意接她的电话。不行，她今天无论如何都要见到他，她要告诉他，她不会加入演奏协会，她会一直跟他在一起。

　　思忖间，桑夏便动手整理课本。可是脑海里另一个问题又产生了，慕夜枫的家在哪里？她只知道他家在枫林洞，却从来没问过他家的门牌号码。枫林洞那么大的地方，又有那么多的别墅,难道她准备一家一家问吗?简直在开玩笑,问到明天早上也问不完。

可是谁知道慕夜枫家的地址呢?桑夏嘟起嘴,开始后悔以前为什么从来不知道要问他家在哪里?伊桑夏,你真是个笨蛋!她在心里狠狠骂自己。

祝圆圆见桑夏脸上变幻多端的表情,便奇怪地问道:"咦?你在想什么呢?表情怎么这么奇怪?"

"那个……昨天我和枫闹得有些不愉快,今天他没来上课,我担心他在生气,所以想去找他。可是我不知道他家的地址……"

"啊?"祝圆圆张大嘴巴,傻眼。

这时,旁边一个熟悉的声音插入:"身为慕夜枫的女朋友,就连他家地址都不知道,这说得过去吗?"

桑夏转头,见顾曼倩双手环胸,一脸鄙视地朝她们走了过来。祝圆圆见状,立刻提高了警惕。之前一个看似温柔的连婕好都那么危险,更何况是这个整天扬言要对付桑夏的顾曼倩,她的危险程度绝对不亚于连婕好。

"怎么会说不过去?不知道男朋友家的地址证明桑夏懂礼数,不像那些不懂礼数的人,才整天往男人家里跑,让人一看就觉得是不三不四的人。"

"你说谁呢?祝圆圆,别得理不饶人。今天我会好言相待,是因为慕夜枫帮我查清了真相,但是你们千万不要以为从今以后就能爬到我的头上来。喏,这是慕夜枫的资料,上面有他家的地址。"说完话,顾曼倩高傲地将一张粉色的纸丢给桑夏。

桑夏错愕地接过粉色纸,摊开一看,上面竟是慕夜枫详细的个人档案,而且还附有慕夜枫酷酷的大头贴,这个资料明显是经过特别设计的,难道……

"这个……是你自己做的吗?"

顾曼倩闻言,有些尴尬地冷哼了一声,接着不发一言地转头走掉了。

桑夏突然后悔自己的问题,明知道顾曼倩一直喜欢着慕夜枫,而她现在当着人家的面问这样敏感的问题,岂不是让人尴尬吗?

看到顾曼倩走掉了,一旁的祝圆圆便好奇地探过头,说道:"这的确顾曼倩亲自做出来的,现在凡是慕夜枫的后援队基本上都是人手一份。只是……这张资料上怎么会多了一个地址呢?"看来祝圆圆对慕夜枫的地址也十分好奇。学校里盛传慕夜枫的家世显赫,却谁也没有确切的资料证明,更不会知道慕夜枫的家庭地址。而这份资料上却明确地写着慕夜枫的住址,又是怎么回事?

"怎么了?难道不应该有地址吗?"桑夏奇怪地皱了皱眉。

"因为除了校长之外,谁也不知道慕夜枫的家庭背景啊!所以又怎么会知道慕夜枫的家庭地址呢?我猜测这个地址一定是顾曼倩通过他爸爸的关系弄到的。哎!果然对慕夜枫死心塌地啊!"末了,祝圆圆还不忘无奈地摇了摇头。

"是吗?看来枫在学校真的很受欢迎哦!"听了祝圆圆的话后,桑夏的心底忽然又生起一股自卑感。如此优秀的男生,他会跟她永远在一起吗?

"不过现在顾曼倩已经没希望啦,因为有你在,慕夜枫就更加不会喜欢其他女生了。哈哈……"祝圆圆夸张的大笑把桑夏也忍不住逗笑了。

中午吃饭铃声响起后,桑夏便找了个借口请假回去了。拿着顾曼倩给的资料,桑夏沿着路口一家一家地找了过去。枫林洞的别墅外形都大同小异,有些就只是装修颜色上的差别而已。她饿着肚子数着门牌号一路找,看着这些花花绿绿的别墅,她的眼睛都快花了。直到一幢宏伟异常的建筑出现在她眼前的时候,桑夏彻底蒙了。

枫林洞D区1068号,门牌没错,就是这里。可是眼前这栋房子,不,这应该称之为建筑,这幢气派的建筑物真的是慕夜枫的家吗?她有些不可置信地揉了揉眼睛。虽然早就听说慕夜枫家世显赫,可她完全没有料到,他们家的房子竟然宏伟得像美国白宫一样。

桑夏完全惊呆了,两条腿也不知该往哪儿走。直到耳边响起一个声音:"小姑娘,你找谁呢?这里面可不能随便进来,没什么事赶紧回去吧。"

说话的人正是门卫室的大叔,他看桑夏长得可爱,也没有摆出一副疾言厉色的样子,只是好心提醒她这儿不能随便进去。

"啊,大叔你好,请问这是慕家吗?"

"没错,是慕家。你要找谁?"门卫大叔好奇地打量着桑夏,似乎在猜测桑夏要找的人会是谁。

"我找慕夜枫,请问他在家吗?"

"你是什么人?找我们家少爷什么事?"门卫大叔好像不容易相信人。

"哦……我是他同学,我叫伊桑夏,他今天没来上课,所以我想来问问怎么回事。"桑夏搬出了一个充分的理由。

门卫大叔疑惑地瞥了她两眼,似乎觉得没有理由反驳,于是便拿起电话拨通了内线。不知道是谁接的电话,桑夏只是看到门外大叔十分严肃地对着听筒说道:"贺管家,门口有位小姑娘要见少爷,她自称是少爷的同学,叫伊桑夏……好!是的,我明白了。"

简短的几句话后,门卫大叔的表情却有了一百八十度的转变,变脸的速度简直让桑夏眼花。

"原来您就是桑夏小姐,快请进!需要我为您引路吗?"门卫大叔此刻的表现实在是非常的狗腿。

桑夏扯了扯嘴角,僵笑了两声,道:"不用了,您忙您的吧,我自己进去就可以了。"不就是一幢大了点的房子吗?相信她能找到主楼的。

门卫大叔见桑夏拒绝引路,只要讪笑着退回了门卫室,按下遥控按钮打开了大铁门。

别墅的主楼是模仿了白宫的建筑结构,圆顶的设计,给人一种城堡般的气势。而此时,二楼阳台上的白色躺椅上正仰卧着一个慵懒的身影。

虽然是个阳台,可面积却大得可以开个party,正值秋高气爽的季节,偶尔躺下来晒晒太阳也未尝不是一件好事,至少多晒太阳对身体有益无害。

慕夜枫安逸地闭着双目,似乎处于半睡眠状态,只是脸色看上去有些疲倦。阳台的落地玻璃窗前传来一阵轻微的脚步声,随后,玻璃窗被拉开,贺雷鸣从里面走了出来。

听到了脚步声,慕夜枫皱了皱眉眯开眼,没等贺雷鸣开口,他便抢先说道:"怎么了?刚刚听到门卫处的电话,是门口又出现了许多小女生想见我吗?"

贺雷鸣扬起嘴角,失声笑了出来。他倒是猜得蛮准的,的确有女生想见他,只不过这回的人物有些特别而已。

"少爷说对了,是有那么一个女生想见你。"

"哦?这次只来了一个吗?单枪匹马,挺有勇气的。"

"的确很有勇气,至少我是这么认为的。"贺雷鸣脸上的笑意越来越浓,让慕夜枫忽然感到一阵毛骨悚然。

"你笑得这么欢干什么?中头彩了?"

"当然不是,我哪有这么好的命。那么外面那个女生……"贺雷鸣的话还没说话,就被慕夜枫冷声打断了。

"这事还需要问我意见吗?贺总管最近是不是越活越糊涂了。"

贺雷鸣一脸黑线,无奈地摇摇头。不听老人言,吃亏在眼前。这俗话说得真的一点也没错。他倒要看看待会儿得知外面的女生是桑夏后,他们这位大少爷会是什么样表情,一定很值得期待。

"好吧!"贺雷鸣大声地叹了一口气,伸手从身后掏出对讲机,按下内线电话,"让小夏回去吧!就说少爷不见她。"说完,他故意慢慢地回转身,同时扬起嘴角等待某人的激烈反应。

果然,没等他转过身,慕夜枫就从躺椅上跳了起来。

"站住!你刚刚说什么?"

因为用力过猛,慕夜枫眼前一阵眩晕袭来,双腿一软又跌回躺椅上。贺雷鸣回头吓了一跳,赶紧上前扶住慕夜枫。

"少爷,您小心点,千万别再晕过去了,我一大把年纪了经不起吓。"一想起早上那一幕,贺雷鸣到现在还胆战心惊,好好的人刚出门突然就这么倒下去了,就连慕夜枫自己也说不出哪里疼,只是一瞬间的头晕,双腿便失去了知觉。若不是这位大少爷的固执个性,想必现在应该在医院接受观察了。而且这件事他还得帮忙瞒住慕宏业,这父子俩真是前世的仇人,简直到了水火不容的地步。

慕夜枫不耐地甩开手,没有理会他的担心,也不在乎自己的头晕,只是迫切地想要知道刚才的答案。

"你刚刚说什么?什么小夏?说清楚点。"

"我说门口的人是小夏啊!"

"哪……哪个小夏?"慕夜枫不敢确定地追问。

"除了伊桑夏,我还能认识几个小夏。"贺雷鸣无语地看着慕夜枫脸上的紧张表情,心中一阵憋笑。看来他们这位大少爷真的是掉入情网了,以前从来都不会去在乎任何一个女生的名字,而此刻却异常的敏感。这也许就是所谓的缘分吧!两个注定要在一起的人,就算是个意外,上帝也会把他们撞到一起。他可是清清楚楚地记得第一次见到桑夏的情景!

"真的是伊桑夏?该死的,你怎么不早说。快叫门卫拦住她!"慕夜枫急了,差点就从二楼的阳台上直接跳下去,也要把桑夏拦住。

看着慕夜枫如此着急的表情,贺雷鸣终于忍不住笑了起来。

"哈哈……别着急,你朝楼下看看。"

慕夜枫闻言挑了挑眉,有些怀疑地瞥了他一眼,终究还是走到了阳台的扶栏旁往下看,一个娇小的身影进入他的视线。只是这个身影看起来茫然无助,活像一只无头苍蝇在到处乱窜。

"这只笨蛋'小强'在干吗?"难道迷路了?第一个念头窜入慕夜枫的脑海。

"应该是找不到大门,我这就下去叫她。"

贺雷鸣转身欲走,却被慕夜枫叫住了。

房子大得惊人有时候也是一种麻烦,就好像此刻的桑夏走在松林大道上,完全一副找不到北的样子。

"啊,大门在哪儿呢?"一整排的拱形门,看起来都差不多,不知道哪个才是入口啊?真是件麻烦的事。桑夏郁闷地抓了抓头发,左看看右瞧瞧,完全不知道往哪里进。

正当她急得毫无头绪的时候,眼前的拱形门忽然被打开了,里面走出来一个眼熟的身影。桑夏定睛一看,竟然是上学第一天碰到的那个大叔。

"贺叔叔!您怎么会在这里?"她疑惑贺雷鸣为什么会出现在这里?

"我是慕家的总管,当然会在这里。"

慕家?桑夏皱了皱眉,开始回想。她记得那天他给的名片上写着慕氏实业董事长助理,慕氏家族总管——贺雷鸣!慕氏……这么巧?难道就是慕夜枫的慕吗?她恍然大悟,这才明白过来贺雷鸣会出现在这里的原因。

"啊!我记起来了,原来您说的慕氏实业就是慕夜枫的家啊!那么上次在车后座的人就是慕夜枫喽?"想到这个,桑夏不禁有些惊讶,想不到当时慕夜枫就坐在后座看着她,幸好她没做出什么白痴行为,要不然真是丢死人了。

贺雷鸣笑眯眯地点了点头,对眼前这个小姑娘,他打从第一眼就喜欢了,看起来很顺眼,很舒服,见惯了那些千金大小姐的高傲表情,偶尔看到像桑夏这种清纯又带着点傻劲的女孩,自然会产生一种焕然一新的感觉。

"桑夏小姐,请跟我进去吧!"

"呵呵……贺叔叔,别叫我小姐,怪别扭的。您还是像上次一样,叫我小夏吧!"

"您是我们少爷的朋友,我应该称呼你为小姐,这是规矩,还有,以后请称呼我贺总管。请吧!"贺雷鸣坚守自己的规矩,并摊开手做了一个"请"的手势,示意桑夏进门。

见贺雷鸣态度如此坚决,桑夏也不好再强求,只能讪讪地点了点头,随后在贺雷鸣的引路下,终于走进了这幢像城堡一样的房子。

如果说这幢房子的外观犹如气势宏伟的城堡,那么走进这房子,简直就是欧洲皇室宫殿的翻版,用金碧辉煌来形容里面的装修一点都不为过,因为这地板就是用金砖铺设而成的。整个大厅空荡荡的,大得足以能设立一个临时篮球场。慕夜枫这么喜欢打篮球,这倒是个不错的主意。呵呵……

"怎么笑得那么开心?"耳边响起贺雷鸣的声音,才让桑夏拉回了思绪。

"啊?我有笑吗?"桑夏一脸黑线,竟然毫无意识地将自己的情绪表达在了脸上。

"呵呵……"贺雷鸣无奈地摇了摇头,继续往前走,穿过大厅,领着桑夏上了楼梯。

桑夏一脸茫然地跟在后面,完全不知道自己要被带去哪里。

"哦……贺总管,您知道枫今天为什么没去学校上课吗?"她为了这个问题纠结了一个上午了,迫切地想知道慕夜枫是不是因为在生她的气所以才故意不去学校上课的。

贺雷鸣闻言忽然停下了脚步,叹了一声。

"昨天下午少爷回来后就一直闷闷地把自己关在房间里谁也不理,半夜里的时候我还见他房间的灯亮着,晚上似乎没睡好。今天早上出门的时候,莫名其妙地突然流了鼻血,接着就晕过去了。"说起这个事,贺雷鸣还是心有余悸。以前从来没有见过慕夜枫出现这样的情况,今天是怎么了?难道是昨天一晚没睡好的缘故吗?

听了贺雷鸣的话，桑夏顿时生起一种罪恶感。照这样看来，慕夜枫完全是被她气到了，一夜没睡好，才会体力不支而晕倒。

"对不起，都是我的错……他现在还好吗？"

"哦……这个情况似乎不太好，从早上到现在还没醒过来呢！"贺雷鸣按照慕夜枫的吩咐，开始睁眼说瞎话。虽然心里有点犯罪感，不过谁让他是打工的呢！不得不听从主子的吩咐。

果然，贺雷鸣的一句话让桑夏的心都提到了嗓子眼。

"还没醒过来？怎么会这样？那他……不去医院吗？"她惊慌地追问。

"少爷不喜欢去医院。已经请了私家医生来看过了，说是查不出什么异状，无能为力。"

说话间，贺雷鸣的脚步在一个房间前面停了下来。

"这是少爷的房间，他就在里面。"再次摊开手，做了一个"请"的手势，然后周到地将房门打开，示意桑夏进门。

一切都在贺雷鸣的安排下进行，直至桑夏走进慕夜枫的房间后，他才颔首离开。

随着房门被关上，桑夏这才抬起头环顾室内。眼前这个黑白系欧式风格的房间犹如五星级饭店的总统套房，弥漫着高贵而神秘的气息。这真的是慕夜枫的房间吗？想起以前的他，虽然吃穿不愁，生活小康，但是想住这样的房间却是一种奢求。唉！人生真是充满意外啊！

在偌大的房间内扫视了一圈，视线触及正中央那张灰色的超大型布艺床，桑夏不禁皱起了眉头。床上的被褥整整齐齐，完全没有一丝翻动的痕迹，慕夜枫不在？可是刚刚贺总管不是说慕夜枫昏迷不醒吗？

正在她疑惑不解的时候，身后忽然响起了慕夜枫熟悉的声音。

"笨得无可救药的笨蛋'小强',你跑来我家干什么?"他一开口还是忘不了昨天受的气。只要一想到这个笨蛋"小强"完全不懂他的心意,他就一肚子的火想发泄。

桑夏被慕夜枫突如其来的话给吓了一跳,慌乱地转过身,只见慕夜枫穿着一套纯白色的休闲服,双手插着口袋,歪着头站在门边看她。

"我……我见你上午没去上课,电话也不接,所以……所以想说跑来看看你发生什么事了。"

慕夜枫闻言挑了挑眉,撇撇嘴,似乎对这个答案还算满意。

"然后呢?"

"然后……然后听贺总管说你昨晚没睡好,早上出门的时候突然流鼻血晕倒了,到现在一直昏迷不醒……"说到这里,桑夏这才意识到贺总管骗人,慕夜枫明明已经醒了,而且看起来气色也挺好。"哎?你不是好好地站在这里吗?贺总管是在骗我吗?"

"骗你?"他怒气冲冲地朝她逼近,眼睛一动不动地瞪着她,恨不得在她身上瞪出一个窟窿,"我会昏倒是谁害的?骗你?难道我是故意装晕吗?我疯了吗?"

被慕夜枫这几句话驳斥得毫无反击的余地,桑夏只能低着头节节败退。最后退到床沿的时候,一不小心被绊倒,身子顿时失去了重心向后倒去。慕夜枫见状瞪大了眼睛,下意识地跨上前去抓她的手,可没想到跨得太急,脚下一滑,就这么直愣愣地朝桑夏压了过去。

"啊!"随着桑夏的一声惊叫,两人双双倒在大床上,而且姿势极其暧昧。慕夜枫好巧不巧地扑到了桑夏身上,只是一瞬间,两人的脸近在咫尺,嘴唇与嘴唇之间只相差不到一公分的距离，甚至连彼此温热的呼吸都能清楚地感受到。

时间仿佛静止了。咫尺的对望，更能融入彼此的心。而此时的桑夏已经完全傻了，她只看到慕夜枫长长的睫毛下有一双幽深的黑眸，看起来有点陌生，却有一种致命的吸引力，那是她从前都没有发现的。正是这股吸引力让她就此迷失了方向。

慕夜枫的唇在一寸一寸地靠近，就这样缓慢地，诱惑地靠近桑夏。他甚至能感受到身下的她心跳是多么的激烈，这丫头原来这么紧张。他的眼底荡出笑意，一丝恶作剧的兴味渐渐生起。

终于，他的唇贴上了她的，辗转地吸吮，让彼此都享受着这种柔软而甜蜜的感觉。他的手不安分地朝她的领口游移，修长的手指缠绕，领口的一粒纽扣被他轻而易举地解开了。接着他的唇暧昧地朝她的脖子一路吻了下去，再到肩胛，然后滑过她迷人的锁骨，像是带起了一道电流，酥酥麻麻的，贯穿了桑夏的全身。

直至桑夏被吻得意乱情迷的时候，慕夜枫才咬牙撑起了身。

"不怕我吃了你吗？"他暧昧地注视着她，温热的呼吸吐在她的脸上。

桑夏红着脸，眼神迷离地看着这张完美得无懈可击的俊脸，竟然傻傻地吐出一句："我又不是小绵羊，为什么要吃我？"

慕夜枫的脸僵住，三秒钟后忽然放声大笑起来。

"哈哈……你太搞笑了。"他笑着起身，将她一同拉起。视线触及她为微微敞开的领口，他皱起眉，不自在地咳了一声。只不过是一时兴起的恶作剧而已，却差点让他控制不了自己。若再不起身，他不能保证接下来会不会真吃了她。

桑夏愣愣地被慕夜枫从床上拉起，有些尴尬地整了整凌乱的衣服，一张脸红得跟熟透了的番茄。

两人就这样尴尬地面对面站着,室内的空气顿时变得稀薄。良久,桑夏才从脸红心跳的状态恢复过来。她倒是没有忘记今天的目的,是来道歉的。

"枫,对不起,是我太笨了,都是我害你的。真的对不起……"

"知道就好。"慕夜枫撇了撇嘴,斜了她一眼,"咳!伊桑夏,看在你诚心道歉的分上,我就原谅你了。"

"嗯嗯,下次绝对不会这样了。"

"嗯?你还想有下次?"他挑高眉心,前一秒的好心情立刻被扭曲。

"没有了没有了。"她赶紧摇头否认,一脸的委屈状。

慕夜枫满意地扬起嘴角,"反应变快了嘛!"

桑夏傻乎乎地抓了抓头发,正想再说点什么,没想到肚子却不争气地"咕噜咕噜"地叫了起来。她脸色一僵,稍褪的红晕又再度爬上脸颊。中午下课铃声响起就匆匆跑了出来,到现在还没吃饭呢!

"你还没吃饭吗?"慕夜枫皱起了眉头。

桑夏缩着脖子点了点头,一副俯首认罪的样子。

慕夜枫无语地朝天花板翻了个白眼,接着走到床头柜前,伸手按下内线电话。

"十分钟内送一份午餐到我房间。"一句话说完,他想了想不太对劲,于是对桑夏说道,"你先坐一会儿,我去厨房看看。"

慕夜枫转身要走,桑夏忽然阻止,"其实……不用这么麻烦的,我待会儿回学校吃一点就好了。"

"你想让我被人说闲话吗?大老远的跑来,让你饿着肚子回去,别人会以为我怎么折磨你了。"

"哦……那好吧!"被慕夜枫一席话说得完全没有了反驳

的余地，桑夏只能连连点头。

看着慕夜枫走出房间，桑夏这才松了一口气，不知道为什么，跟现在的慕夜枫在一起总是会不自觉地心跳加快，而且会产生一种陌生的悸动和害羞。

算了，不要想太多，母亲说得对，珍惜现在就好。整了整心情，她开始在房间里逛了起来。因为房间实在太大，所以一时不知道该往哪儿走。而且她从来都没有见过这么高档的房间，房内都是顶级的设施，怕一不小心会弄坏。于是不敢走得太远，只是在床的周围转了一圈。

慕夜枫的品位很好，整个房间虽然很大很宽敞，家具也不多，但是一点也不显得空旷。每种家具都摆放在合适的位置，不管是风格还是颜色，都搭配得十分协调，与大厅的装修完全是两种不同的格局，显然这个房间是慕夜枫特意设计的。

桑夏走到床边，床头柜上有一个相框，放着慕夜枫的单人照，照片上的慕夜枫左手捧着一个篮球，右手高举着一个奖杯，似乎在篮球比赛上获得了什么奖项。桑夏奇怪地皱了皱眉，自言自语地说道："这是什么时候的照片呢？怎么从来没有见过？"

她疑惑地拿起相框，忽然从相框中掉出了另一张旧照片。桑夏捡起来一看，是一个三十多岁的漂亮女人，难道这是慕夜枫的妈妈吗？仔细看起来，照片上的女人跟慕夜枫真的有几分相似呢。

可是为什么只有妈妈的照片，没有爸爸的照片呢？

正当桑夏疑惑不解的时候，慕夜枫适时地推门进来了。他单手端着一个托盘，托盘上有一碗意大利面，显然是刚刚出锅的，还冒着热气。

他一进门就看到桑夏捧着一个东西正在细看，于是便走过去问道:"你在看什么?"

桑夏一惊,赶紧将相框放回原来的位置。回过头不好意思地回答:"刚刚看了你的相框,还有……里面的一张旧照片。"

"噢!"想不到慕夜枫只是无所谓地应了一声,接着便将手中的托盘放到一旁的茶几上,招呼桑夏过来,"厨房没其他食材了,只能做意大利面。刚出锅,赶紧吃吧。"

桑夏点了点头,看到色香味俱全的意大利面,肚子又不争气地叫了起来。她尴尬地挠挠头,"那我就不客气了。"说完,她拿起叉子,开始吃了起来。

要不是肚子实在是抗议得受不了,她也不想给慕夜枫添麻烦。吃到一半,忽然意识到慕夜枫没了响动,于是停住了动作,抬头一看,才发现慕夜枫正一动不动地注视着她。一瞬间,她又不知所措起来。

"干吗盯着我看?"她害羞地低下头去。

"想看看你这只笨蛋'小强'为什么会那么笨,居然不吃饭跑来我家,还不肯说肚子饿。你的胃是铁打的吗?"

"哦……我只是一着急就忘记了嘛!"她埋头继续吃,眼珠子骨碌骨碌地转了两圈,企图找个话题引开慕夜枫的注意,视线触及床头柜上的相框,桑夏忽然皱了皱眉,犹豫了一下还是小心翼翼地抬起头问道:"那个……照片上的是你的母亲吗?"

慕夜枫闻言,面无表情地"嗯"了一声。

"哦……你妈妈不在家吗?刚才进来的时候好像没看到她。"在桑夏的观念里,有钱人家的父亲一定会在外打拼,而母亲通常会待在家里相夫教子。

"她……过世了。"慕夜枫说这句话的时候,眼底不仅含着痛苦,而且还带着恨意。

桑夏一时蒙了，完全没想到慕夜枫的母亲竟然已经过世了。可她却傻傻地为了转移慕夜枫的注意力，而不经意地触及了他的伤口。

伊桑夏，你真是笨得无可救药！

"对不起……我不知道……"她再度低下头，像一个犯了错的孩子。

他挑了挑眉，"笨蛋'小强'，你只会说对不起吗？道歉是需要实际行动的，不知道吗？"

"啊？什……什么实际行动？"怎么听起来有些怪怪的，而且看着慕夜枫此刻的表情，她似乎有一种掉入陷阱的感觉。

"乖乖把面吃完，待会儿我带你去一个地方。"

"噢！"她乖乖地点了点头，埋头继续吃面。

一个小时后，当桑夏站在一片枫树林前的时候，才知道慕夜枫所谓的道歉方法其实就是让她陪他来枫树林散步。

"枫，你的身体不要紧吗？"桑夏一脸担心地看着慕夜枫。早上不是说晕倒了吗？怎么现在忽然有精力去散步。

"把我当病猫了吗？你又不是不知道我晕血。"慕夜枫丢给她一个白眼。

"噢，那我们来这里干吗？不去学校上课吗？"貌似他已经翘课了一个上午，下午再不去的话，老师会点名的。真是皇帝不急太监急！

他挑了挑眉，轻而易举地丢出一句："中午跑出来难道不是打算下午翘课的吗？"

"哦……也是。"桑夏郁闷地挠了挠头，被猜中心事的感觉真是尴尬。为什么她的想法总是会被慕夜枫知道呢？他又不是她肚子里的蛔虫。

慕夜枫撇了撇嘴，斜了她一眼，真是个笨蛋"小强"。

"走吧！"丢出两个字，他拉起桑夏的手，径直朝枫林中走去。

这是一个小山坡，坡上种满了成片的枫树，深秋的季节，遍野的枫红色，远远望去仿佛一张静止的水彩画，美得不可方物。

桑夏看呆了，情不自禁地赞叹起来："哇！好漂亮！这是什么地方？"

"我的秘密基地。"慕夜枫得意地回答。

"嗯？秘密基地？是做什么的？"桑夏皱了皱眉，一脸好奇地侧头询问。

"每天对着一大堆用人，过着衣来伸手饭来张口的日子让我厌恶，所以我找到了这个枫树林，环境很清雅，心情不好的时候就过来走走。没有人知道这个地方，除了你。看到那边的白色房子了吗？"慕夜枫一边说着，一边伸手指了个方向。

桑夏随着他手指的方向望了过去，果然看到了一栋白色的小房子，面积虽然不大，但是一个人住却也足够宽敞了。

"看到了，这房子是你盖的吗？"

"嗯，哪天要是不想待在家里了，还有个地方可以住。"

"啊？难道你还想离家出走？"

"呵！人生总是充满意外，谁知道以后会发生什么事。比如你，就是我这辈子最大的意外。"他斜了她一眼，嘴角慢慢扬起。

只是当事人却还是后知后觉，傻乎乎地问道："我……是你的意外？"

"跟我来！"他没有再继续这个话题，而是拉着她的手往小屋方向走去。

走进小屋，一张床和简单的几样家具，就是给人一种山野舒适而温馨的感觉，与那幢白宫似的豪华建筑完全是两个不同的极致。能与心爱的人住在这样的屋子里，每天日出而作，日落而息，也未尝不是一件美事呢！

"很舒服的房子，我也好想住这里呢。"桑夏自从进屋的第一眼，就喜欢上了这个简单而温馨的房子。相较于那幢华丽得像宫殿似的却有冰冰冷冷的别墅，这里的一切显得有生机多了。

慕夜枫闻言，随即扬起了嘴角。他很高兴桑夏能与他有相同的感受，这些年，他一直没能找到一个能与之分享秘密的人，此刻，终于让他找到了。他的猜测没有错，她一定会喜欢上这里的。

"住在这里一辈子你也愿意？"他试探地询问。

桑夏不疑有他，毫不犹豫地点了点头，回答："愿意啊！这是我梦寐以求的呢！我很向往田园生活，空气新鲜，环境清雅，就跟度假村一样舒服。"

"既然你这么喜欢，不如我把这里送给你。怎么样？"他笑着看着她。

"啊？送……送给我？这不是你的秘密基地吗？为什么要送给我？"桑夏疑惑地瞪大眼睛。好端端的，慕夜枫干吗突然把秘密基地送给她？秘密基地是随便可以送人的吗？

"嗯，的确是我的秘密基地，不过已经被你看到了，所以就只能放弃了。我会另找一个地方作为新的秘密基地，这个地方就送给你了。"他搬出一个冠冕堂皇的理由，像是早有预谋似的，想要把这个地方送给她。

"可是……明明是你带我来看的，既然怕被别人看到，为什么又要带我来这里呢？"桑夏傻乎乎地继续问这些牛角尖的问题。

慕夜枫无奈地扯了扯嘴角。算了，想送桑夏礼物，完全不能用婉转手法，只能是直截了当地说。

"好吧，不跟你绕圈子了，这是我准备要送给你的礼物，在你住院期间，我就想好了。作为我们正式交往的第一份礼物，我要把这片枫林送给你。"

有钱人家的孩子啊！送礼物都是大手笔的，现在这年头送珍珠翡翠钻石黄金全都太世俗了，要么就不送，一送就送整片土地，附赠满山的枫树和一栋白色小屋。这样的礼物才显得惊世骇俗！

桑夏傻了。就这么直愣愣地盯着慕夜枫，半晌没有反应过来。她确定自己的耳朵没出问题吗？看慕夜枫说话的表情认真无比，她可以确定他不是一时恶作剧开的玩笑，是真的！是真的吗？他要把这一整片枫林，包括他们现在所处的地方——白色小屋全都送给她吗？

"哦……刚刚……你说……要把这里送给我？"她不可置信地重复问道。

慕夜枫挑了挑眉，自动默认。

"可……可是……这个礼物会不会太奢侈了点？"桑夏皱了皱眉。就算是为了庆祝他们开始正式交往，也不必送这么奢侈的礼物吧！

"不要去管奢侈的问题，你只要告诉我你喜不喜欢？"

"……喜欢。"像一见钟情般的喜欢。

"那就行了。"慕夜枫样子嘴角，伸手从口袋里掏出一把钥匙，交给桑夏，"这是房子的钥匙。"

桑夏看着手中那个银白色的钥匙，傻乎乎地问道："只有一把钥匙吗？万一丢了怎么办？"根据她的常识，房子的钥匙应该有备用的才对，不可能只有一把。

"还有一把在我这里。"慕夜枫理所当然地回答。

"哦？不是说送给我了吗？为什么你还要留一把呢？"送东西原来这么没诚意啊！

慕夜枫被桑夏的这句话给当场噎住。他可不想承认自己确实存在私心，只想与她一起分享秘密。

"这个……是为了防止你这个笨蛋'小强'会把钥匙弄丢了，所以为了安全起见才留了一把，以备后患。知道了吗？"

"噢！"她终于乖巧地点了点头，将钥匙放进包包里，不再提问。

慕夜枫不自在地咳了两声，转身走出了小屋。

"走吧！"

"我们现在是要去哪里？"桑夏紧跟其后。

"我刚刚送了礼物给你，你是不是该还礼给我？"他说得理直气壮。

"啊？是……这样没错。"桑夏郁闷地皱了皱眉头。虽然说道理上是没错啦，可是哪有人送了礼物之后还亲口要求对方还礼的。

慕夜枫满意地点了点头，"那么接下来的时间，就全都听我的。"

"哦，那我们要干什么？"

"什么都不要问，跟我走就对了。从现在起，甲方必须完全服从乙方的任何合理要求，直到今天结束。"

对于慕夜枫霸道而专制的要求，桑夏只能郁闷地点头同意。

谁教她那么死心塌地地想跟慕夜枫在一起呢？

今天的慕夜枫有点反常。

第一次约会的时候，慕夜枫发誓这辈子再也不会走进电影院半步，桑夏也知道他有夜盲症，所以从那次电影院回来后便只字不提。可今天偏偏是慕夜枫主动提出要去看电影，而且还兴高采烈地跑去排队买票。这让桑夏十分费解。进电影院的时候，他照样还是看不见，需要拉着桑夏的手才能走路，可这次竟然没有抱怨半句。明明讨厌看科幻片，这次却看得聚精会神。反倒是桑夏，被慕夜枫反常的举动给吓蒙了，一整场电影下来，根本没看懂什么意思。

电影院出来的时候已经是傍晚了，慕夜枫却丝毫没有要回去的意思，而是拉着她招摇过市，对着街边的小吃摊留恋不已。

这时的桑夏再也忍不住提出了疑问："枫，你今天……有些奇怪哦？"

"有吗？比如呢？"慕夜枫左手拿着烤鱿鱼串，右手拿着烤羊肉串，吃得津津有味。

"你不是很讨厌这些东西的吗？怎么今天吃得这么开心？"

"嗯，上次吃了感觉还不错，所以今天突然想吃这个了。"慕夜枫一边说着话，一边不停地往嘴里塞东西，吃得满嘴都是油，毫无形象可言。

桑夏看着眼前这张大花猫一样的脸，忍不住大笑了起来。

"哈哈……我第一次看到你这么不顾形象地吃东西，吃得满嘴都是……"

"笑什么笑？还不赶紧帮我擦一下。"他皱了皱眉，丢给她一个白眼。

"噢！"桑夏憋笑着从包包里拿出纸巾，细心地替慕夜枫擦去嘴角的酱汁。

等慕夜枫逛完附近几条街的小吃摊，太阳已经西下了。

"时间不早了，晚饭打算吃什么？"

桑夏一脸黑线。吃了那么多居然还想着吃饭……真是太佩服了！

"你还能吃下饭吗？"

"为什么不能？"

"哦……那不如去我家吧！妈妈说这两天休息，让我带你去家里吃个饭。"

"是吗？也好。"

车子到达桑夏家门口时，天色已经暗下来了，因为事先打了电话，伊莎华早已在门口恭候这位未来女婿多时了。

慕夜枫刚刚将车子停下，伊莎华便笑容满面地迎了出来。桑夏完全没想到母亲会如此主动地出门迎接，于是赶紧下车拦住伊莎华，以免把慕夜枫吓到。

"妈妈，你很奇怪唉！干吗出门迎接呀？"

"我迫不及待想见见未来女婿，这有什么奇怪的。"

伊莎华一句话出口，让桑夏窘迫地羞红了脸。

"妈妈……说什么呢！"

"傻丫头，有什么可害羞的。"伊莎华笑得风华绝代。

这个时侯，慕夜枫正好从车里钻出来，优雅地朝母女俩走近。

"阿姨好！"

"哎，你就是小枫吧！果然长得一表人才，气质出众，配我们家的傻丫头倒是有点委屈了。"

伊莎华故意贬低身价，惹来桑夏的强烈不满。

"妈妈……我哪有？"

慕夜枫十分配合地点了点头，故意皱起眉头思忖了一会儿，说到："听阿姨这么一说，我还真觉得有点委屈呢！这丫头傻傻的笨笨的，真是让人困扰。"

桑夏一听，立刻竖起了眉毛，将矛头直接对准慕夜枫。

"你哪有委屈，明明是我委屈。天天被你欺负……"

"那是因为你太笨，所以才会被我欺负。"

"哪有……你就是故意的，每天以欺负我为乐。又霸道，又不讲理，做错事还死不承认，死要面子……"

"呵！看来你挺了解我的。"慕夜枫坏坏地扬起嘴角，一脸宠溺地拍了拍桑夏的头，好似当她是一只宠物。

"你……"被慕夜枫一句话给噎住，桑夏已经找不出任何词句来回击了。

而一旁的伊莎华却是好笑地看着两人拌嘴，似乎看得不亦乐乎，直到此刻才跳出来充当和事佬。

"好了好了，有什么未完的话进屋再说，我煮好的饭菜都快凉了。"

于是，在伊莎华的推动下，慕夜枫立刻换上了一张优秀青年的脸，十分礼貌地跟着伊莎华进屋。剩下一脸郁闷的桑夏在原地踌躇了许久，最后才不甘心地跟进了屋里。她今天才发现，原来慕夜枫就是一个恶魔，个性明明霸道无礼，而且还凶狠，动不动就喜欢骂人打人。可偏偏在她母亲面前装出一副很有礼貌很绅士的样子，气死人了！真后悔把慕夜枫带到家里来。

进了屋，伊莎华已经准备好了一桌丰盛的晚餐。桑夏不禁有些震惊！他们回来之前才打的电话，前后不到一个小时，母亲竟然这么快就准备好了一桌菜，简直近乎奇迹！该不会母亲有第六感，事先知道她今天会带慕夜枫回来，所以早就准备好了食材。

"因为时间比较急，所以只是随便准备了一些，小枫你就随便吃一点，下次阿姨再烧更好的。"

这一桌子菜够十个人吃了。桑夏僵硬地扯了扯嘴角，明明对着一大桌丰盛的晚餐，母亲竟然还说只是随便准备了一些。要是不随便起来，岂不是要摆满汉全席吗？

"没有没有，阿姨别这么说，菜很丰盛。而且都是我喜欢吃的，哎呀！初次见面，阿姨可真了解我。"慕夜枫再次发挥他石破天惊的口才。

"呵呵……小枫真会说话。"一句话说得伊莎华心花怒放，真是应验了那句俗话，丈母娘看女婿，越看越顺眼。更何况这个女婿还那么的优秀、抢手。

三人坐下开始吃饭，席间伊莎华殷勤地为慕夜枫夹菜，反倒是对自己的女儿不闻不问，不知道的人还以为慕夜枫才是她儿子，惹得桑夏不满地嘟起了嘴。好不容易母亲对自己的态度有了前所未有的转变，可一把慕夜枫带回来，母亲的关心就立刻转移对象了。

因为伊莎华的过分殷勤，导致这一顿饭吃了长达两个小时之久，等到桌上的菜都凉透了，三人才离席转至客厅。伊莎华又把事先准备好的水果端出来，让慕夜枫一边吃一边看了电视，这样来回折腾了不少时间，从桑夏家里出来的时候，已经是晚上十点了。

母女俩把慕夜枫送到家门口，直至看到他驱车离去，伊莎华才笑眯眯地拉着桑夏回屋。慕夜枫从后视镜中看到不断远去的两个身影，嘴角的弧线渐渐扩散。或许真的是因为伊莎华触动了他心底渴望的母爱，才让他的心这些年来第一次出现了撼动。他是多久没有这种感觉了，自从母亲去世后，他的心里除了恨，便再无其他。他以为他会就此将自己的心封闭起来，而伊家母女却一次又一次地撼动着他，难道真的是命中注定吗？他是不是该彻底接受这个事实？

车子在黑暗中驶入慕家别墅大门后，慕夜枫的脸色瞬间恢复了冷漠。

贺总管早已在门口恭候多时了，一见到慕夜枫的车子进来，立刻迎了上去。

"少爷，您总算回来了！"

慕夜枫打开车门，不紧不慢地下车，淡淡地瞥了一眼贺雷鸣，嘴角微微斜了斜。

"贺总管，下次想玩跟踪游戏，麻烦你派几个聪明点的。"说完，他用力将车门关上，头也不回地径直朝大门走去。

留下一脸黑线的贺雷鸣在原地囧了半天。

"少爷，我这么做也是逼不得已……"谁让他是听命行事的下人呢！事实上他也不想得罪这位小老板，可是毕竟目前他听命的人还是那位大老板。为了饭碗着想，他只能唯命是从。

"不用解释。"慕夜枫一挥手，硬生生将贺雷鸣的下半句话卡在了喉咙口。

贺雷鸣见状，只得沉默地低下头，跟着慕夜枫进门。

大堂的客厅灯火通明，一套沙金色的真皮沙发悬空摆放在客厅中央，慕宏业一派优雅地靠在沙发前闭目养神，脸上看不出是什么表情。在他前面的茶几上放着几张照片，照片上正是白天慕夜枫跟桑夏在一起的画面。

慕夜枫走进大门的时候，门口的用人喊了一声："少爷回来了。"慕宏业闻言下意识地睁开眼，望向门口，看着慕夜枫一步步走进客厅。

看到慕夜枫的脚步显然不打算在客厅停留，慕宏业终于忍不住开口："这么晚回来，去哪儿了？"

一句话成功地让慕夜枫止住了脚步。他微扬着下巴，立在原地，头也不回地丢出一句话："你不是应该很清楚我去哪儿了吗？"

同样也是一句话，却让慕宏业哑口无言。他很清楚自己的儿子有多聪明，也知道贺总管派去跟踪的人一定会被慕夜枫发现。不过这一点都不影响结果，他只是要确认那个女生的来历而已。

"你跟那个女生交往多久了？"

"我不需要向你汇报我的私生活，就像你身边有几个女人，从来不需要跟我说一样。"

"你……"慕宏业再次语塞。

跟在慕夜枫身后的贺雷鸣不禁无奈地皱了皱眉。这父子俩一年到头见不到几次面，可每次见面却总是说不上几句话，多半不欢而散。

"少爷，董事长好不容易回来一趟，您就好好跟他聊聊吧！"作为慕家的总管兼慕氏企业的董事长秘书，他对慕家的责任是重大的，处理好老板父子之间的关系是首要任务。

"你觉得我跟你们董事长之间有什么可聊的吗？"

还是只有一句话，就足以让贺雷鸣也一并闭了嘴。贺雷鸣只得无奈地叹了口气，退后一步不再说话。虽然已经无数次领教过了慕夜枫的口才，可他却还是不怕死地一次又一次挑战极限。只是最终的结果只有一个,那就是哑口无言。

"雷鸣,你先下去。"

"是,董事长。"接到慕宏业的命令,贺雷鸣赶紧扭头走人。再也不愿意在这里多待片刻,以免成为父子俩的炮灰。

看着贺雷鸣离开,慕夜枫也跟着移动脚步准备走人,不过慕宏业显然是早有预料,抢先一步开口道:"离开那个女孩。"

慕夜枫本不打算跟慕宏业再说下去,可脚步刚刚抬起,竟然听到这么一句。他这位所谓的父亲向来对他不闻不问,今天却偏偏从美国赶回来,就是为了介入他的感情问题。

他的嘴角扬起一丝冷酷的弧度,似笑非笑地丢出一句话:"呵呵!真是可笑,你慕董事长什么时候这么关心我了?"

"枫儿,我是在认真的跟你说,离开那个女孩。"慕宏业皱起眉头,表情变得严肃。

"是吗?那么我也认真地回答你,我不像你朝三暮四,这辈子我只要她一个。"慕夜枫的情绪有些激动,像是为了发泄心中对慕宏业的不满,他狠狠地甩头离去,任凭身后的慕宏业如何喊他,他的脚步丝毫没有停下来的意思,而且越来越快,直到整个身影消失在楼梯转角处。

慕夜枫此刻的心情是杂乱的。或许是刚刚体会过伊家的温馨,而现在面对慕宏业的时候,心中的落差感让他武装的面具全数瓦解,所有的恨意和不满再也忍不住爆发出来了。

许久之后,慕宏业皱着眉头点燃一根烟,默默地吸着,吐出的烟雾渐渐在客厅内蔓延开来。

"董事长,您不是好几年不抽烟了吗?"贺雷鸣一声不吭地回来了。

慕宏业抬头看了他一眼,接着沉重地叹了一口气,将手中的半截烟摁在烟缸里。

"雷鸣,我该怎么做才能弥补当年犯下的错误?"

"董事长是不是遇到什么麻烦事了?"贺雷鸣试探性地问道。直觉告诉他事有蹊跷,慕宏业日理万机,绝不会无缘无故地从美国赶回来,除非有什么非解决不可的紧急状况。

贺雷鸣的问题让慕宏业顿了顿,似乎在犹豫该不该说出来。片刻之后,他终究开口了。

"那个女人回来了!"

如此简短而平静的一句话却让贺雷鸣差点站不住脚。

"她……还想要什么?"贺雷鸣的声音因为气愤而颤抖,胸口蔓延着无穷的怒火,似乎恨不得将那个女人碎尸万段。

"哼哼……"慕宏业忽然轻笑起来,笑声里带着无可抑制的恨意,听了不禁让人毛骨悚然,"这回她可是要慕氏集团董事长夫人的位置,你说我给得起吗?"

"董事长你千万不能答应她,那个女人得寸进尺、不知满足。十年前害得您和夫人离婚,现在还想窥觑董事长夫人的位置,简直是痴心妄想。"贺雷鸣的情绪似乎比慕宏业这个当事人还激动。

慕宏业眯起眼,视线落在茶几上的几张照片上,脸色冷然。

"这几天你多注意少爷的行踪,想办法阻止他跟这个女孩见面。"

贺雷鸣瞥了一眼照片,有些不解地问道:"可是我不明白小夏跟这件事有什么关系?"

"是那个女人的孩子。"

"什么?"贺雷鸣彻底震惊了。

第九章　同父异母的兄妹关系

　　瞥了一眼身后两个身穿黑色西装的保镖,慕夜枫耐着心中的怒火,停下脚步。
　　"怎么?你们预备以后跟着我上学吗?"从他踏出大门后便寸步不离地跟在他身后,shit!老头子是打算派人日夜监视他的一举一动了吗?
　　两名保镖恭敬地颔首回答:"是的,少爷!董事长命我们寸步不离地跟着少爷。"
　　慕夜枫挑了挑眉,双手不自觉地握紧。
　　"随便,你们爱跟着就跟着。"反正他此刻也没有办法阻止。老头子以为派两个人监视他,他就会乖乖妥协吗?做梦去吧!
　　嘴角扬起一道邪恶的弧度,他大步走入停车场,片刻之后,红色保时捷飞一般地冲了出来,吓得两个保镖腿软得差点站不住脚,跌跌撞撞地钻进一旁事先准备好的宾士车后,赶紧匆匆地追了上去,生怕慕夜枫的车子一会儿就不见踪影了。

　　两辆车子一前一后飞一般地驶进校园,把门卫大叔吓得差点心脏病发。早晨宁静的校园内上演了一幕飞车族飙车戏码,顿时让整个校园都沸腾起来。

而当事人慕夜枫却若无其事地将车子泊好,接着旁若无人地朝教室走去,完全把身后跟着的两名保镖当成了空气。

慕夜枫走进教室的时候,桑夏已经早早地坐在教室了,而祝圆圆则是在盘问昨天中午桑夏去找慕夜枫的后续状况。一下午两个人都翘课了,肯定发生了不少事情。天生八卦潜质的祝圆圆怎么可能错过这种消息呢?

"桑夏,你昨天跟慕夜枫翘课一下午都干什么去了?快点从实招来。"

"哦……我们没干什么呀!枫是因为生病了,所以在家休息而已。"桑夏随便找了个理由搪塞。昨天是发生了不少的事情,可这些都是非常私密的事情,她不打算说出来。更何况祝圆圆这张大嘴巴,告诉她等于告诉了全世界。以慕夜枫在学校的人气,要是让大家知道昨天发生的事情,指不定又会引起什么波澜。所以为了避免引起不必要的麻烦,以后他们在学校还是低调一点好。

只是祝圆圆显然并不相信桑夏的话,明眼人一看就知道桑夏在敷衍问题,祝圆圆顿时就不满地嘟起了嘴。

"你不说实话,咱俩都这么好的关系了,你还不让我八卦一下,真小气。"

"圆圆,不是我不告诉你,只是不想让别人知道,以免惹来麻烦。"之前的种种状况就足以证明慕夜枫的爱慕者不是普通的多,若是他们再高调行事,恐怕以后不会有太平的日子过了。

听了桑夏的话,祝圆圆了然地点了点头,心里虽然有些失望,可毕竟事关桑夏的安危,她也只好将自己的好奇心强压了下去。

这时忽然从她们身后传来一句话:"谁说不能让别人知道!"分贝之高,让在场的众人都诧异地转过头去。桑夏和祝圆圆也下意识地转过头，只见慕夜枫双手插着口袋，一派优雅地朝桑夏走来。

他拉起桑夏的手，一把将她拥入怀里，并且大声对着全教室的同学宣布：

"你们全都听好了，从今天开始，伊桑夏正式成为我的女朋友，以后谁要是想欺负她，最好先来问问我的意见。"

桑夏惊讶地瞪大眼睛，奇怪于慕夜枫今天的反常。他从来都是低调行事，就算家里富有得能买下整座城市，也从来不让人知道。可今天这么突然的做法又是为了什么？

"枫……你怎么了？"她抬起头望着他的眼睛，皱起眉头疑惑地问道。

慕夜枫扬起嘴角，宠溺地摸了摸她的头发，说："没看明白吗？我正在宣布我们之间的关系，以后你不用再担心有人欺负你了。"

"哦……我是说你为什么突然说这个事？"

慕夜枫神秘地笑了笑，没有再回答。他转过头，不着痕迹地朝门口瞥了一眼，然后轻描淡写地丢出一句话："这辈子我只要伊桑夏一个。"这句话看似是在向桑夏许诺，实质上却是说给门口那两个忠心耿耿的家伙听的。

他知道他们会将他一整天说的话做的事都一字不漏地汇报给老头子听，这样也好，不用他亲自开口，索性让老头子听一听他的决心，他的决定从来都没有人能改变，即便是他所谓的父亲，也无权决定他的人生。

随着慕夜枫的一句话，教室里忽然响起一片欢呼声，在场的同学似乎都在为慕夜枫和伊桑夏叫好。这样的反应倒是出乎当事人的意料，桑夏完全没想到，这些以往十分敌视她的同学，怎么这会儿都变得这么热情了?

"恭喜你啊,桑夏,终于能和慕夜枫在一起了。"这就叫作皇天不负有心人。一想到桑夏刚转来学校的时候,就因为追求慕夜枫而遭到了全校同学的围攻和欺负,可她始终没有放弃,坚持到了最后,终于换来了慕夜枫的好感。此刻,能看到有情人终成眷属,作为桑夏的好朋友,祝圆圆由衷地为她感到高兴。

"谢谢你,圆圆。多亏你没有排挤我,不然我恐怕早就坚持不了退学了。"桑夏感动得热泪盈眶。在这个学校,她最好的朋友就只有祝圆圆一个人,在她遭到全校同学排挤的时候,是祝圆圆不顾一切地站在她这一边,帮助她鼓励她,才让她能坚持下来。

这时,顾曼倩也走了过来。自从绑架事件后,也许是因为心虚的关系,顾曼倩一直对桑夏避而不见,就算道歉的话也不能当面说出口。

看着顾曼倩一步一步走到桑夏面前停住,教室里瞬间安静了下来,全体同学都在等待顾曼倩如何开口,包括桑夏也是。

只见顾曼倩深吸了一口气,开口道:

"伊桑夏,以前的事都是我不好,我真诚地向你道歉,希望你不计前嫌,以后大家还是好同学。"看得出她是鼓起了很大的勇气才下了这个决定。

全场安静,所有人的视线全都集中在桑夏身上,屏住呼吸等待桑夏的回答。时间一分一秒地过去,桑夏却久久没有开口。众人以为桑夏不会原谅顾曼倩了,毕竟桑夏之前受了这么大的委屈和痛苦,正常人当然会记仇,不肯原谅罪魁祸首是理所当然的事情。

然而,就在顾曼倩决定转身放弃的时候,桑夏却突然开口了。

"不，你说错了，以后大家还是好朋友，我想跟你们每一个人都成为好朋友，是真的。"

众人惊愕了。

桑夏的回答完全出乎所有人的意料，就连一旁的慕夜枫也惊讶地挑高了双眉。不过桑夏那种傻乎乎的善良个性他已经不止一次地见识过了，就像上次在医院毫无条件地原谅连婕妤一样，这次面对顾曼倩也是同样的回答。或许他就是喜欢她这种傻乎乎，没有心机的个性。

此时的顾曼倩早已感动得红了眼眶，那么好强，那么骄傲的她居然心甘情愿地败给一个看起来弱小而不起眼的伊桑夏，这真是一个戏剧性的玩笑。只不过，她这次真的是对桑夏心服口服。

"对，你说得对，我们是好朋友。谢谢你，桑夏。"

桑夏露出阳光般的笑容，伸手给了顾曼倩一个大大的拥抱。教室里顿时响起了雷鸣般的掌声，所有人都为桑夏的善良和宽宏感到敬佩。

走在学校的松柏大道上，慕夜枫忍不住调侃桑夏。

"你现在似乎成了全校敬佩的大好人了。"

"哪有？我只是实话实说嘛！"桑夏转头解释，却不经意地发现了慕夜枫眼底的笑意，这才明白慕夜枫是在调侃她，于是皱起眉头，朝他的胸口捶了一拳，"你取笑我！"

"哪里取笑你了？我这也是实话实说，你确实成了学校的名人了。"慕夜枫一脸无辜地摊了摊手，表示他所言非虚。

"你还说，你就是取笑我。看不见我被人欺负，你是不是有点后悔说那句话了？"跟慕夜枫相处越久，就觉得他根本不像别人所说的那样无法靠近,只是习惯用冷酷伪装自己。

这段时间,她似乎已经渐渐习惯跟他抬杠、撒娇,而他似乎也乐此不疲。有时候她甚至觉得,他现在的个性似乎比以前更吸引她。不知道为什么,总是有一种莫名的吸引力,让她时时刻刻想待在他身边。

"什么话?"

"啊?这么快就忘记了吗?"

"我刚刚生过病,所以记忆力不太好。"他找了个冠冕堂皇的理由。

把桑夏气得眉毛都竖起来了。敢情他对她说过的话都没放在心上吗?

"这么重要的话你怎么能忘记?那我以后都不要跟你讲话了,反正你讲过的话都记不住。"她赌气地扭头快步朝前走去,决定用实际行动证明她说的是真的,她真的不跟他讲话了。

慕夜枫见状立刻缴械投降。

"好了好了,我记起来了。我说我这辈子只要伊桑夏一个的话绝不反悔,长期有效。这样的回答满意吗?"

桑夏这才停下脚步,转过头绽放一个灿烂的笑容,乐呵呵地朝慕夜枫奔去。

"很满意,非常满意!"她幸福地扑进他的怀里,做小鸟依人状。

"咔嚓!"照片定格的声音。

桑夏皱了皱眉,抬起头朝慕夜枫的身后看去,只见两个黑色西装的保镖捧着照相机正在给她和慕夜枫拍照。

"枫,他们怎么总是跟在你后面?还给我们拍照?"

"是两个跟踪狂,不用理他们。"

"啊？跟踪狂？那……那我们怎么办？要逃跑吗？"桑夏信以为真，以为真的是两个跟踪狂在跟踪他们，而且还偷拍照片。

慕夜枫忽然停下脚步，视线扫视了一下四周，心里忽然一个主意生成。

"对，要逃跑。看到前面那一排枫树林了吗？等一下我数'1、2、3'，我们一起跑进枫树林，枫树林后面就是停车场的一个安全出口。我先把那两个人引到枫树林晃两圈，然后你赶紧找到安全出口进入停车场，在车里等我。"慕夜枫说着将车钥匙交到桑夏手里。

桑夏跟着紧张起来，紧握着车钥匙点了点头。

"1、2、3，跑！"

慕夜枫数到三，拉起桑夏飞快地朝前面的枫树林跑去。

这一突如其来的举动吓得后面的两个保镖措手不及，撒腿就追了上去，差点连手中的相机都给扔了。

"少爷……少爷……"

任凭他们怎么喊，慕夜枫的脚步不但没有减退，反而越来越快。两人飞快钻入枫树林中，立刻分头开溜，由慕夜枫引开保镖的注意力，桑夏则迅速溜出枫树林，直接从安全出口进入停车场。

慕夜枫在枫树林中故弄玄虚地多周旋了两圈，把两个保镖弄得晕头转向后，然后才带着一脸的坏笑不慌不忙地走进了停车场。

慕夜枫拖延了些时间，桑夏有些焦急地在车子旁徘徊，生怕慕夜枫被那两个人给抓去了。半响之后，才见慕夜枫从安全出口跑了进来。

桑夏急着冲了上去，一脸后怕地说道：

"你终于来了，担心死我了。我还以为你被那两个跟踪狂给抓住了。"

慕夜枫笑了笑，看着桑夏担心的脸色，他心里忽然有一种罪恶感。这丫头真是太单纯了，他随便一句话她都能信以为真，这反倒显得他太腹黑了。

"担心什么，那两个笨蛋早被我甩掉了。我们走吧！"他宠溺地摸摸她的头，然后打开车门，将她推入车内。

发动引擎，车子飞一般地冲出了停车场。在那两个笨蛋从枫树林追出来之前，他得赶紧将车子开离学校。

只是他似乎太低估了慕氏集团的跟踪能力了，他的保时捷开出校门没多久，后面一辆黑色宾士车就紧紧跟了上来。

"该死的！"望了一眼后视镜，慕夜枫狠狠地朝方向盘捶了一拳。

"怎么了？"副驾驶座上的桑夏被他突来的动作吓了一跳，心里跟着紧张起来。

"真是像牛皮糖一样甩都甩不掉。"该死的，老头子是不是在他车里安装了跟踪器？不然为什么这么快就被那两个笨蛋追上了。

慕夜枫皱起眉，将方向盘打了个弧度，踩下离合器直接拐进了超车道，加速行驶，试图将后面那辆车子甩掉。

桑夏也察觉到了事情的不对劲，下意识地转头朝后车窗望去。

"后面那辆车……"

"是他们的车，坐稳，看我怎么甩掉他们。"慕夜枫冷冷地瞥了一眼后视镜中的那辆黑色宾士，嘴角扬起一道邪恶的弧度。飙车对他来说就像是家常便饭，想跟踪他也得看看有没有这个本事。

车子在公路上以近乎漂移的速度飞驰,一连闯了好几个红灯,所经之处瞬间就将该路段的交通秩序弄得一团混乱。汽车的喇叭声此起彼伏,刺耳的刹车声一阵盖过一阵,险些发生追尾事件。把值班的交警也吓得一愣一愣的,还以为刚刚是一时眼花,不能确定是否真的有一辆车子飞过去了。

跟踪的宾士车也因为这突如其来的交通阻塞而不得不停下车子,眼睁睁地看着车子远离视线。

留下一串的祸害后,这辆拉风的保时捷才缓缓地驶上了高架,看着身后那一片混乱,慕夜枫嘴角的笑意越来越浓。转头看到身旁被吓得噤声的桑夏,他才意识到自己的鲁莽。一心只想着甩掉身后的跟屁虫,却完全没顾及到桑夏根本承受不了如此的飙车速度。

"你怎么样?还好吗?"他伸手抚过她的脸,眼底有些自责和心疼。

桑夏赶紧摇了摇头,勉强撑起一个笑容,道:"我没事,你继续开车吧,不要让他们追上了。"

慕夜枫无奈地扯了扯嘴角,心里的罪恶感越来越严重。不能再这么折腾了,不然他怕她撑不了多久就会晕过去。再说他也觉得这车有点问题,强烈怀疑车子被老头子动了手脚,要是真的被装了跟踪器,车子就算开得再远,也会被找到,所以现在只有一个办法,就是放弃车子。

"车子不能再开了,我们得找个公交站。"

"啊?怎么了?"

"车子被他们安装了追踪器,再怎么开也甩不掉他们,所以我们要马上下车。"

"噢！那要赶快下车，下了这个高架就有个公交站。"

被慕夜枫这么一折腾，桑夏真以为是出了什么大事，弄得她紧张兮兮，一颗心提到了嗓子眼。

慕夜枫顺利将车子驶过高架，缓缓停在公交站牌旁，拉风的保时捷跑车立即引来了许多人的侧目。两人同时打开车门下车，与众人一起挤在站牌旁等公车。慕夜枫出众的外表随即引起了周围几道花痴目光，紧接着开始出现手机拍照、摄像等一系列动作。

桑夏皱了皱眉，偷偷地拉了拉慕夜枫的胳膊。这些女生是怎么回事？又不是见到明星，至于这么夸张吗？

"干什么？"慕夜枫下意识地转头问道。

"那些女生干吗对着你拍照？"

慕夜枫闻言转头一瞧，果真有几个女生拿着手机在对着他拍照。而且他一转头，那些女生就花痴地尖叫起来，把路上行人的视线都吸引过来了。看着站牌前一群女生拿着手机拍照，不知情的人还以为真的有明星出现。

"看来长得太帅也是件烦恼的事。"他突然莫名其妙地蹦出这么一句话，桑夏黑线。

"是哦！你最帅了。"以前怎么没看出来这家伙居然这么自恋。

"你不是已经习惯这样的场面了吗？喜欢我是需要付出代价的，要是想反悔现在还来得及。"他开始心情大好地调侃。

桑夏狠狠地瞪了他一眼，每次都喜欢耍她玩，这回也换她试试。

"说得好像很有道理哎！在学校追你的时候都差点没命了，要是出了社会，指不定会有多少女生垂涎你，到时候恐怕我真的会小命不保了。看来我是要考虑一下该不该放弃。"

这句话的震撼力还是挺大的。瞧慕夜枫好好的笑脸立刻扭曲了起来,两条眉毛也跟着竖到了一起。

"笨蛋'小强',你的胆子越来越大了,是不是?"

看到慕夜枫扭曲的俊脸,桑夏撇过头忍不住窃笑起来。看来这招真有效呢!她终于可以确定他对她的感情并不比她少。

眼角瞥见她脸上藏不住的窃笑,慕夜枫挑了挑眉,眼底升起一丝恶作剧的念头。这丫头什么时候变得这么精怪了?看来是他这段时间太惯着她了,差点就被取笑了。

"好,你确定要放弃是吗?那我现在就宣布,反正这里有很多女生巴不得取代你。"他扬起坏坏的笑容,转身装作要奔向其他女生,心里却在暗自等待某人的反应。

果不其然,他刚刚转身,手臂就被抓住了。桑夏一听慕夜枫当真了,当下就急得不顾一切地抓住了他的手臂。

"不要不要,我开玩笑的。我不要放弃!"她死命地拉着他的袖子不放,生怕一松手,他就立刻会投向别人的怀抱。她可是好不容易才追到他的,坚决不能放弃。

慕夜枫佯装无动于衷的样子,收起嘴角的笑容,冷然地转身。

"以后还敢说这样的话吗?"

桑夏急忙摇摇头,诚心保证:"再也不敢了。"也许这就是命中注定,她在他面前是绝对不能有调侃他的念头,因为最后吃亏的一定是自己。

慕夜枫这才满意地扬起嘴角,伸手摸了摸她的头发。

"真是傻得可以。"说完,他的脚步依旧朝前走去。

"你要去哪里?"她的手还是拽着他的袖子不放,他的脚步一动,她就跟着紧张起来。

慕夜枫忍不住再度失笑。这丫头真好笑，明明是想调侃他，可又害怕他当真，担心他真的不要她了。

"笨蛋，公车来了。"他指了指缓缓驶来的公车，回头丢给她一个无语的眼神。

"哦……是哦！"桑夏尴尬地挠了挠头，两颊飞上红晕。

因为是下班和放学的高峰期，公车站的人流量比较大，慕夜枫和桑夏又急着上车离开，所以是花了九牛二虎之力才好不容易挤上了车。原本还抢到了两个座位，可是桑夏却主动将座位让给了一个满头白发的老奶奶和一个抱小孩的孕妇。于是，两人只能扶着拉杆站着。所幸的是他们挤上了车，至少能暂时摆脱后面那两个笨蛋保镖的跟踪。

慕夜枫双手撑着拉杆，将桑夏瘦小的身子揽在臂腕之间，以免拥挤的人群会撞到她。

桑夏把一切看在眼里，心里满是感动。可是要慕夜枫来挤公车，真是难为他了。记得他们第一次约会的时候，她建议坐公车，进行平民化的约会，可当时慕夜枫就拒绝了，原因是讨厌坐公车。而这回……

"枫，你不是说讨厌坐公车吗？为什么还要坐？"她忍不住提出了疑问。

幸好是初冬的天气，公车上挤了那么多人倒是暖和了。要是换成夏天，这么多人挤在一起，对于慕夜枫这位养尊处优，天天享受空调的大少爷来说，恐怕是个灾难吧！指不定挨不了半个小时就会晕过去了。

慕夜枫闻言，低下头斜了她一眼，脸色明显的不悦。

"你以为我愿意上来吗？还不是为了甩掉后面那两个笨蛋。"让他坐公车已经很不情愿了，偏偏还遇上高峰期，人群拥挤不说，抢到了座位还不能坐，得让座给老弱妇孺，真是……郁闷！

所以说他讨厌公车，像乌龟爬一样的速度也就算了，还一路开开停停，人流进进出出，碰上夏天的时候，车内满是汗臭味，恶心得想吐。他从小就是在这样挤公交的日子中长大的，现在的生活虽然很不开心，但是唯一值得庆幸的就是他再也不用坐公车了。

"哦……那我们到哪一站下车呢？"果不其然，他确实很受不了公车，真是有钱人家的孩子。不过令她不解的是，以前的枫可从来没有说过讨厌坐公车啊！难道是因为以前买不起车子，所以只能安安分分地坐公车，而现在有钱了，就原形毕露了。其实骨子里的他是很讨厌坐公车的，应该就是这样吧！

"下一站立刻下车。多一站我怕我会晕过去。"慕夜枫的脸色越来越难看，仿佛下一秒就会晕过去。

桑夏点了点头，不再做声。

公车里有些吵闹，慕夜枫侧过身，想从衣服口袋里掏出耳机塞住耳朵，降低旁边的噪声，可一偏头竟然看到了一张刺眼的照片。他瞬间僵住了身子，视线一动不动地盯着前方某一个点，眼神渐渐变得冰冷。

那是前排座位上的一个中年男子手里的报纸，是本市有名的娱乐晚报，看来是刚刚出来的。报纸的头版头条上印着一张超大的照片，照片是晚景，看上去有些暗，但是慕夜枫还是一眼看出了照片上的男人正是他所谓的父亲大人——慕氏集团的董事长，而另一个女人他也不陌生，因为天生眼力超群，凡是见过一次面的人他都能记得对方的长相，更何况这个人还是和他一起吃过饭的。他完全没想到，怎么会是她？

照片中的两个主角已经够叫他意外了,可最最震惊的是这则新闻的标题:慕氏集团董事长慕宏业夜会神秘女郎,疑似二线影星伊莎华。

二线影星?慕夜枫渐渐蹙紧双眉,难怪他第一次见到她,就觉有些眼熟,原来是影星。可是为什么偏偏是她?

他愠怒地握紧拳头,转头看了一眼靠在他臂腕间的桑夏,内心开始挣扎。为什么会是伊莎华?难怪老头子急着要他离开桑夏,原来是这么回事。他的父亲怎么可以和他喜欢的人的妈妈有那种不可告人的关系,如此的丑闻,他和桑夏又该怎么办?

一路隐忍,直到下了公车,他始终憋着怒气,当作什么事也没发生一样,为了不让桑夏多想,他不得不暂时隐瞒。事情还没问清楚,或许他不该这么早就下结论。

"枫,那两个跟踪狂应该不会再追上来了吧!"走在人行道上,桑夏放松地舒了一口气,似乎有种劫后余生的感觉。

慕夜枫正皱着眉头深思,完全没听到桑夏的话。

"枫,你在想什么呢?"桑夏疑惑地扯了扯他的袖子,这才把慕夜枫的思绪拉了回来。

"哦,没什么。晚上想去哪儿吃饭?"他意识到自己的出神,险些露出马脚,于是赶紧扯开话题,将桑夏的注意力引到吃饭的问题上。

一说到吃饭,桑夏的肚子忽然就不争气地叫了起来。经过刚才一阵刺激的飙车,她着实受了不小的惊吓,这会儿倒是真觉得有点饿了。

"嗯……我们去吃麦当劳吧!"

"喊,你是小孩子吗?还喜欢吃麦当劳这种没营养的东西?"慕夜枫不屑地哼了一声,完全不认同桑夏的建议。

"是你自己问我意见的嘛！我就想吃麦当劳啊……"桑夏委屈地嘟起嘴。

"好吧……好吧，就听你的，去吃麦当劳。"看到桑夏一脸的委屈，慕夜枫只能无条件的举手投降。天知道他现在见不得她受一点委屈，而且完全没发现自己已经一点一点地把桑夏宠坏了。

"噢耶！去吃麦当劳喽！"听到慕夜枫松口答应，桑夏乐得举起手打了一个胜利的手势，而且还情不自禁地在路上跳着转起圈来。

看着如此开心如此无忧无虑的桑夏，慕夜枫不禁跟着笑了起来。就算是这样小小的满足，她也一样能绽放出这样灿烂的笑容。可换做他呢？即使再好的条件，再多的满足，也无法让他笑得如此开心。只有跟她在一起的时候，他才会感染到她的开心，才会不由自主地扬起嘴角跟着她一起笑。

他在心里发誓，这辈子绝对不要跟她分开，无论遇到多大的困难和阻挠，他绝对不会放手。

夜色已深，一轮圆月高悬在空中，照得枫林洞别墅区恍如白昼。丝丝的北风吹打着树叶，发出"沙沙"的声音。

慕夜枫将桑夏送到家后，立刻叫出租车调头，回到路口的报亭买了一份今天的娱乐晚报。看着头版头条那张占了半个版面的照片，他的嘴角扬起一丝嘲讽的弧线。向来占据财经报头版头条的人物竟然会出现在娱乐报的封面，真是太可笑了。

若不是因为这份报纸，他打算这几天都不回去了。出租车载他到达慕家别墅大门的时候已经是晚上十点多了。屋内还是灯火通明，慕夜枫一手紧握着报纸，冷着脸进门。

"少爷回来了！"门口的用人依旧十分尽职地喊了一声。

贺雷鸣闻声赶了出来："少爷，你把车子丢在公车站跑去哪里了？董事长正在为这事情大动肝火呢！"没注意到慕夜枫的脸色和他手上的报纸，贺雷鸣一心只想提醒他因为白天的事情，慕宏业正在大发雷霆。

慕夜枫冷冷地瞥了他一眼，不发一言地走向客厅。只见慕宏业皱起眉头坐在沙发上，脸色十分难看。

"为了跟那个女孩约会，你甚至为了甩掉我派去的两名保镖而跑去坐公车。哼！坐公车？堂堂慕氏集团继承人丢掉跑车去坐公车，你真是越来越有本事了。"连日来，慕宏业已经被伊莎华的事情弄得心浮气躁，而偏偏自己的儿子也来凑一脚跟他作对。气得年近半百的他大动肝火，差点心脏病发。

慕夜枫冷冷地扬了扬嘴角，将手中的报纸往茶几上狠狠甩去。

"再怎么样也比不上你有本事，登上娱乐报头版头条很光彩是不是？需要我为你庆祝一下吗？我的父亲大人，想偷腥至少也该做好保密措施，有必要让全世界都知道吗？"

"是谁教你这样跟长辈说话的？简直是没家教。"被慕夜枫突如其来的质问，气得慕宏业拍案而起。报纸的事情已经让他够头疼了，想不到就连自己的儿子也来指责他了。再怎么样他也是父亲，做儿子的怎么能以如此的态度对父亲说话。

"哼哼！家教？上梁不正下梁歪，这就是家教。"慕夜枫一脸的嘲讽，眼底全是鄙视。他从小在单亲家庭长大，母亲为了生计常年奔波，根本没有多余的时间管他，家教对他来讲形同虚设。

"你……"慕宏业一个激动，心脏忽然猛地一阵抽疼，双脚一软，退后了两步，差点倒下去。一旁的贺雷鸣见状，急忙上前扶住了他。

"董事长，您别动气，当心身体啊！"

将一切看在眼里的慕夜枫则不屑地撇了撇嘴，完全把慕宏业的状况当成了虚假。想装弱博取同情，想都别想。

"派人跟踪我的一举一动，让我离开桑夏，其实只是为了成全你自己的私欲，因为你发现我喜欢的人正是你情人的女儿，怕会给你造成不必要的麻烦，所以才开始阻止我们在一起。我说的有错吗？父亲大人。"

对于慕夜枫的指责，贺雷鸣显然已经按捺不住了。

"少爷，你误会董事长了。事情不是你想的那样……"

贺雷鸣刚想开口解释，却被想到被慕宏业挥手阻止了。

"雷鸣，不要再说了。他认为怎么样就怎么样，我不在乎。"慕宏业按着胸口，缓缓喘了一口气，视线再度回到慕夜枫身上，"枫儿，不管你怎么想，我所做的一切都是为了你好。爸爸不会害你的。"

慕夜枫冷哼了一声，脸上依旧是不屑的表情。他已经厌倦了慕宏业装出一副慈父的样子，而却在背后偷偷摸摸地干一些见不得人的勾当。现在被发现了，又想装作一个好父亲的样子来关心孩子，来告诉他这一切都是为了他好。哈哈……这真是天大的笑话。做错了事要是弥补就能了事的话，那么他就不会这么恨了。

"让我离开喜欢的人，这就叫为我好？哈哈……你糊涂得连是非好坏都分不清楚了吗？听好了，我不会如你所愿，我也绝对不会离开那个女孩。这辈子，我只要伊桑夏一个。"撂下狠话，他转身决然离去。

慕宏业蒙了一下，有那么一瞬间，他的脑子是一片空白的。心脏的疼痛越来越剧烈，他终于抵挡不住倒向了沙发。

这是报应吗？是老天在惩罚他曾经犯下的错误。人生在世，谁能无错，可有些错误一旦犯了，将是一辈子的痛苦。

"董事长……董事长……"他睁着眼睛，耳边只听到贺雷鸣的声音越来越小，最终，眼前一黑失去了知觉。

慕氏集团董事长与二线女星爆出绯闻，这么富有戏剧性的八卦新闻自然是引起了各大报社和媒体的注意，也许是最近的娱乐圈太安静了，所以这则消息无疑成了目前最热门的焦点。不知是哪家的狗仔队暗中得知了慕宏业心脏病突发而入院的消息，于是第二天早上，连和医院门口便陆续出现了肩扛摄像机，手拿麦克风的记者。尽管门口的保安拦着，可是他们就是不放弃，一连好几天都寸步不离。

连和医院顶层的高级病房内，慕宏业面色苍白地躺在病床上，皱着眉头，视线落在远处某一个点，失去了焦距，似乎在思考些什么。

贺雷鸣站在窗前，望着医院大门前围堵的各大报社和媒体的记者，不禁皱起了眉头。

"那些记者堵在门口，恐怕一时之间不会离去。董事长，我们现在该怎么办？"

"让他们去吧！报道的事情我根本不担心，过两天召开记者会澄清就行了。现在的问题是那个女人……"伊莎华始终咬着他不肯放手，这是他目前最头疼的事情，他绝对不能让十八年前的恩怨在孩子们身上延续。

如果说十八年前，他还对她存有愧疚，那么在十年前，在他妻子死后,他便再也不用觉得对她亏欠什么,而到十八年后的今天,他对她除了恨之外,再无其他。

"是在说我吗?"慕宏业的话刚落,病房门便被推了进来,伊莎华身穿一件黑色貂皮大衣,脸上戴了一副超大的墨镜,手捧着一束鲜花无比优雅地走了进来。

病房内的两人一见到伊莎华,不禁沉下了脸。

"你来干什么?"

"怎么,不欢迎我吗?楼下那么多记者,要是我现在出去的话,应该会很热闹,你说是吗?"伊莎华若无其事地将手中的鲜花插进花瓶,脸上依旧是一脸妩媚的笑。

慕宏业气得握紧拳头,直到手指关节泛白,才从牙缝里愤怒地挤出一句话:"你究竟要怎么样才肯放手?"

伊莎华轻笑了一声,缓缓走到病床边,"是我说得不够明白,还是你装糊涂?那天晚上我已经把条件说清楚了,这么快就忘记了吗?还是需要我再提醒你一遍?"

一说起那天晚上的事,慕宏业便更加愤怒了。

"那天晚上是你事先通知了记者,才会让他们拍到照片。你是故意的是不是?"

"没错,我是故意的,就是想让你明白不答应我的条件,就会有比这更严重的事情发生。如果不想看到你儿子痛苦,我劝你最好答应我的条件。"伊莎华泰然地承认,那毫不掩饰的气焰惹得一旁的贺雷鸣终于忍不住愤怒,悄悄握紧了拳头。

"她是你的孩子,你怎么能对她这样残忍?"慕宏业简直无法置信,身为母亲,怎么可能利用自己的孩子来达到目的。

"哈哈……残忍?若不是当年你那样对我,又怎么会造成今天的残忍?慕宏业,我是那么死心塌地地爱你,可是你呢?

居然狠心抛弃我跟别的女人结婚。以为扔下一百万派人威胁我就能了断我们之间的关系吗？我告诉你，永远不可能。不过所幸的是那女人命短，注定成不了慕氏集团的女主人。十八年后的今天，我还是回来了。哈哈……"伊莎华笑得猖狂至极，仿佛一副稳操胜券的样子。

"伊莎华……"

没等慕宏业开口，只见贺雷鸣三步上前，挥手就朝伊莎华脸上扇了过去。

"啪！"一记清脆的巴掌，五个火辣辣的指印顿时出现在伊莎华白皙无瑕的脸上。

"雷鸣……"慕宏业也被惊了一下。虽然早就看出贺雷鸣对伊莎华过度的愤怒有些莫名其妙，但是他没想到的是平时一向温和绅士的贺雷鸣竟然会动手打一个女人。即便是在盛怒边缘的他也没有想过要动手，可贺雷鸣的情绪却比他更加激烈。

这突如其来的变化让伊莎华猝不及防，就这么愣愣地捂着脸颊，半晌失去了反应。完全没料到身为当事人的慕宏业倒是没有动手，而贺雷鸣只不过是一个小小的管家兼秘书，却敢扇她巴掌。一时之间，满腔的屈辱和愤怒涌上心头。伊莎华的笑脸瞬间隐去，终于露出了狰狞的表情。

"你竟敢打我？你算什么东西？竟然敢打我？"她扑过去抓住贺雷鸣的衣领，扬起手正准备还击过去，却被贺雷鸣迅速地阻止了。

"你这样的女人，不打你打谁。我们董事长顾念旧情不跟你动手，但是我可不一样。"

"贺雷鸣，你敢这样对我，就不怕我把事情抖出来吗？"伊莎华突然恼羞成怒，开始拿把柄出来威胁。

听到伊莎华的威胁，慕宏业立刻开口阻止："雷鸣，不要再说了。"为了孩子们着想，他不能冒险在这个关键时刻惹恼了伊莎华。

"记者就在楼下，你们要是不怕我现在出去露面的话，就放聪明点。宏业，我的等待是有限度的，我再给你三天时间考虑，三天后我希望听到满意的答案，否则……你知道有什么样的后果。"吃了哑巴亏的伊莎华显然没有耐心再待在这里继续跟他们周旋，于是冷冷地甩下一句话，转身就走人了。

"砰"的一声，病房门被狠狠关上，病房内陷入一片沉寂。

"董事长，您打算怎么做？"

"你认为我该怎么做，那个女人野心勃勃，如果答应她的条件，除非我准备以整个慕氏集团作为代价。我不想失去我辛苦打拼出来的江山，所以现在唯一的方法就是暂时把枫儿送回美国，我已经对不起他母亲，不能再让枫儿受到伤害。"

"如果少爷能体谅您的苦心就好了。不过少爷从昨晚离开后，到现在都没有回家。"

"马上派人出去找，一找到人就立刻将他带上飞机，就算是绑也要将他绑到美国。"

"是，我明白了。"

慕宏业交代完事情后，贺雷鸣也紧接着离开病房，而他一个人陷入了沉思。回想当年的种种，他此刻是懊悔万分。只怪自己年少轻狂，不满家里为他安排的婚姻，而喜欢在外面拈花惹草，却不曾想会碰到伊莎华这样纠缠的女人。

贺雷鸣派出去的人找了两天都没有找到慕夜枫的人影，就连上课都没去。寻找的人在慕夜枫平时出没的酒吧、游戏厅和俱乐部守株待兔了两天，却依旧没有任何收获。如果慕夜枫住酒店的话，一定会刷卡，只要一刷卡就能查到他的行踪，但是这两天却没有任何酒店的刷卡记录，慕夜枫就像人间蒸发了一般。最后，在无计可施的情况下，贺雷鸣只好登门拜访伊家。虽然极其讨厌见到伊莎华，可是目前知道慕夜枫行踪的人估计只有伊桑夏一人而已。

贺雷鸣到达伊家的时候，正好碰到桑夏拎着大包小包准备出门，像是一副要去旅行的样子。

"桑夏小姐，好久不见。"

"贺总管？你……怎么会在这儿？"刚刚走到门口的桑夏突然见到贺雷鸣，明显地吓了一跳。脸色僵了僵，表情有些心虚。

"我是特地来找你的，请问我们少爷在哪里？"贺雷鸣倒是没有多少废话，直接切入了主题。要是换作以前，他见到桑夏或许会笑脸相对，因为他是打从心底喜欢这孩子。可如今，得知她是伊莎华的女儿，他便再也不能以笑脸相对了。

"枫……不见了吗？"桑夏故意摆出一副惊讶的表情，或许是从没说谎的经验，明显底气不足，说得她连自己都难以相信了，更何况是精明老练的贺雷鸣。

只一眼，贺雷鸣便看出了桑夏在装糊涂。

"我想桑夏小姐应该很清楚吧？"他也不跟她兜圈子，尽快解决好这件事才是目前最重要的。毕竟看到两个孩子卷入大人的情感战争中，是件残忍的事情。

"贺总管真会开玩笑，我这两天也没见到枫，刚刚还想去找他呢！"

"呵呵！既然这样，那我就不打扰你了。先走了。"贺雷鸣不动声色地转身走人，桑夏暗自松了一口气，看着门口路边的那辆宾士车缓缓离去，这才匆匆溜出了门。

桑夏出门后不久，原先那辆宾士车又缓缓地跟了上去。原来刚才离开只是个假象，贺雷鸣料准了桑夏一定知道慕夜枫的行踪，所以就命驾驶员在前面路口将车子调头，然后远远地跟着桑夏，今天是礼拜天，学校不用上课，而她现在拎着大包小包，十之八九是去找慕夜枫。

而此时的伊莎华正站在二楼阳台上，眼看着桑夏出门，接着又看到贺雷鸣的车子跟了上去，她的嘴角扬起一个妩媚的弧线，优雅地按下手机键。

"想把你儿子送走吗？你太自作聪明了，慕宏业，我会让你后悔一辈子的。"一句话落，没给对方任何说话的机会，她立刻挂了电话。

看着渐行渐远的宾士车，伊莎华露出一脸狠毒的表情。等着吧！好戏正要开始。

午后的阳光暖暖地洒在山坡上，照的整片枫树林一片金黄，淡淡的光晕随着枫叶的浮动一闪一闪，形成星星点点，美得像世外桃源。

正是这样美丽的山坡上却躺着一个突兀的身影，一身黑色T恤和牛仔裤，双手交叠垫在脑袋下，一条腿弯曲着，眯着眼，面无表情，似乎在欣赏蔚蓝的天空。

这时候，枫林中传来一阵细碎而轻快的脚步声，慕夜枫动了动眉心，脸上的表情没有多大变化，看来是猜到了来人的身份。

没多久，桑夏拖着大包小包走到慕夜枫身旁。

"好重啊，你为什么不来帮帮我？"看到慕夜枫悠闲地躺在山坡上晒太阳，桑夏忍不住抱怨起来。她这么辛辛苦苦地拎着大包小包的食物大老远赶过来,他却一点都不帮忙。太不公平了!

"你不是拎过来了吗?还要我帮什么。"慕夜枫依旧眯着眼,懒懒地反击了一句。

"可是……人家这么辛苦都是为了帮你送食物,好歹也问候一下嘛!"桑夏不依不饶,硬是要扯着慕夜枫的胳膊,想把他拉起来。

慕夜枫无奈地睁开眼,扬起一脸迷死人不偿命的微笑,说道:"好,那我问候你一下,亲爱的,辛苦你了!"

"嘻嘻……不辛苦!"桑夏这才满足地笑了。

看到她傻乎乎的笑,慕夜枫忍不住摇了摇头,"真是个傻妞。"

紧着,桑夏也跟着在慕夜枫身边躺了下来。这个位置晒太阳再好不过了,有树叶挡着脸,不怕太阳刺眼,而身子又能完全晒在太阳下,感觉特别舒坦。

"枫,你不开心吗?"忽然从桑夏嘴里蹦出这么一句话。

"怎么这么问?"慕夜枫奇怪地挑了挑眉。

"你不是说过你想离家的时候才会到这里来吗?是不是跟你父亲发生了冲突?"他虽然从未跟她提起家里的事情,但是她能感觉得出来他跟父亲之间的关系并不好。

她曾经自以为是地认为,或许是因为失散多年的关系,他父亲并不高兴能找到他,所以父子俩才会不和。好几次她都想问问他关于家里的事情,可又怕触怒了他,所以一再作罢。

"没什么,不要乱想。"慕夜枫出人意料地迅速否认。他极力想让自己在她面前装作若无其事,因为不想让她知道这则丑闻,否则他不知道后果会怎么样。

"噢!"桑夏点了点头,不再多问。她向来对他言听计从,既然他不想提,她便不问。等他想说的时候,自然会跟她说。不过此刻有一件事她却不得不说。

"刚刚我出来的时候,正好碰到贺总管,他来问我你的行踪。"

听到"贺总管"三个字,慕夜枫骤然睁大了眼睛,坐了起来,神色有点紧张。

"你怎么回答他的?"

"我当然说不知道啊!你不是说不想让人找到你吗?"桑夏得意地扬了扬下巴。她也学会说谎了呢!而且还能骗过贺总管。

可慕夜枫却没有放松的表情。

"然后呢?他就这么走了?"

"你怎么知道?我说我不知道,他没说别的话就走了。"她到现在还很意外,刚才说的话明眼人一看就知道是假的,可贺总管竟然就这么相信了。不过瞒得了一次,瞒不了一辈子,慕夜枫能在这里待一辈子吗?"可是这么下去也不是办法,你这样不去上课没关系吗?马上就是期末考了呢!"

只是桑夏的话,他只听了前半句,后半句压根没心思再听了。贺雷鸣的精明他十分清楚,桑夏又这么单纯,根本不擅长说谎,贺雷鸣明明能看出桑夏在撒谎,为什么却突然走人了?一阵苦思冥想之后,他顿时低咒一声:

"该死!"紧接着,他二话不说跳起身,顺势将桑夏也一同拉了起来。

"怎么了?发生什么事了?"桑夏被弄得一头雾水,有些茫然地盯着慕夜枫的脸。

"你被跟踪了,我们要赶紧离开这里。"

慕夜枫的话刚落,不远处便传来一阵清晰的脚步声。

"少爷!"没等慕夜枫转身开溜,贺雷鸣的声音已经响起,"终于找到你了!董事长让我请你回去。"

听到贺雷鸣的声音,慕夜枫郁闷地皱了皱眉,回过身,面无表情地瞥了他一眼,接着淡淡地丢出一句话:"我不会跟你们回去的。"

贺雷鸣不怒反笑,似乎早就料到了慕夜枫会给出这样的答案。

"那就请恕我们无礼了。"一句话落,只见贺雷鸣扬手一挥,身后两名身穿黑色西装的保镖立刻冲上前,以迅雷不及掩耳之势将桑夏拉开,并钳制住了慕夜枫。

"放开我!贺雷鸣,你要造反吗?竟敢对我动手。"慕夜枫气急败坏地大吼。一旁的桑夏显然被吓坏了,被两名保镖推开后顿时失去了反应。

尽管慕夜枫脸色吓人,可贺雷鸣却不慌不忙地解释:"董事长交代过,如果少爷不肯合作,那么就算是绑,也要将慕夜枫绑上飞往美国的班机。"

"美国?是谁要说去美国?老头子昏头了吗?他在哪里?我要跟他说清楚。"慕夜枫拼命挣扎着想甩掉两个保镖的钳制,可无奈保镖的手劲实在太大,而他又没有半点武力,简直是蚂蚁对抗大象的结果。

"董事长人在医院,他现在不会见你。"

"医院?他怎么了?"听到"医院"两个字,慕夜枫不免惊了惊,不由自主地担心慕宏业的身体是不是出什么状况了。

"董事长没什么大碍,他只吩咐我把你送去美国,不准你再跟桑夏小姐来往。"贺雷鸣如实将慕宏业的意思转达。

慕夜枫的脸色越来越沉。没错！这就是慕宏业最终的目的，为了逼他跟桑夏分开，不惜使用强制手段，企图将他送往美国。

"哼！老头子真是自作聪明，以为把我送去美国就能阻止我们在一起吗？"就算他们能把他绑上飞机，却难保他不会搭下一班飞机回来。

"关于这件事，就请少爷放心。董事长早已安排好了，到了美国后会将你的护照扣留。"

"你……"慕夜枫气得语塞。他那位父亲大人可真是老谋深算，就连后路都准备将他断绝。如此，他便更加不能被他们绑上飞机了。"贺雷鸣，如果你现在不放了我，我保证在不久的将来，你会丢掉自己的饭碗。"他现在算是孤注一掷，就连最后的筹码都押出来了。是成是败，就在贺雷鸣的一念之间了。

"不久的将来，如果少爷接管了慕氏集团，那么不用少爷开口，雷鸣会自动辞职。"这回他是铁了心要将两个孩子拆开，不仅是为了慕宏业，而且也为了自己。他绝对不能让伊莎华的计谋得逞，利用两个孩子来达到自己的目的，伊莎华的阴险让他愤怒。

慕夜枫没想到平时有些唯唯诺诺的贺总管今天居然像换了一个人似的，完全不受他的威胁。那么……这最后一个筹码也失败了！

"把少爷带上车。"一声令下，两个保镖立刻架着慕夜枫向车子方向走去。

"放开我……你们两个不想干了吗？快放开我……"只是任凭慕夜枫如何反抗，两个保镖就像机器人一般，不为所动。

眼看慕夜枫被架走，桑夏这才反应过来，不顾一切地冲了上去。

"不要，不要把他送去美国，贺总管，求求你，不要把枫带走……"她扯着贺雷鸣的衣服苦苦哀求。

只是贺雷鸣却一脸冷漠地将桑夏的手甩开，"你们不能在一起。"

"不要……不要带走枫！"桑夏声嘶力竭地喊着，想冲上去把慕夜枫拉回来，却无奈贺雷鸣将她拦住了。

两人的距离越来越远，彼此心中的绝望越来越深。怕这一分开，以后再也没有见面的机会了。桑夏完全想不明白，为什么慕夜枫的父亲如此反对他们在一起？她只不过是身在单亲家庭，难道这也有错吗？

就在慕夜枫快要被架进车内的时候，树林中忽然响起了一阵清脆的掌声。众人一惊，动作自然停了下来。循声望去，只见一个熟悉而婀娜的身影缓缓朝他们走来。

眼力颇好的贺雷鸣远远就认出了来人就是伊莎华，不禁皱起了眉头。这个女人一出现准没好事，她与董事长约定的三天期限还没到，应该不会不守信用泄露秘密才对。

"贺总管，你以为现在将他们两个分开会比他们知道真相后的痛苦来得轻一些吗？"伊莎华轻描淡写的一句话，瞬间就将贺雷鸣的心提到了嗓子眼。

"伊莎华，你想干什么？不要忘了你与董事长的约定。"

看到贺雷鸣紧张的神色，伊莎华的心里掠过一丝快感。她要的就是这种效果，把每个人都弄得提心吊胆，才能达到她报复的目的。慕宏业敢背着她要心机，那么就别怪她翻脸不饶人，这么做都是慕宏业逼出来的。

而不远处正被两名保镖架住的慕夜枫显然也听出了伊莎华的话外之音，心中忽然生起一种不祥的预感。

"约定？哈哈……"一说起约定，伊莎华忍不住大笑起来，"他既然还记得约定，那么把他儿子送去美国准备干什么？当我是三岁孩子这么容易被你们骗吗？既然他想跟我耍心机，那么就别怪我把真相全都抖出来。"

伊莎华毫不犹豫的摊牌，贺雷鸣吓得变了脸色。此刻，他脑子里只有一个念头，那就是绝对不能让慕夜枫听到真相。

"你们两个愣在那里干什么，还不快把少爷带上车。"事到如此，他只能做最后的一搏。

然而，伊莎华似乎早就看穿了贺雷鸣的心思，没等两名保镖反应过来，立刻抢了话："你认为这样有用吗？他迟早会知道真相的，你们瞒得了一时，瞒得了一世吗？"

"什么真相？你说清楚。"慕夜枫终于发了狠，硬是甩开了两个保镖的手，朝伊莎华冲了过来。

"妈妈，你在说什么呢？什么真相？"一旁的桑夏也跟着疑惑起来。

贺雷鸣正要上前阻止伊莎华，手机却忽然在这个时候响了起来。他掏出手机一看竟然是慕宏业打来的，于是赶紧按下接听键。

"董事长，有什么吩咐……"

几句话后，贺雷鸣竟然将手机交给了桑夏："我们董事长说有话要跟你说。"

桑夏惊讶地指了指自己的鼻子，战战兢兢地接过手机，有些犹豫地放到耳边……

谁也不知道慕宏业在电话里说了什么，半晌之后，只见桑夏的脸色苍白，表情僵硬，泪水在她那双乌黑的大眼睛里打转。手机在她手掌中无力地滑落，她捂着胸口，整个身子渐渐蹲了下去，最后跪到了地上。

如此痛苦的表情让所有人都震惊了，尤其是慕夜枫，更是忍不住冲了上去，一把将她拥入怀里。

"不要管老头子说了什么，我不会离开你，你绝对不准放弃。"他以为慕宏业一定在电话中说了什么要他们分开的话，也许还会威胁点什么，才让桑夏如此痛苦。"我现在就去找老头子摊牌。"

"不要……不要……"她拼命摇着头，泪水止不住地往下掉，看得让人十分心疼。

伊莎华眼见情势出现了戏剧性的一幕，似乎不受她控制了。于是她开始焦急起来。

"这算什么？慕宏业说了什么话？桑夏，站起来！不准哭，该哭的人不是你。"原本她是想看看慕夜枫知道真相后如何仇恨慕宏业，可此刻痛苦的人竟然是桑夏。

"妈妈，你一直在利用我……是不是？我是你的女儿，难道你从来没有想过我的感受吗？"向来柔弱的桑夏，突如其来地说出这么一句话，伊莎华竟然愣住了，桑夏所说的都是事实，所以她不知该怎么回答。

一个母亲被自己的女儿质问，这是一种羞辱。刚才的电话内容，她已猜到十之八九。看来她是低估了慕宏业的心机，本以为胜券在握，却没想到临时反被慕宏业摆了一道。

"宝贝，你听我说，妈妈这么做也是没有办法……"

"你早就知道了真相，却还是看着这一切发生。看到我痛苦，你会开心吗？"桑夏的表情突然变得漠然，无论伊莎华怎么解释，她都不打算再听。

摇摇晃晃地起身，她眼里闪烁着泪光，忽然伸手紧紧抱住了慕夜枫。一刹那,世界似乎静默了。慕夜枫被她莫名其妙的举动有些慌乱,心底似乎有一种莫名的恐惧感在蔓延。

时间一分一秒地过去,桑夏终于离开了他怀抱。抬起头,她深深地看着他,眼泪忍不住地往下淌。最后,一字一句地说道:"我们……分手吧!"

她眼里有太多的痛苦,太多的不舍,可却不能让慕夜枫看出来。一句话落,她迫不及待地挣脱他的手,拼命地跑走了。

伊莎华见状,急忙追了上去,生怕桑夏会想不开,做出什么傻事。此刻她也顾不了那么多了,虽然没有达到她计划的效果,但是她已经没有精力再去对付他们了。直到现在才发现,这个从小就不在乎的女儿,此刻竟然这么害怕失去她。

慕夜枫似乎还没反应过来这突然而来的变化,也不敢相信自己的耳朵。她竟然对他提出了分手,那个曾经对他死缠烂打,不畏艰险要跟他在一起的伊桑夏竟然说要跟他分手。不,绝对不可能!她连死都不怕,难道会受老头子的威胁吗?

半晌之后,他才意识过来,急忙转身要追上去。可却被贺雷鸣拦住了,紧接着两个保镖强制将他架上了车。

"放开我……放开我……"就这样,车子伴随着慕夜枫绝望的嘶吼声绝尘而去。慕宏业的计策绝对高明,没有拖泥带水,解决得干净利落。

第十章　隔着太平洋的思念

半年后——美国。

以为时间可以冲淡一切感情，可慕宏业似乎想得太天真了。他能用尽一切手段和方法解决所有事情，却没有办法摆平自己的儿子。

自从半年前，慕夜枫被强制带回美国，无休止的疯狂报复行动开始了。有保镖守着又怎样，除了不能出境之外，他在美国几乎玩到了疯狂的地步。加州大学的插班生只是个虚名，他十天里有九天翘课，剩下的一天也待不到三个小时就不见人影了。

酒吧、舞厅、游戏厅、俱乐部……一切能疯玩的地方总是少不了他的身影。既然想遏制他的感情，那么他偏偏处处留情。老头子不是想把他培养成为像他那样的企业家吗？好，他就如他所愿。首先要培养的就是像他一样的风流不羁，一天换一个女人纯属正常。

半年来，他几乎是天天夜不归宿，有时候保镖能在歌厅的包厢内找到喝得烂醉如泥的他，好多次都是不省人事，完全需要别人背着他回去。

如果说以前的慕夜枫是冷漠无情，那么现在的他就是疯狂可怕，这样下去，他整个人就会废掉了。就算派人二十四小时看着慕夜枫，到最后他还是有办法溜出去，然后几天不见人影。

慕宏业将一切看在眼里，却又无力阻止。他完全没料到，将两个孩子分开会对慕夜枫造成如此大的影响。慕夜枫认识桑夏也不过短短两个月的时间，两个人的感情怎么会如此之深，也许真的是因为血缘的关系，才让他们有莫名的亲切感。

但是尽管如此，慕宏业还是没有后悔这么做。将他们分开的决定是正确的，光是两个月的感情都能让慕夜枫如此痛苦，如果再拖下去，到时候恐怕后果会比这更严重。只是如今，他该拿慕夜枫怎么办才好？

"唉！"昏暗的灯光下，他沉重地叹了一口气，深深地吸了一口手中的雪茄，然后缓缓吐出一个个的烟圈，将整个书房熏得烟雾袅袅。

这时，书房门被打开，贺雷鸣端着一杯参茶走了进来。半年前，他也跟着慕宏业一同来到了美国。

"董事长，时候不早了，少抽点烟吧！喝杯参茶安安神。"说着，他将手中的参茶放到书桌上。

"看到枫儿这个样子，我怎么能安神？"

"少爷只不过是一时的逆反心理，相信时间久了，他会慢慢忘记桑夏小姐的。"贺雷鸣急忙安慰。

"我就怕他一时忘记不了那个孩子，而且现在天天沉迷酒色，等到他真正忘记的时候，恐怕人也废了。"慕宏业十分清楚自己儿子的性格，虽然平时默不作声，可脾气却如他母亲一样，一旦认定的事情，是坚决不会改变的。就像当年，他母亲决定要离婚的时候，无论别人怎么劝说都没有用，最后甚至身无分文地带着年仅一岁的慕夜枫离开了这个家。

他本以为时间就能解决一切，但是照目前的情况看来，时间对慕夜枫来说，似乎并不能解决任何问题，而短暂的时光足以能让一个人从天堂掉入地狱。该怎么办？他现在完全毫无对策。

室内沉默了许久，贺雷鸣忽然做出一个大胆的提议。

"或许……该把真相告诉少爷。"

"什么？"慕宏业意外地反问了一句，"我好不容易将真相隐瞒，才把他带回美国，现在怎么能告诉他？"

"如果时间不能改变一切，那么……就把真相说出来。少爷现在心里对您的恨，难道会比知道真相后少一点吗？那样至少能让他明白，并不是您故意逼他们分开，只是无可奈何。"

听了贺雷鸣的分析，慕宏业犹豫了。慕夜枫现在的行为完全是在报复，阻止他出境，他就干脆自暴自弃，他是在反抗心中的不满，发泄对他这个父亲的恨意。

"你让我怎么开口？亲口告诉他我这个做父亲的在外面生了个私生女，告诉他爱上的人原来是自己的妹妹。你让他怎么承受？"慕宏业左右为难，决定只在一念之间，可后果他却无法想象，承担不起。

"这……"贺雷鸣也一时语塞了。

这时，书房门口骤然一声巨响。两人同时惊恐地回头，只见慕夜枫整个人醉醺醺地靠在门框边，双眼血红地瞪着。

慕宏业暗自一惊，不知道慕夜枫何时出现在门口的，刚才的话他又听到了多少？

慕夜枫跌跌撞撞地冲到慕宏业面前，一把按住他的肩膀，大吼："你刚刚说什么？给我说清楚。"果然，他还是听到了。

"你看看你现在像什么样子，整天喝得醉醺醺的回来，你忘记你还是个学生吗了？三天两头翘课不说，还夜不归宿，为了一个女人，你打算放弃自己了吗？"慕宏业完全一副恨铁不成钢的模样。不到万不得已，他是绝对不会说出真相的。

可慕夜枫却完全不听他任何话，一心只想弄清楚刚刚凭着醉意隐约听到的话。原本只是见书房灯还亮着，借着酒意想经过看看而已，可却没想到才刚走到门口，竟然听到这么一句令人震惊的话。他不知道是自己醉得太厉害，还是耳朵出问题了，为什么会听到这样可笑的话？难道真的只是听错了而已？

"不要跟我讲什么大道理，我只问你刚才的话。告诉我，你刚刚说了什么？"他疯了似的拼命抓着慕宏业的肩膀摇晃，慕宏业被他摇得有些头晕。

一旁的贺雷鸣见情况不妙，急忙上前阻止。

"少爷，不要这样，董事长身体不好。"

慕夜枫不管三七二十一，一甩手，硬是将贺雷鸣上前阻止的手给推开了。

"身体不好？既然知道身体不好就该安分点养病，为什么要管我的事情？我早就跟你说过，从我踏进慕家大门的那一刻起，就没有求你养我。"慕夜枫的言辞逐渐变得激烈，酒意似乎也醒了大半。

"你……"慕宏业顿时被他的话气得无言以对，一手按住胸口，脸色开始变得苍白。

贺雷鸣也跟着紧张起来，慕宏业心脏病发已经不止一次，医生叮嘱过要保持平和的心情，眼见慕夜枫过着这种纸醉金迷的日子，时刻刺激着慕宏业的心脏，再这样下去，恐怕慕宏业的病情会加速恶化。

"少爷，就当我求求你，别再刺激董事长了。"他虽然是慕家的一个下人，慕氏集团的一个员工，可跟随慕宏业多年，两人的关系早已超出了主仆之情，平时就像兄弟一般，无话不说。如今看到慕宏业为了慕夜枫，身体一天比一天不济，不禁让他感到担心。

"求我？哈哈……当初我求他的时候，他是怎么对我的？"慕夜枫突然大笑起来，眼里竟闪动着晶莹的泪光。那种痛苦，看了让人揪心。

被强制带到机场的时候，他曾经苦苦哀求慕宏业，再给他一天的时间去找桑夏问清楚，可是慕宏业却没有给他这个机会，将他强行押上飞机，就连手机也一并没收了，从那以后，他与桑夏便再也没有了联络。半年来，他不断用酒精麻痹自己，阻止自己去想这件事，可最终却越来越痛苦。桑夏决然说出那句话的时候，流着泪的表情，他怎么也不能释怀。

"董事长这么做也是逼不得已……"贺雷鸣激动之下，决定把真相说出来。

慕宏业一把拽住贺雷鸣的手，拼命地摇了摇头："雷鸣，不要说了。"

"不，董事长，今天就让我把一切都说出来吧！如果不把真相说出来，我怕您会继续为少爷担心下去。"贺雷鸣像是铁了心一般，坚定地将慕宏业的手拉开。

慕夜枫看到贺雷鸣的举动，不禁皱起了眉头。莫非真的如他所想，老头子有什么事情瞒着他。

"什么迫不得已，我倒是想知道，什么事能让他迫不得已？谁有这个本事威胁名声赫赫的慕董事长？"他眯起眼，盯着贺雷鸣的眸子渐渐变得危险。这主仆俩经常联合起来做一些出人意料的事情，他已经见怪不怪了。

"因为桑夏小姐……是你同父异母的妹妹。"

"什……什么?你说什么?"慕夜枫似乎没反应过来,脑袋瞬间一片空白,愣愣地反问了一句。

"她是董事长与伊莎华的私生女,你的亲妹妹。"

"亲……亲妹妹……怎么会这样?不,不可能……她怎么可能会变成我的亲妹妹?我不相信……我一个字都不相信……你在骗我是不是?你们为了让我死心,所以才故意想出这个荒唐的说法,是不是?"慕夜枫几近疯狂地摇头否认,将矛头对准慕宏业,"告诉我,他说的都是假的,是假的对不对?她不是我妹妹,她怎么可能变成我妹妹?"

看着这样痛苦的慕夜枫,慕宏业痛心疾首,实在不忍心告诉他事情的真相。可是,有些事一旦说了,就再也不能瞒下去了。

最终,他无奈地点了点头,算是默认了。

慕夜枫震惊地倒退一步,瞳孔渐渐放大,眼神顿时变得空洞无神,视线失去了焦距。一种绝望的痛苦渐渐从眼底蔓延开来,心仿佛撕裂一般,血正在一点一滴地往下淌。这伤口,似乎永远也愈合不了了。

"兄妹……竟然是兄妹……哈哈……这真是太搞笑了。"他笑得不能自已,眼泪忍不住夺眶而出,不论他怎么擦拭都止不住。转身,他歪歪斜斜地朝门口走去。

"枫儿,你要去哪儿?"慕宏业下意识地阻止。看到儿子这样绝望的表情,他的心也跟着抽紧。全世界有那么多的人,为什么偏偏会喜欢那个孩子?难道这真的是天意吗?

"不要管我,谁都不要管我……"他挥手大吼一声,接着跌跌撞撞地跑出了门口。

慕宏业忍不住担心,便立刻对贺雷鸣说道:"快跟上去,千万不要让他做什么危险的事。"

"是，董事长。"贺雷鸣急忙紧随着慕夜枫的脚步跟了出去。事实上，就算慕宏业不说，他也准备追出去。这样的慕夜枫是他从来没有见过的，他真的很怕他会做出什么极端的行为。

拼命地跑着跑着，他不知道自己跑了多久，只有耳边呼啸的寒风冰冷刺骨，才提醒着他还是活着的人。否则，他怕连最后一丝知觉都没有了。

为什么……为什么老天会跟他开这么一个荒唐的玩笑？他竟然会喜欢上自己的亲妹妹，这辈子第一次敞开心扉真心想要爱一个人，却没想到老天在跟他开玩笑。而此刻，得知真相后的他又该怎么办？半年的痛苦，却换来无法改变的事实，到底他的心中还能存有希望吗？他是不是该坦然接受这个事实？

那么桑夏呢？她知道真相了吗？当她知道真相后，会是什么样的反应？从此以后，他和她将不会再有交集，永远也不可能在一起了。她会像他一样心痛，不，她应该会比他更心痛，她是那么死心塌地地喜欢他，知道真相后，她该如何承受。

想到这里，他的脚步忽然逐渐停了下来。身后的不远处一直有脚步在跟着，他早已发现。此时，他停下脚步转身，漠然等待身后的人跟上来。

贺雷鸣带了两名保镖跑得上气不接下气，好不容易见慕夜枫的脚步停下了，终于可以松一口气了。天知道他这辈子没跑得这么快过。

"少爷，你千万要想开点，不要做傻事。董事长经不起刺激的呀！"

"告诉我，桑夏知不知道这件事？"他面无表情地盯着贺雷鸣的脸,眼神变得幽深而不可测。不禁让贺雷鸣惊了惊,于是赶紧把全部的实情都说了出来。

"是的,在那天的枫树林接了董事长的电话后,她就知道了。"既然已经说出了真相,那就索性把全都的事情都说出来吧。

听了贺雷鸣的话,慕夜枫闭上眼仰起头,朝天空深呼吸了一下。果然,她已经知道了。难怪那天在枫树林,桑夏流着泪跟他说分手,想起她痛苦的表情,他顿时恍然大悟。其实桑夏是因为知道了真相,所以才会硬逼着自己提出分手,而他却不知道她那时有多痛苦。

"你们怎么能这么残忍?她是无辜的,竟然逼着她跟我分手,你们有没有想过她的感受?"

"少爷,董事长这么做也是迫不得已。一切都是伊莎华设的局,是她利用桑夏小姐的身世来要挟董事长,让她成为慕氏集团女主人,董事长为了保护慕氏集团,保护你不受到伤害,所以只要牺牲桑夏小姐了。"

"牺牲?哼哼……"慕夜枫忽然冷笑起来,眼底明显的嘲讽之意,"他怎么不牺牲他的慕氏集团,而是牺牲自己的亲生女儿。"

贺雷鸣无言以对。对于慕夜枫的口才,他是深有体会的。凡是慕夜枫准备钻牛角尖的事情,通常情况下都没有好结果。

"给我一部手机。"

"手……手机?要做什么?"

"难道到了这个时候,你还需要限制我吗?"真相都已经解开,他和桑夏是兄妹关系已成事实,到了这个时侯,他还有什么可挽回呢?唯一能做的只有打个电话问一下桑夏情况。

贺雷鸣的脸色僵了僵,立刻从口袋里掏出自己的手机递给慕夜枫。

慕夜枫接过手机，按下第一个号码后，却突然犹豫了。打了电话又能怎么样？他该说什么，该问什么？事到如今，他还能有什么奢望？难道真要可笑到打个电话过去认妹妹吗？那将会带给彼此又一次深深的痛苦。

算了，他不能再执拗下去了。既然命中注定，他只能学会放弃。不能让彼此继续痛苦下去，毕竟未来还会有见面的机会。或许真的要靠时间来冲淡一切，希望再见面的时候，他能够让自己笑着跟她打招呼。

最终，他还是放弃了拨电话。

"怎么不打了？"贺雷鸣疑惑地问道。

"打了会有什么改变吗？"既是注定的事实，他不得不接受这个命运。

看到如此的慕夜枫，贺雷鸣忍不住叹了口气。世界上的事情谁能预料呢？明明爱得刻骨铭心，最后却发现爱错了人。那种痛苦，他也曾体会过。伊莎华，她究竟是一个怎么样的女人？到底是他的年少无知，还是她太工于心计。此刻，他是不是真的该恨她。

"既然是兄妹，我想问候一下也算平常。"

"兄妹？呵！什么兄妹，她的生日分明比我大。"他似笑非笑地将手机丢给贺雷鸣，紧接着转身落寞地离去。

看着那孤单萧索的背影逐渐消失在黑暗中，贺雷鸣这才反应过来。只因为刚刚慕夜枫说的那句话让他的大脑一时之间纠结了。

慕夜枫刚才分明说了桑夏的生日比他大，可当年伊莎华拿着验孕报告来找慕宏业的时候，董事长夫人早已怀了三个月的身孕，所以理所当然的，慕夜枫的生日理应比桑夏大才对。难道这其中有什么不对劲的地方吗？

贺雷鸣越想越觉得不对劲，于是也顾不得慕夜枫此刻跑去了哪里，匆匆地命令两个保镖继续跟着慕夜枫。而他自己则急急忙忙地转身跑了回去。

"你和枫儿不能在一起，因为我是你的亲生父亲。你母亲从一开始就在利用你，怂恿你和枫儿相恋，以此来报复我当年抛弃她的仇恨……"

"啊……不要……不要……"随着一阵惊叫声，桑夏满头大汗地从梦中惊醒。又想起这件事了！这半年来，她努力逼自己不去想这件事，可白天努力控制着，却在晚上全都爆发了。好多次，她都在睡梦中被这样惊醒，当时慕宏业在电话里跟她讲的话，至今还在脑海深处徘徊不定，几乎每天每夜侵扰着她。

她也曾经不断地骗自己，这不是真的，这只是慕宏业为了阻止她和慕夜枫在一起而编出来的理由，她不该相信的。可是……母亲的表情已经彻底告诉了她，这都是真的，她和慕夜枫真的拥有同一个父亲。

真是可笑，他们是在上演现实版的《冬日恋歌》吗？兄妹相恋注定没有好结局。

窗外的天色蒙蒙亮，桑夏缩在墙角，用尽所有力气紧紧抱住自己的膝盖，泪水再一次蒙眬了双眼。为什么？为什么会遇到这种可笑的结局？她好不容易才能跟他在一起，为什么又不得不分开？

她不知道自己这样待了多久，直到床头的闹铃响起，才把她的思绪拉了回来。又是新的一天，新的煎熬。

机械式地起床,刷牙,洗脸,然后走出房间。餐厅的桌子上早已准备好了热气腾腾的豆浆和油条,又看到了伊莎华在厨房忙碌的身影,桑夏只是淡淡地瞥了一眼,脸上的表情没有任何波动。

从那天她们大吵一架后,伊莎华便推掉了所有的工作,天天在家做起了家庭主妇,而她却再也没有与她讲过一句话。现在想想,还是她太天真。从小就被母亲冷漠对待惯了,又怎么会突然之间关心起来呢?原来,关心的背后竟然藏着这样惊天的大阴谋。

她早就该明白,母亲是一个为了达到目的而不择手段的人,即便是自己的女儿,也会毫不犹豫地当作棋子。

"宝贝,起床啦!赶快来吃早餐,妈妈刚刚做好的,还热着呢!"伊莎华见桑夏从房间出来,于是笑眯眯地从厨房迎了出来。

桑夏默不作声地走到餐桌旁,顺手端起豆浆喝了两口,接着拿起一根油条就走人了。没有多余的表情和话语,就像是报复一般,她始终冷漠以对。

伊莎华的笑容僵在唇边,看着桑夏依旧冷漠的表情,她终于忍不住发了脾气,将手中的盘子重重地丢在餐桌上。

"半年了,你到底还想怎么样?我为了弥补你,推掉所有工作回来照顾你,你却每天摆着一张脸给我看,就算是天大的错误,我始终还是你母亲。"以伊莎华的个性,隐忍了半年之久,真的是不容易了。若不是她理亏在先,觉得对不起桑夏,她说什么也不会让自己屈尊降贵,天天在家里烧菜做饭,有损她的明星气质。

母亲?听到这两个字,桑夏的眼神闪烁了一下,嘴角浮现一丝嘲讽的微笑。就连她自己也不曾发现,不知道什么时候开始,她的脸上也会出现像慕夜枫一样不羁的表情。

脚步停了片刻,她却还是没有回头,"我没求你做任何事。"淡淡地吐出一句冰冷的话,她快步走出了门口。

这是半年来,她第一次开口跟她说话。说出去也许不会有人相信,曾经那个整天扬着灿烂笑脸、善解人意的伊桑夏似乎在一夜之间消失了。而现在的桑夏只是一张躯壳而已,身边没有了慕夜枫,她就像行尸走肉一般,完全没有了思想。

看着桑夏落寞的背影,伊莎华再也发不出脾气来了。她自觉从小亏欠桑夏太多,所幸这孩子乐观知足,所以她从来没有投入过多的精力去关心桑夏。而如今,她为了一己之私将桑夏推入万劫不复的地狱,换作她,也不会轻易原谅。

也许她不该强求太多,一切都是命中注定。本以为能用桑夏作为要挟的理由,逼慕宏业就范。可却没想到事情会突然扭转,不但没有报复慕宏业,反而让桑夏受了伤害。当桑夏满脸泪水,用仇恨的目光盯着她的时候,她才突然发现自己有多自私。因为自己的自私,而让无辜的桑夏受伤害。

"人一旦做错了事,就永远也弥补不了了吗?"伊莎华对着空无一人的大门口,愣愣地吐出一句话。

这时,门口忽然响起一个声音:"你要是能体会这句话,或许今天的这一切就不会发生。"话落,只见贺雷鸣突兀的身影出现在大门口。

伊莎华意外地皱起眉头,开始猜测他突然造访的目的。慕宏业在半年前就在Z城消失了,她知道他是为了隐瞒慕夜枫真相,索性将全家都带去了美国。

"你来干什么?"她双手环胸,斜睨着贺雷鸣。

"自然是有重要的事情才会来找你。"贺雷鸣神情自若地进门,脸上丝毫不见当初的紧张与担心,仿佛胜券在握。

"怎么?慕宏业在美国躲了半年,现在又突然回来了?难道他不怕被慕夜枫知道真相吗?"她可是等这一天等很久了。

贺雷鸣闻言,轻笑了一声,看样子根本没把伊莎华的威胁放在眼里。

"少爷已经知道真相了。"

"什么?"伊莎华有点晃神,似乎不敢相信自己所听到的事实。慕宏业一心想隐瞒的真相,甚至不惜伤害桑夏而换来的秘密,怎么可能自己将它捅破?

"正如你当初所说,将他和桑夏分开并不比知道真相的痛苦少。既然这样,我们何不诚实面对。纸包不住火,真相终有一天会解开,与其被你拿来当作利用的筹码,不如早点说出来,岂不是更好?"

"不,不可能。慕宏业冒不起这个险,他绝对不会说出来的。"伊莎华不可置信地摇了摇头。以她对慕宏业的了解,他绝对不会冒着伤害儿子的危险而主动说出真相,因为他从来不打没把握的仗。

"你说得没错,董事长冒不起这个险,因为他太担心少爷了,所以真相是我说出来的。"

"原来是你。所以你今天来这里想干什么?来炫耀你的聪明吗?"伊莎华一脸轻蔑地扯了扯嘴角。

贺雷鸣眯起眼,眼神复杂地盯着伊莎华的脸。她还是如当年一样如此轻蔑他,只因为他是一名小小的管家,满足不了她的欲望,所以才会肆意将他的感情踩在脚底下践踏。

"炫耀?在你面前,我有什么可值得炫耀的吗?"他冷笑了一声,嘴角扬起一抹自嘲的微笑。

似曾相识的一句话让伊莎华的脸色紧了紧,忽然意识到贺雷鸣的眼神别有深意,顿时心脏猛烈地撞击了一下,曾经,她也对他说过同样的话,只因为当年这个不知天高地厚的小管家竟然妄想得到她的青睐。所以她犀利地丢下一句"在我面前,你有什么值得炫耀的",就这么赤裸裸地捅到了他的伤口。

"咯咯……过去的事最好别在我面前提起。"

"呵!我从来都不想提起,今天来这里是为了桑夏的事情。"或许在十八年前,当伊莎华拿着验孕报告出现在慕家的时候,他早已对她死心,而现在,他对伊莎华除了恨便再无其他。

"桑夏?莫非慕宏业良心发现,突然想来安慰一下被他伤害的亲生女儿吗?"伊莎华一脸的嘲讽。

"你错了,伤害桑夏的人是你,不是董事长。是你不顾桑夏的感受,利用她和少爷的感情来威胁董事长,今天的一切都是你造成的。"

"哼哼!就算是我利用了自己的女儿,那又怎么样?如果不是当年慕宏业抛弃我,桑夏又怎么会变成没有父亲的孩子?他明明知道我怀孕了,却置之不理,以为丢下一百万就能推卸一切责任了吗?"

贺雷鸣暗自冷笑,不就是嫌一百万满足不了欲望吗?连自己的女儿都可以利用的人,在这里装什么清高。

"董事长没想过要推卸责任,只不过你要的东西她给不起而已。我今天来就是要告诉你,董事长已经同意让桑夏小姐进入慕家,所以请你将桑夏的出生证明拿给我,要去登记户籍。"

一听到"出生证明"四个字,伊莎华的脸色明显地僵了僵,眼底闪过一丝慌乱。

"这个……出生证明都那么久的事情了,我们又经常搬家,谁还记得在哪里?"

"是吗?"贺雷鸣挑了挑眉,故作为难地皱起眉头,"这倒是个麻烦,没有出生证明,怎么入户呢?"

"哼!慕宏业现在才想到要弥补桑夏吗?既然没有出生证明,那就免了,我也不稀罕。"伊莎华正好借机拒绝桑夏入户慕家的事情。

"不用出生证明也没关系,只要让桑夏小姐与我们董事长配对一下DNA,有了DNA报告单,自然也能成为入户的证明了。"

"D……DNA?验什么DNA,难道他怀疑桑夏不是他亲生女儿吗?"

"这不是怀疑不怀疑的问题,而是程序上的问题。"

"什么程序不程序的,我还没同意让桑夏入籍慕家,你们凭什么自作主张。"伊莎华的神色渐渐开始变得紧张。

贺雷鸣眯着眼,暗自观察着伊莎华的表情,此刻,他更加可以确定,伊莎华心里有鬼,桑夏十有八九不是慕宏业的女儿。

"伊莎华,你到现在还不想承认吗?"他不想再跟她耗下去,选择直接摊牌。

"承认什么?你什么意思?"伊莎华眼神闪烁,神色慌张。

"桑夏根本不是董事长亲生的。"

贺雷鸣的一句话终于让伊莎华顿时瞪大了眼睛。怎么可能?她隐瞒了十八年的秘密怎么可能会被他们知道?不,不可能,她不能让这个秘密泄露,否则她就会失去桑夏。

"你凭什么说桑夏不是慕宏业亲生的,当年我到慕家找他的时候,清清楚楚地给他看了验孕报告,当时你也在场,难道你忘了吗？"

事到如今，她还在垂死挣扎。贺雷鸣无奈地摇了摇头，或许当年他真的是看错她了。不，应该说是他和慕宏业都被她外表的假象所迷惑，才会同时倾心于她。而现在看来，他比慕宏业幸运，至少伊莎华缠上的人不是他。

"现在什么都可以作假，验孕报告也不例外。伊莎华，别再妄想狡辩，在这之前，我就已经调查清楚了。当年在C城的所有医院中，并没有桑夏的出生记录，你还是老实承认吧，桑夏究竟是你跟哪个男人生的孩子？"

"哈哈……贺雷鸣，你没资格问我任何问题，慕宏业想知道真相，就让他亲自来找我。否则，我什么都不会承认。"既然贺雷鸣已经将当年的事情调查得一清二楚，想否认已经是不可能的事了，那么，伊莎华索性来了个死不认账，抵死不承认。对于贺雷鸣，她还是有办法对付的。

原以为丢出这句话就能堵住贺雷鸣的嘴，让他乖乖回去，却没想到让她出乎意料的事情发生了。门口再次响起一个熟悉的声音："不用说了，我已经来了。有什么话，咱们今天一次性说清楚。"

话音一落，只见慕宏业矫健的身躯出现在大门处，跟在他身后的竟是慕夜枫。看来今天他们是有备而来，伊莎华暗呼不妙。

天气似乎渐渐热起来了，一转眼又是一年的夏天到了。桑夏独自一人走在学校的松柏大道上，回味着一年前的点点滴滴。一样茂密的绿荫，一样清新的空气，一切都是那么的熟悉而自然，只是身边少了些什么，半年了，她还是不习惯这样的孤独和安静。在世界另一头的他，是不是也在追忆着曾经属于他们的美好时光。

"枫,你过得好吗?"她忍不住再一次自言自语地问道。

半年前,学校宣布了慕夜枫休学的消息,当时学校的同学都跑来问她这个名正言顺的女朋友,究竟发生了什么事。可她却说不出半个字,对于这样突然的变化,连她自己也接受不了,又怎么能对别人说。

于是她所有的问题都一概沉默,久而久之,学校的流言四起。说是慕夜枫喜新厌旧甩了桑夏,为了躲避桑夏的纠缠才会提出休学的。

在桑夏拒绝回答任何问题的情况下,学校里会传出这样的消息纯属正常,毕竟她和慕夜枫现在的状况,与分手又有什么两样。严格说起来,当初在枫树林的山坡上,她确实向慕夜枫提出了分手。

流言毕竟只是流言,它只能流行一段时间,等时间久了,自然而然地成了过去,而她和他也注定了结局。

即使这样的结局已经注定,即使他和她再也不会有交集,但是,人的感情怎么可能像弹簧一样收缩自如。有一本书上说过,爱上一个人只需要一秒钟,而忘记一个人却需要一生的时间。直到现在,她才真正体会了这句话的含义。确实如此,忘记一个人有多痛苦,她比谁都清楚。如果可以,她绝对不会选择忘记。可他,却是她不得不忘记的人。

人生有时候就像一场赌局,谁也不知道最终的结局是什么,但是不论结局是痛苦还是开心,每个人都必须面对,谁也逃不掉、躲不了。

清脆悦耳的手机铃声突然响了起来,打断了桑夏的思绪。她下意识地从口袋掏出手机,看了一眼屏幕,顿时愣住了。

好久不见却又难以忘记的一串号码,电话真是慕夜枫打来的。半年了,这是他第一次打电话过来。可是他明明去了美国,怎么有机会打电话给她呢?难道……他从美国回来了吗?

手心颤抖着,心中一再犹豫该不该接这个电话。接了又能怎么样?一样改变不了什么,只是给彼此多增添一道伤痛而已。

铃声持续响着,她终究狠不下心拒绝慕夜枫的电话。于是,按下接听键。电话那头立刻传来了慕夜枫熟悉的声音,她突然鼻子一酸,竟说不出半个字来。

只是听到他的声音,就让她的心脏骤然抽紧,几乎无法呼吸。才明白,她对他的思念比想象中更加深切。

半晌之后,她终于整理好了情绪,轻声开口:"枫,你过得好吗?"她尽量让自己的心情表现得很平静,只是为了不让他看出来。

电话那头顿了顿,似乎在压抑情绪,慕夜枫的语气也带着点哽咽:"我不好,一点都不好,你应该知道才对。"

听到他抱怨似的回答,桑夏的泪水终于决堤,肆无忌惮地滑落脸庞。她知道他过得不好,面对她突然提出的分手,又被父亲强制带到了美国,行动受到了限制,换作任何人都不会好过。所幸的是他熬过来了,他依旧能给她打电话。

"可是……我们不能在一起,永远不能了。"

"不,我们可以在一起。今天我就是要告诉你一件事,你不是我父亲的女儿,我们并没有血缘关系。"慕夜枫将扭转的真相说了出来。

桑夏震惊地瞪大眼睛,不禁怀疑自己的耳朵是不是出了问题。电话那头是慕夜枫没错,他绝对不会骗她。如果她现在的耳朵没有问题,那么她听到的就是事实。他和她……没有血缘关系，所以他们可以在一起。

"这是……真的吗？"她还是有点不可思议，感觉这就像是戏剧一样。

"是真的，不会有错。你在学校吗？"

她"嗯"了一声，慕夜枫迫不及待地叮嘱："待在学校，哪儿都不要去，我马上过去找你。"

桑夏还未来得及反应过来，慕夜枫早已搁下了电话。愣愣地抬起头，望着郁郁苍苍的松叶间影射而下的细碎阳光，她忽然有些晃神。现在是真实的白天吧！她确定自己没有在做梦。慕夜枫叫她待在学校，哪儿也不要去，他马上过来找她。

半年来日夜渴望见到的脸终于要出现了吗？一瞬间，她忽然感觉空气中渐渐弥漫着醉人的芳香，让人忍不住心情大好。

他和她不是兄妹，太好了，太好了！

桑夏忍不住心中的喜悦，情不自禁地叫了起来，脸上的阴霾一扫而空，取而代之的是她掩饰不了的兴奋。

只可惜，人生往往有许多事就是那么的巧合，正所谓乐极生悲，也许就是因为这个道理。人在极度喜悦的情况下，通常会发生不好的事情。

正当桑夏一脸喜悦地往教室方向走去的时候，却不料迎面走来一个女生。这个女生她并不认识，可却有一张让她似曾相识的脸。

女生走到她面前停了下来，并主动开了口："你就是伊桑夏吗？"

桑夏不明所以地点了点头，努力在脑海里搜索这张脸。

"如果你还没忘记安以枫，就马上跟我走。"女生绷着一张脸，没有多余的表情，像是在交代事情一般，说完便转头走了，似乎料定桑夏会跟上去。

听到"安以枫"三个字,桑夏瞬间想起来了。难怪这张脸似曾相识,原来这个女生就是当初安以枫提出分手的时候,用手机传给她看的照片。就是因为喜欢上了这个女生,所以他才会向她提出了分手。

可是时隔一年,这个女生为什么会突然出现?她刚刚说的话更是莫名其妙。慕夜枫刚刚才打来过电话,而她现在的话又是什么意思?

"等一下!"桑夏急忙上前叫住那个女生,"我不懂你在说什么?而且枫刚刚才和我通过电话。"

"你说什么?伊桑夏,你的脑子没出什么问题吧!安以枫已经躺在医院半年了,请问他怎么给你打电话?"

"医院?怎……怎么可能?半年前他明明在美国啊!"桑夏听得越来越糊涂。

从一开始,那个女生就对桑夏存着些许的敌意,而此刻愈加显得不耐烦了。

"我不知道你是在装傻还是失忆,总之,安以枫现在正躺在医院,生命垂危,可他却一直喊着你的名字。如果你还有点良知的话,就跟我去医院一趟。"

听到"生命垂危"四个字,桑夏震惊了。这个女生说的话虽然有些莫名其妙,可看她的表情不像是说谎。难道其中有什么误会吗?不管是真是假,她都不该拿安以枫的生命开玩笑。

"我跟你去。"她要搞清楚这个女生说的话到底是真是假。

此刻,桑夏显然忘记了慕夜枫正在赶来的途中。那个女生开了一辆红色的宝马车,看起来十分有钱。桑夏跟着她上车,聊了几句后才知道她的名字叫贝司晨,是安以枫的初中同学,难怪桑夏从来没有见过她。

车子驶离校园后,在红绿灯口正好与慕夜枫的保时捷跑车擦身而过。只可惜,两人都没有看到对方。

贝司晨驾了好几小时的车,终于到达了C城。时隔一年,再次踏进这座城市,顿时有一种久违的感觉。

车子进了C城后,没多久就到达了第一人民医院。桑夏越来越心慌,深怕贝司晨所说的全都是真的。直到车子在医院门口停下后,她还没搞清楚怎么回事。

正在这个时侯,手机铃声忽然又响了起来。桑夏迫不及待地掏出手机,一看是慕夜枫打来的,立刻兴奋地将手机举到贝司晨面前。

"你快看,是枫打来的,我没有骗你,真的是他打来的。"

贝司晨侧头斜了一眼手机屏幕,嘴角浮起一道不屑的弧线,说:"慕夜枫?哼!原来你的新任男朋友也有一个枫字,难怪!"

桑夏闻言急忙解释:"他就是枫,他就是安以枫,慕夜枫是他现在的名字。"

"得了吧,你想说明什么?说明你从来没有忘记安以枫吗?如果没忘记他,为什么这一年来你从来没有来看过他?他现在就躺在医院里面,你什么也不用多说,见了他就知道了。"贝司晨说着将桑夏的手机夺了过来,毫不犹豫地按下了关机键。

随后,桑夏愣愣地跟着她进了医院。

电梯到达十层住院部,出了电梯左拐,"癌症区"三个触目的大字陡然映入眼帘。桑夏的心脏猛然一震,脚底升起了莫名的心慌。

贝司晨头也不回地一直走,一直走到走廊的尽头才停下脚步。脚步转了个方向，她面向一个病房门站定。

桑夏的脚步开始变得沉重，仿佛有千斤的重量，每一步都那么费力。病房门虚掩着，从门缝里望进去，她终于看到了一个熟悉的背影。

伸手，微微颤抖着的五指抵住门板，门分明没有关紧，而桑夏却似乎用尽了全身的力气才将这扇门推了进去。

这是一件独立的单人病房，病房内光线明亮，阳光充足，很利于养病。玻璃窗前的轮椅上，坐着一个纤瘦的背影，戴着白色的帽子，穿着白色的病服，在阳光的照耀下泛着白光，仿佛等待升天的天使。

桑夏艰难地挪动脚步，一步一步地向轮椅上的背影靠近。轮椅上的人似乎也察觉到了病房内有人进入，却没有回头，只是轻轻地开口："我以为你今天不会来了。"

熟悉的声音响起，桑夏的脚步一怔，眉头开始紧锁，她艰难地从嘴里吐出一个字："枫！"

轮椅上的背影突然全身猛烈的一怔，背脊明显地僵直了。半响后，他才缓缓转过头。刻骨铭心的脸终于进入了她的视线，这一刻，桑夏再也忍不住泪水夺眶而出。

她竟然错得这么离谱，还以为重新找回了爱情，却没想到只是认错了人，一直把自己的感情强加给了另一个完全不同的人，而不知道真正的安以枫竟然在医院躺了半年。

"枫，为什么……为什么你会在这里？究竟发生了什么事？"她不顾一切地冲过去扑进他的怀里，决堤的泪水肆无忌惮地滑落。

安以枫只是默不作声，静静地看着桑夏哭得不能自已，他的脸上除了最先闪过的一丝惊讶后，便再也没有任何多余的表情。

"如果我没记错的话,我们在一年前就已经分手了。"他的声音平静得听不出一丝情绪,仿佛是在对一个陌生人讲话。

安以枫的言下之意就是提醒桑夏现在他和她已经没有任何关系了,她不应该也没有理由这样抱着别人的男朋友。因为一年前分手的那天,他亲手将司晨的照片发给了桑夏,她应该清楚现在他并不是单身。

桑夏闻言全身僵直,不得不离开安以枫的怀抱。只是她不会就这么放弃,今天一定要搞清楚事情的真相。

"枫,究竟发生了什么事?你告诉我,我不想被蒙在鼓里,求你把真相告诉我好不好?"她还是扯着安以枫的胳膊不肯放手。

"伊桑夏,当着别人的面纠缠别人的男朋友,不觉得很没修养吗?"

安以枫的话一落,桑夏这才想起门口还有一个贝司晨。于是她下意识地转头望了过去,只见贝司晨双手环胸正目不转睛地盯着他们看。

桑夏讪讪地缩了手,一脸的窘迫。

此时,站在门口的贝司晨才不紧不慢地走了进来。

"以枫,不要再欺骗自己了。"

"司晨,我们说好的,为什么要突然变卦?"安以枫眯了眯眼睛,有些烦躁地看着贝司晨。

"我只是不想看到你再这样折磨自己了。"

"够了,把她带走,马上。我不想再看到她,一秒钟也不想。"安以枫撇过头,伸手指着门口大吼。却不料一时气急,引来一阵猛烈咳嗽。

贝司晨慌了神,立即冲上去将桑夏挤开,然后马上倒了杯水送到安以枫手上。

"你不要激动,对你的病情不好,快喝点水。"

安以枫默不作声地接过水杯,慢慢地喝了下去。紧接着,贝司晨又伸手拍着安以枫的背,果然,没多久咳嗽声就渐渐平息了。

桑夏站在房间中央,就这么愣愣地看着贝司晨照顾安以枫。可是明明她才是照顾安以枫的最佳人选,为什么会变成这样?

"把她带走。"安以枫执意要求贝司晨将桑夏带走。

贝司晨为了安以枫的病情着想,所以只好先将桑夏带离了病房。

病房外的走廊上,贝司晨将所有事情都说了出来。桑夏这才明白,一年前,安以枫是带着怎样的心情向她提出了分手。

"身为他女朋友的你为什么从来没有察觉他的身体状况?当他提出分手后,你只会哭着离开吧!"

"是我不够坚持,如果当初能留下来继续找他,就不会变成现在这样。都是我的错,我好失败好失败!"此时的桑夏早已泪流满面,哭得不能自已。

她真的好失败好失败,曾经好几次明明发现安以枫昏倒出血现象,可她却只是问了一下并没有去关心。而当安以枫提出分手之后,虽然她曾找他很久,可最终却只是懦弱地离开。如果当时她够坚强,一定会继续找下去。只是那时候的她,懦弱没主见,母亲一声令下,她不得不乖乖离开这个城市。

贝司晨一直冷眼旁观,看到桑夏痛彻心扉的模样,终于忍不住动容了。也许是她一直误解了桑夏,还以为桑夏另结新欢,早已把安以枫忘记了。

"现在说什么都晚了,医生说他最多只剩下一个月的生命,现在的他只是在等待生命结束的那一刻而已。如果不是这样，我也不会大费周章地带你过来。你知不知道，他每天晚上在睡梦中总是会不停地叫着你的名字。虽然他一直逼自己不提起你，可我看得出来，他从来都没有忘记你。"

桑夏一手扶着栏杆，泪眼蒙眬地问道："枫究竟得了什么病？为什么治不好？"

"血癌。也就是俗话说的白血病。我想你应该听说过这种病的严重性，如果没有合适的骨髓进行移植，那么只有安静地等待死亡的降临。"

"那就快去找合适的骨髓啊！"

贝司晨扯了扯嘴角，无语地瞥了她一眼。真是单纯得无可救药，就连最基本的医学常识都不知道。真是不明白她到底有哪一点吸引了安以枫，让他全心全意地爱着她，就算临死的时候也忘不掉她。

"以枫是孤儿，找到亲人进行骨髓配对的概率几乎是零，而要在全世界寻找跟他骨髓相同的人，你认为这种概率有多少？如果能找到合适的骨髓，我早就为他安排移植手术了，还用等到现在吗？"

听贝司晨这么一说，桑夏这才领悟过来。原来是她多此一举了，她能想到的，贝司晨一定早就想到了。

一个月……真的只有一个月了吗？为什么她没有早点发现他的病？这样的话，至少过去的一年，她会寸步不离地守在他身边。

"只剩下一个月的时间了吗？"

贝司晨沉默地点了点头，这个时候，无论谁都说不出话来了。

"那么，我可以照顾他吗？最后一个月……请让我来照顾他。"如果一切都无法挽回，那么至少在最后一个月中，让她能弥补以前错过的时光。

看着桑夏坚定而悲伤的眼神，贝司晨终于开口同意了。

"好吧，只要你能说服以枫，我没有意见。"

"好！我会说服他，我一定会说服他。"说着，只见桑夏急忙转身，匆匆地向病房跑了进去。

看着她瘦小的背影，贝司晨无奈地叹了口气。

"如果你能说服他就好了。"

第十一章　陷入痛苦的深渊

"砰！"病房内传出一声巨响，桑夏手中的杯子被安以枫冷漠地推开，不慎掉到了地上，玻璃碎了一地。

桑夏无奈地看着地上的玻璃碎片，嘟了嘟嘴弯身去捡。纤细的手指触碰着锋利的玻璃碎片，一不小心便划破了口子，鲜血瞬间溢了出来。她皱起眉头，"嘶"了一声，赶紧将手指含在嘴里。

他分明看到了她手指上的那抹鲜红，却选择无视，狠狠地丢出一句话，"出去！我不想看到你。"表情冷漠到连他自己都难以置信。

"不要生气哦，生气对你的病情不好。"她扬起微笑，一点也不觉得生气，好像他这样的话已经听习惯了。这几天，他都是这么冷漠地对她，一心想把她赶走。不过这回她可是下定了决心，无论他说什么难听的话，都无济于事。她不想错过再多了。

安以枫烦躁地皱起眉，对桑夏真是无可奈何。他深知她倔强的个性不是那么容易打倒的，当初若不是他躲起来不见她，说不定她就会缠着他不放。

"不想看到我早点死掉的话，你马上离开。"

桑夏把地上的玻璃碎片捡起，丢进垃圾桶，接着走到安以枫身边，二话不说地从背后抱住他。安以枫浑身一震，就连呼吸也变得凌乱。

"枫，我什么都知道了，司晨都告诉我了。你是怕你离开之后我会伤心，所以才早早地提出了分手。可是……难道你不知道，这样的你才最让我心痛。我不要你一直为我着想，以前的我太自私，一心只想着你要怎么对我好，却一点也没察觉你的身体状况。所以，从今天起，我要为我的以前弥补。不要赶我走，好不好？"

安以枫僵直身子，闭上眼睛，内心痛苦地挣扎着。他多么想转身将她拥入怀里，可是，如今的他只是一个等待生命结束的绝症病人，还有什么理由把她留在身边。

"你走吧！我……只是一个等死的人。"他哽咽了半天，才缓缓吐出了这句话。

"不，我不走。为什么你要推开我？就算你得了绝症，我也要留在你身边。"像是发誓一样，她抱着他的手又紧了几分。

安以枫的眉头越蹙越紧，泪水终于忍不住夺眶而出。

"我不想你看着我死去，你懂吗？如果我走了，世界上只剩下你一个人，该怎么办？我不要让我深爱的桑夏伤心痛苦，所以我宁愿把你推开，去寻找另一个幸福。"

桑夏早已泪流满面。他如此的用心良苦，为什么她到现在才明白？当他提出分手的那一刻，心有多痛，她比谁都能体会。这才发现，她居然错了整整一年。

时光不会倒流，如果她再不珍惜眼前，那就太辜负安以枫的一片真心了。

"你这个大笨蛋，以为把我推开，我就会幸福吗？"

"桑夏,你为什么还是像以前一样固执?为什么不听我的话?你说过什么都会听我的,为什么这一次不听话了?"他转过身,用尽全身的力气,伸手擦去她满脸的泪水。

"如果待在你身边,我就会听你的话。"言下之意就是无论如何他都不能将她推开。

他抬起头,就这么直直地看着她。脸上说不出是什么表情,只是眼神渐渐地柔化了。

有时候命运就是爱开玩笑,所有计划好的事情都会发生变化,他明明已经平复的心情再度因为桑夏的出现而起伏。明明一心只想等死的人,再度生起了求生的欲望。世界上没有绝对的事情,只要怀有希望,就会有奇迹出现。哪怕只剩下一个月的时间。

医生每天都会定时检查病房,观察安以枫的病情。桑夏也从那天起开始尽心地照顾安以枫的饮食起居,贝司晨依旧每天会来医院报到,只是停留的时间少了。

安以枫这几天的心情开朗了许多,也许是主观意识吧,桑夏感觉他的脸色似乎变得红润起来了。医生过来检查病房的时候,桑夏便立刻反映了这个情况。

"医生,他这几天的气色似乎好了许多。"桑夏追随医生走到病房外,因为有些话不能让安以枫听到。

医生认同地点了点头,道:"嗯,也许是受心情的影响,继续让他保持这样的心情,或许会延长生命也说不定。"

桑夏听了十分高兴,保持乐观开朗的心情能延长生命,她会继续努力的。不过这么下去也不是办法,虽然医生已经宣判了"死刑",但她还是抱有一丝希望,希望在最后的时间里能找到匹配的骨髓进行移植。

"医生,真的没有其他办法可以治疗了吗?"

"血癌除了骨髓移植,目前没有任何办法。"医生遗憾地摇了摇头,"而且病人的血型比较特殊,所以很难找到合适的骨髓,除非能找到他的亲人,或许还有一线希望。"

医生的话硬生生地将桑夏的希望又打灭了一半。安以枫是孤儿,那么多年了,怎么找他的亲人?

桑夏愁眉不展地回到病房,安以枫一眼便看出了她的异样。

"不要为了我的病情愁眉不展,这样我会心疼的,知道吗?"

"以前从来都是跟着你一起恨抛弃你的家人,可是现在,我真的好希望这个时侯你的家人能突然出现。"她委屈地走到床边,坐下。

看着桑夏委屈的模样,安以枫忍不住笑了笑。真是皇帝不急太监急,她好像整天都在为他的病而奔波。

"傻瓜!这都是命中注定的,我们不能强求什么。我从来都没有想过我的家人会突然出现,就算只剩下一个月的生命,只要有你陪着我,我就没有遗憾了。"说着,他宠溺地摸了摸她的脸,一把将她拥入怀中,紧紧地抱着她,像是要把这种感觉牢牢地记住。

桑夏一动不动地任由他抱着,这些天,他似乎很喜欢这样抱着她。这种感觉熟悉而自然,就像是生活中的一部分,她已经成了习惯。没有多余的表情和悸动,只是亲切而温馨。

正在这个时候,窗外忽然传来一阵闷雷,临近夏天的天气说变就变。桑夏莫名地被吓了一跳,于是赶紧起身准备出去关窗户,以免安以枫受凉。只是,在转身的一刹那,忽然瞥见了门口一道刻骨铭心的身影。

她整个人顿时愣在了那里，说不出一个字来。

那个消瘦的身影立在那里，一动不动，像雕塑一般。只有一双乌黑而深不见底的眸子闪动着一丝光泽，证明他刚刚所看到的一切都是真实的。

若不是他亲眼看到，他觉得不会相信，无缘无故失踪了好几天的桑夏居然依偎在别人的怀抱。若不是他千辛万苦发疯一般地找她，或许他不会让自己难堪到这种地步，亲眼看着自己的女朋友跟别的男人卿卿我我，他的绿帽子戴大了。

他阴沉着脸，一步一步从门口走了进来，视线毫不闪避地盯着桑夏。

"你在干什么？"

"我……"面对眼前的质问，桑夏只能下意识地退后。她根本不知道如何面对这样的状况，自从找到安以枫之后，她就知道自己在不知不觉中伤害了慕夜枫。只是，她还没来得及想到如何解释，状况却发生了。

慕夜枫一脸阴冷地走到她面前，毫不犹豫地一把抓住桑夏的肩膀。

"失踪这么多天，居然是为了跑到这里陪伴另一个男人。他……"慕夜枫拧着眉头，手指指向病床的方向，转头一看，瞬间愣住了。

两张一模一样的脸对视，双方都被对方吓了一跳。这个世界上怎么可能有两张一模一样的脸？

"怎么……回事？"安以枫不可思议地盯着眼前这张跟他长得一模一样的脸，完全不敢置信地瞪大了眼睛。

慕夜枫也被安以枫的脸吓到了，现在看着他的脸，就像在照镜子一样。

这个时候，在门口等候已久的贝司晨终于走了进来。

"我刚才在医院门口看到他的时候也吓了一跳。听他在找桑夏，所以就把他带来了。以枫，也许他是你失散多年的孪生兄弟。"

听了贝司晨这么一说，桑夏也突然觉得有点可能，不然两个没有血缘关系的人为什么会长得一模一样。

"如果真是双胞胎的话，那么骨髓配对成功的概率就很大了。"贝司晨将目光移至桑夏，希望由桑夏进行说服。

桑夏犹豫地缩了缩身子，看了一眼愠怒中的慕夜枫，又看了一眼病床上的安以枫，两张一模一样的脸都呈现在她眼前，她到底该怎么抉择。

对安以枫，她除了深深的喜欢，还有深深的内疚和抱歉。如今看着他即将死去，她怎么能袖手旁观。可是她知道此刻的慕夜枫是绝然不会答应配对骨髓的，不过就算是去求，也要把握这次的机会。

下定了决定，于是她咬牙抬起头，直视慕夜枫的脸。

"可以……请你配对一下骨髓吗？他得了白血病，只剩下一个月的生命了。"

慕夜枫呆滞的眼神转移过来，回到桑夏脸上。面无表情地吐出一句话："他是你什么人？"

"……男……朋友"当着众人的面，她如实回答。只是当她看到慕夜枫眼底的黯然时，心突然猛烈地抽疼了一下，有一种窒息的感觉。

"男朋友？哈哈，那我呢？我算什么？"慕夜枫忽然笑了起来，"想要我答应你的要求吗？好，跟我走。"

他冷漠地丢下一句话，语气强悍得让人不能拒绝。甩手走出病房，他料定了她会乖乖跟上去。果不其然，桑夏真的毫不犹豫地跟了出去，脚步就像不是自己控制的一般。

"桑夏……"安以枫担心地看着她消失在门口的身影，下意识地想要阻止。虽然不知道慕夜枫和桑夏是什么关系，可是看到慕夜枫刚刚的表情，他不禁担心桑夏会受到伤害。

"让他们去吧！有些事情是需要单独解决的。"贝司晨走过去拦住了安以枫。

轰隆！一记闷雷响彻云霄，天空应声落下了豆大的雨点，仿佛在为谁而哭泣。C城第一人民医院顶楼的天台上，一个修长的背影挡在一个娇小的女生面前，男生的手准确无误地掐住了女生的脖子。

"你以为你是谁？竟敢玩弄本少爷！"他怒视着她的眸子几乎快要喷出火来，无可抑制的屈辱感涌上心头，有那么一瞬间，他真的想就这样掐死她。

他的手毫不留情地掐着她的脖子，她的呼吸渐渐急促，仿佛下一秒就会窒息。她的心痛如刀绞，泪水像断了线的珠子不断落下。是她一手将他变成天使后又亲手将他推入了地狱。她不想伤害他，可偏偏就在不经意间，将他伤得更加严重，纵然心中有千万个对不起，却永远也无法挽回了。

"对不起！"她从喉咙口艰难地滑出三个字。多么相似的情景，曾几何时，她也听到过这熟悉的三个字，可当时的她却没有体会这三个字背后的心痛与无奈。结果，她造成了无法弥补的错误。

"哈哈……"他突然仰头狂笑起来，眼角竟有液体滑落，不知是雨水还是泪水，"伊桑夏，伤害别人之后，说声对不起就可以了事了吗？你当我是幼稚园的三岁孩子吗？"

面对他肆无忌惮的控诉，她唯有默默流泪。到了这个时候，她不知道自己还能做什么才能弥补对他的伤害。也许死就是她最好的解脱……

"如果……我死了能弥补的话，那么……就这样……掐死我吧！"闭上眼，她的脸渐渐失去血色，平静而安详，仿佛是正在等待升天的灵魂。

他顿时慌了，下意识地松开手。她柔软的身子失去重心，瞬间滑落下去。他伸手将她抱起，狠狠地吻住她，直到她的脸色渐渐红润才愤然离开。

"你想一死了之，和那个垂死之人做一对同命鸳鸯吗？想都别想。听好了，本少爷可以答应你救他，但是，从今天起，你必须成为我的女人。"

他的话如同当头一棒，打得她几乎失去了知觉。言下之意，就是要让她成为他的奴隶，永远也不准离开他。

"好！我……答应你。"她艰难地从嘴里挤出一句话。

"吻我！"他残忍地下达命令，不容她任何一丝抗拒。

她僵硬地靠近他，微颤的唇贴上他的。闭上眼，泪水簌簌地往下流，就像是要下地狱一样的痛苦。他将一切看在眼里，仇恨的因子蠢蠢欲动。嘴角一斜，他扬起一丝冷酷的笑容，狠狠咬住她的唇，直到嘴里尝到了血腥的滋味，才奋力推开她。看到她唇边的殷红，他终于有了一丝报复的快感。

"收起你的虚情假意，从今以后不要在我面前装清纯。"话落，他转身，毫不迟疑地离去。

盯着他的背影消失在出口处，她再也撑不住滑倒在墙角。心，好痛好痛，比一年前的那一晚更痛，痛得几乎要窒息。曾经相处的时光渐渐浮现在眼前,他的霸道,他的无礼,他的幼稚,他的温柔,一点一滴都不曾忘记。直到现在她才明白,其实他早已在她心里,永远也无法抹去了。

可是为什么事情会变成这样?如果时光可以倒流,她多想回到一年前,变回那个无忧无虑带点傻劲的伊桑夏。

楼梯口,慕夜枫跌跌撞撞地冲了出来,他怕自己再多待一秒,隐忍已久的情绪就会爆发出来。不想在她面前承认自己的痛苦和脆弱,所以只有用冷漠筑起一道墙。

"为什么……为什么……"他强硬的拳头狠狠捶在楼道的墙上面,一拳又一拳,似乎要将心中的痛苦和恨意全数发泄出来。泪水终于像决了堤的洪水,肆无忌惮地涌出眼眶。第一次,他尝到了痛彻心扉的感觉。就算是母亲去世的时候,也不曾像这样心痛,痛得几乎不能呼吸了。

他们历经这么多坎坷,终于才能在一起。可是到头来却是一场谎言,她一直在骗他,她喜欢的另有其人,而他只不过是她一时的玩物罢了。哈哈……太可笑了!慕夜枫竟然会被一个不起眼的丫头耍得团团转,真是太可笑了。

他的眼底浮现绝望而悲凉的笑容,喉咙口忽然一阵干涩,下一秒便剧烈地咳嗽起来。殷红的液体自鼻孔处渗出,他却无动于衷。

直到楼梯间传出一个声音:"你还好吧!要不要去看一下医生?"

慕夜枫捂着嘴巴,抬起头瞥了一眼,只见贝司晨推着坐在轮椅上的安以枫,正好从走廊转弯处出来。安以枫神色担忧地看着慕夜枫的脸,猜测着天台上发生了什么事。

"发生……什么事了？桑夏呢？"

盯着眼前这张一模一样的脸，慕夜枫的眉头渐渐蹙紧。就是因为这张脸，他该死地被当成了替身。

"该死的，为什么要跟我长一样的脸？"他愤恨地冲过去，一把抓住安以枫的衣领大吼。

贝司晨吓了一跳，急忙伸手阻止慕夜枫的举动。

"不要这样，快放手！他是病人。"

慕夜枫终于放了手，只是脸上的愤怒没有退去。安以枫一直小心翼翼地看着慕夜枫的脸，这样相似的脸，也许他们真的是孪生兄弟。

"我们……有没有可能是孪生兄弟？"

可是，安以枫的话刚刚出口，就被慕夜枫狠狠否决了。

"不可能！我跟你一点关系都没有。"虽然他的心里也强烈地怀疑着这种可能性，但是此刻处于盛怒状态中的他并不希望这是事实。

"可是医生也说过，两张几乎一模一样的脸，是孪生兄弟的可能性高达百分之九十九。"安以枫还是不肯罢休。虽然他表面上说不想找亲人，也不想去了解小时候是怎么成为孤儿的，但是在他的潜意识里是非常想找到亲人的，很想看一看他的亲人到底是什么样的。

慕夜枫扯了扯嘴角，溢出一丝冷酷的微笑。

"哼！想用认亲的方式让我进行骨髓配对吗？不用担心，我已经答应了。你们带给我的痛苦，我会让你们加倍偿还。"说完，他狠狠拭去从鼻孔渗出的血，转过身毫不犹豫地冲下了楼梯。

两人怔怔地看着慕夜枫越来越远的脚步声，这才想起桑夏还没出现。安以枫突然焦急起来，于是立刻叫贝司晨去天台看看。

贝司晨也早有准备,转身正要朝楼梯走上去。却不料左脚才跨上一个台阶,就看到了桑夏浑身湿淋淋地走了下来。

"桑夏,发生什么事了?怎么会全身湿淋淋的?"

"没……没事。只是淋了点雨,不碍事的。"她苍白的脸上扯起一抹僵硬的微笑,故作镇静地走下了楼梯。她不能被安以枫看出她为了另一个男生而心痛流泪,这样就会伤了安以枫的心。

贝司晨见桑夏没什么大碍,便开口问道:"关于骨髓配对的事怎么样?"她一心只为了安以枫的生命着想,所以完全不想了解桑夏与慕夜枫之间到底发生了什么事。

桑夏点了点头,道:"他答应了,他会进行骨髓配对的。"只是背后的条件却让她的心痛如刀绞。

"太好了,我刚才问过医生,医生也证实了他和以枫百分之九十九是孪生兄弟。而孪生兄弟的骨髓配对率也高达百分之八十以上。以枫有救了!"贝司晨难得高兴地跳了起来。自从一年前得知安以枫身患绝症后,她就再也笑不出来了。

她从小跟安以枫一起在孤儿院长大,又是同一天被领养,在同一所学校读书。直到后来她的养父母决定将她送出国深造,她和他才断了联系。还记得出国那天刚好是初中的毕业典礼,她抱着安以枫哭得稀里哗啦,可却没想到两年后回来,他却有了一个深爱的女孩。当时,她伤心欲绝,却又改变不了什么。直到有一天,他拖着无力的身子跑来找她,要她帮他一个忙。那个时侯,她才知道他得了白血病。因为不能给他心爱的女孩守护一生的承诺,所以宁愿忍痛提出了分手。这样无私的爱,让她感动得彻底。于是这一年来,她动用所有的关系,寻遍了国外各大癌症权威医院,可最终还是没能找到治疗的方法。

而此刻，慕夜枫的出现终于让她重燃了希望。她在医院门口看到那张脸的时候，几乎惊得说不出话来。如果现在不是白天，她可能会认为自己是在做梦。这完全就是另一个安以枫活生生地站在了她面前，所以，她急切地将他带到了病房。她不知道慕夜枫与桑夏之间有什么关系，总之她关心的只有与安以枫匹配的骨髓。

一旁保持沉默的安以枫静静地看着桑夏的脸，他与她交往整整两年，对她的习性和表情了如指掌。而此时的桑夏，看起来很悲伤很痛苦，他却完全不知道该怎么去安慰她。或许一年的时间真的能改变很多东西，虽然不了解她与慕夜枫之间曾经发生过什么事，可是他能感觉得出来，慕夜枫喜欢桑夏，而桑夏……也喜欢慕夜枫吗？关于这点，他不敢去想，也不愿去想。他怕最后的答案会让他失望，哪怕这样欺骗自己，他也无所谓。

接下来的几天口了，桑夏依旧每天来医院照顾安以枫，只是待在医院的时间少了，而人也变得憔悴了。安以枫经常问她发生了什么事，而桑夏总是回答没睡好什么的。

照顾安以枫成了桑夏每天的习惯，或许连她自己也没发觉，其实她对现在的安以枫只剩下了内疚与自责。为了弥补，她会竭尽全力治好他的病。尽管慕夜枫如何刁难和戏弄，但是桑夏都会咬牙忍住，因为安以枫还在等着合适的骨髓进行移植。

夕阳西下，慕夜枫舒服地躺在沙滩椅上，一边吹着海风，一边喝着饮料，享受着日光浴。今年的夏天似乎来得特别早，才五月的天气，却已热得让人受不了了。

桑夏捧着一杯果汁，安静地坐在另一张沙滩椅上，面无表情地看着远处的大海，脸上说不出是什么情绪。

慕夜枫受不了安静，瞥了桑夏一眼，不悦地皱起眉头。

"因为我不是你要找的人，所以就连一个字都懒得跟我说了吗？"如果换作以前，他带她到海边度假，她会高兴地扑到他怀里大声叫好。可是现在……就连话都懒得说一句了。如此讽刺的结局，他不禁扬起自嘲的笑容。

桑夏闻言转过头，淡淡地看着他的侧脸。这张刻骨铭心的脸，曾几何时，她不惜冒着大雨，不顾危险，也要待在他身边。可是……如今却到了相对无语的地步，她甚至怀疑，过去一年，她付出的感情到底是为了谁？是眼前的慕夜枫，还是心中的安以枫？

"我……不知道说什么。"

"你不知道说什么？呵呵！"他忽然冷笑了一声，像是在嘲笑自己，又像是在嘲笑桑夏，总之笑容不是很好看，"我们到了无话可说的地步了吗？"

"不是，我只是……心情不太好。"她下意识地解释。在内心深处，她并不想跟慕夜枫成为无话可说的陌路人。

"是吗？让你从此离开你心爱的人，心情当然会不好。你要是现在反悔还来得及，现在就可以回去陪你那个垂死的病人最后一个月。"他藏在太阳镜底下的眸子微微眯起，脸色看似平静，内心却早已波涛汹涌。

说这句话之前，他也在犹豫着，如果最后的答案让他失望，那他就再也没有任何理由抓住她了。所以，他现在是孤注一掷，唯一的筹码就是他身体里的骨髓。

"我不会后悔。"她坚定地回答。为了能治好安以枫的病，她绝不会放弃的。

"就为了那个人？"他眯了眯眼，佯装不在乎地问。

"是，只要有一点点的希望，我都不会放弃的。"或许此刻在她心里，对安以枫的内疚早已超过了爱意。在她的潜意识里，不顾一切地想治好安以枫的病，只是为了能让自己好过一点。

然而桑夏的回答却让他忽然狂笑起来，"哈哈……你的意志真让我佩服。"真是太可笑了，他这是在自取其辱吗？不管她的答案是什么，最后输的人只会是他自己。她若是后悔，证明她一刻都不想待在他身边，若是不后悔，证明她对那个人爱得彻底，甚至能为那个人忍受一切，包括待在他身边。

"你……打算什么时候去医院配对骨髓？"许久，桑夏才犹豫着提出了这个问题。

而这句话对于慕夜枫来说，却异常的刺耳。无话可说？呵！是什么样的话题，这才是重点吧！她就连一秒都待不下去了吗？

"急什么，不是说还有一个月时间吗？一个月之内我自然会去医院。还有，你最好别再我面前提到那个人的名字，否则恐怕我会后悔！"他收起嘴角的笑意，脸也冷然地提出警告，随后迅速从沙滩椅上起身，头也不回地走掉了。

既然这个游戏他注定会输掉，那么现在又何必在乎她的感受。即便那个人康复了，他也不会让她投入别人的怀抱。因为这是她欠他的！

桑夏怔怔地看着他远去的背影，心头忽然一阵惆怅。她到底该怎么做，才能消去他眼底的怒火。或许一辈子也不可能了！她不想伤害他，却在不经意间将他伤得彻底。如今，他对她绵绵的恨意无可抑制，她却无力阻止。

慕夜枫回到住所，一头倒在沙发上，绝望地闭上了眼睛。这是他在C城下榻的酒店，因为并不甘心就这么放弃桑夏，也为了赢回最后一点自尊，所以他付了一个月的房钱，住了最顶级的总统套房。

为了报复，他以最不屑的方式留住了桑夏，到头来却发现自己输得一败涂地。留得住她的人，留不住她的心，又有什么意义。

电话铃声响起，他睁开眼，低头瞥了一眼手机屏幕，又是一串熟悉的号码。医院已经打来好几次电话，说是检验结果已经出来，需要他亲自过去一趟。可他白天却还在骗桑夏说不急，其实他早已去了医院进行骨髓配对，而这两天医院的电话一个接一个地催他，似乎比他这个当事人还着急。

也许是因为心中的不甘，他并不急着知道检查结果。如果骨髓配对不成功，那么他还有什么理由将桑夏留在身边。如果让安以枫痊愈，那么到时候他又真的留得住桑夏吗？

"如果……到头来，还是留不住你的心，我该怎么办？"他的眼底是从来没有过的烦乱与挣扎。

主治医师的办公室内，慕夜枫双手环胸斜靠在沙发上，一手撑着额头，脸上说不出是什么表情。在他对面的办公桌前，主治医师正聚精会神地翻看着手中的报告。

慕夜枫挑了挑眉，静静地观察着主治医师的表情，一丝都没有错过。看他眉头紧蹙的样子，似乎结果不是很理想。难道骨髓配对不成功吗？那么安以枫是不是没希望了？不知为什么，他的心忽然抽疼了一下。

"那个……慕夜枫先生，首先我要告诉你一个遗憾的消息。你和安以枫先生虽然长得疑似双胞胎，可你们的骨髓配并对没有成功。"

慕夜枫面无表情地"嗯"了一声,脸上的情绪没有丝毫的波动,似乎这个结果早在他的意料之中。

主治医师有些惊讶地挑了挑眉,疑问:"你好像一点也不失望?"

"有什么可失望的,对一个素不相识的人,难道要让我为他默哀吗?"他从沙发上站起身,不紧不慢地吐出一句话,脸色依旧平静。

主治医师闻言脸色微漾,随后尴尬地咳了两声:"喀喀……可是也许你们真的是双胞胎,至少根据生理学的角度来讲,你们两个人是双胞胎的概率高达百分之百。"

慕夜枫不屑地扬了扬嘴角:"我根本不在乎我们是不是双胞胎。"说完,他抬起脚步,准备离开。

"等一下,我还有些问题想问你。"主治医师叫住了他。

"还有什么话,赶紧问。"慕夜枫回头不耐烦地丢出一句,他可没这个闲工夫在医院里耗着。

"你最近是不是经常感觉头晕乏力,全身使不出劲,而且还经常流鼻血?"

慕夜枫闻言,惊讶地皱了皱眉,暗自诧异这个主治医师怎么会知道他最近的身体状况。事实上,在半年前就出现过这种情况,只是最近变得越来越频繁了。

"没错,最近经常这样。有什么问题吗?"他以为这只是体虚的症状,而他又是个讨厌医院的人,所以从来没有去检查些什么。

主治医师的脸色有些黯然,似乎在压抑内心的话,想讲出来又怕慕夜枫听了会无法承受。

"我再要告诉你一个遗憾的消息,你……也得了白血病。"

犹豫了许久，主治医师终于将这个噩耗说了出来。

慕夜枫就如同遭雷击一般，顿时僵立在原地，什么反应都没有了。他不愿意相信自己的耳朵，很希望是自己听错了或者是医生搞错了，从小到大，健康正常的身体怎么会突然被宣布得了癌症。

他怎么也不敢相信自己听到的事实，难道真的是医生搞错报告了吗？

"有……有没有搞错？"他的心慌到连话都差点说不完整。

"不会有错。这也证明了你跟安以枫是双胞胎的概率非常之高，你们都是遗传性的血癌，到了某个年龄段就会自动爆发，只是安以枫的病情显然比你早发现，而你现在的情况已经是晚期了，只剩下……不到三个月的生命。"主治医师见慕夜枫如此坚强，索性将所有的一切都说出来了。

慕夜枫呆若木鸡，双脚就像被钉在地板上，怎么也移动不了了。如果不是他那该死的自尊支撑着，或许他早就站不稳倒下去了。

白血病……白血病……为什么也是白血病？是上帝在跟他开玩笑吗？他突然好想放声大笑，笑自己的生命就像一场玩笑，到头来什么都做不了，什么都留不住。

"慕夜枫，你还好吗？"主治医师一脸担心地走到慕夜枫身边，伸手拍了拍他的肩膀。一般的人听到自己得了绝症，通常不是难以承受地昏了过去，就是疯狂地大吼大叫。可眼前的这个年轻人居然安静得让人可怕，他当医生这么多年来，从来没见过想慕夜枫这种得知自己身患绝症而能这么镇定的人。他开始怀疑，他现在脑子里在想什么。

经过主治医师一拍肩膀，慕夜枫终于回过神来。他神色冷清地将视线转移到主治医师脸上,沙哑地声音响起:"配对骨髓的事……不要告诉任何人,还有我的病……就当从来没发生过这件事。如果泄露一个字,你马上会在医学界消失。"

他的话冷漠而空灵,仿佛一道冷气,直从脚底蹿了上来,让人忍不住打了哆嗦。主治医师机械地点了点头,就像是服从上级领导一样,完全没有任何异议。

慕夜枫不知道自己是怎么回到酒店房间的,只记得他叫了几瓶洋酒,一个人在房间喝得不省人事。服务生按了好几次门铃都没人回应,以为是总统套房里的贵客出了什么问题,大动干戈地找来了酒店的客房经理,拿着备用钥匙慌张地开门进去,一进门才发现满房间的酒味,熏得让人受不了。

"先生,真抱歉,您没什么问题吧?"

慕夜枫醉意蒙眬地睁开眼,瞥了一眼擅闯房间的几个饭店服务人员,心头一阵烦躁,毫不犹豫地丢出两个字:"出去!"就连说话的余地都不给对方留下,直接下了逐客令。

客房经理笑容一僵,只得讪讪地转身,带着几个服务员一起退出了房间。

房门被轻轻地关上,慕夜枫撑起晕乎乎的身子,挣扎着从沙发上起身。他不知道自己在房间里待了几天,只知道不想让自己清醒,于是不断地喝酒,喝醉就睡,睡醒就喝。如果人生能这样一直醉下去,不去面对事情,直到死去的那一天,或许也是一种解脱。

"叮咚……叮咚……"门铃又响了。

"该死的!"他低咒一声,摇摇晃晃地走到门口,拉开门就大吼:"不要再来烦我!"他以为又是酒店的服务生,却没想到一个熟悉是身影出现在他眼前。

桑夏被慕夜枫突然的吼声吓了一跳。

"你……怎么了？"

"怎么是你？你来做什么？"他似乎有些不相信自己的眼睛，她怎么可能主动跑来找他？

"我看你好几天都没有出现，所以就跑来看看是不是发生什么事了？"桑夏如实以告。她是真的担心他，一连几天都没有出现，她就觉得莫名的心慌，害怕他出什么事情。

慕夜枫不屑地扯了扯嘴角，没有再开口，转身走进房间。桑夏不解地皱了皱眉，跟着他进了房间。只是一进房间，扑鼻的酒味迎面而来，桑夏下意识地捂住了鼻子。

"好大的酒味啊！你这几天都在干什么？"她的语气仿佛又回到了半年前那个爱啰唆的管家婆，慕夜枫有那么一瞬间的闪神。

多怀念这种感觉！只可惜，他永远也不会再有机会拥有了。嘴角浮出一丝苍白的微笑，他逼着自己冷酷以对。

"你是怕我出了什么事，就没人帮安以枫配对骨髓了，所以才跑来看我的是吗？"

桑夏的眼神一黯，一抹悲伤掠过眼底。她是真的担心他，而他却恶意扭曲她的好意，让她十分痛心。只是，到了这种时候，她还能说什么？

"你要这么想，我也无所谓。没错，我是等急了，想问清楚你到底什么时候准备去配对骨髓？"经历过许多事以后，人的性格也会变得扭曲。就如她一样，原本乖顺安静，就连说谎都会脸红的个性似乎全都不见了，而现在的她，倔强、内敛，沉静得连她自己也捉摸不透。

果然不出他所料,她见他的唯一目的就是为了骨髓。慕夜枫,这一次终于可以彻底死心了吧!

"哈!是吗?你来得正好,本少爷正准备告诉你一个坏消息。"他的笑容除了残忍,再无其他。

桑夏的心忽然猛烈地撞击了一下,听到慕夜枫的话,她似乎能预料到接下来他要说的话。

"骨髓配对不成功?"她小心翼翼地问道。

他挑了挑眉,残忍地回答:"不,而是我后悔了。我不准备救活那个人,让你看着他慢慢死去,也许会是一种乐趣。"

"你……"桑夏不敢置信地瞪大眼睛,完全没想到慕夜枫竟然会临时反悔。而且还说出这样残忍的话,看着安以枫慢慢死去,他居然说是一种乐趣。一瞬间,满腔的愤怒从心底升起。她不愿相信,眼前的人会突然变得跟恶魔一样。

不愿面对桑夏愤怒而怨恨的眼神,慕夜枫的嘴角冷酷地扬起,接着丢出一句话:"难道你不求我吗?为了那个人的命,我以为你会跪下来求我。"

慕夜枫的话就像一把刀直刺进桑夏的心脏,让她痛得差点倒下去。他竟然要她跪下来求他?呵……呵呵……她现在终于明白,他要的只是报复。报复她欺骗了他,玩弄了他,所以就拿安以枫的命要挟她,他要以同样的手段,将她伤得彻底。

"如果下跪可以让你改变主意,那么……我求你!"她含着痛苦的泪水,屈膝在他满前跪了下去。

没料到桑夏真的会下跪,慕夜枫慌乱地退后了一步,不可思议地盯着她下跪的身子。为了安以枫,她居然不惜丢掉自尊向他下跪。他眼底的绝望越来越浓,还有什么可挽回的呢?

"哈,哈哈……"他忽然大笑起来,那笑容绝美得令人迷惑。

脸上仿佛蔓延着胜利的喜悦，可眼底含着无可抑制的悲伤与绝望。"伊桑夏，你真的……很有勇气。只可惜，下跪并不能改变什么，你就等着看那个人慢慢死去吧！"

桑夏整个人僵在那里，神色冷然，房间里突然安静得只剩下彼此呼吸的声音，然后，仿佛过了一个世纪那么久，她才慢慢从地板上站起身。抬起头，她闪着泪光的眼睛直直地注视着慕夜枫那张带着邪恶笑容的脸，接着，过分压抑的声音响起："不要让我恨你。"

慕夜枫闻言，愣了愣，随后嘴角的笑意渐渐扩散到无限。突然，他一把抓住桑夏的肩膀，以迅雷不及掩耳之势将她拉入怀里。

"陪我上床，或许我会改变主意！"他恶劣的建议在她耳边响起，桑夏愤怒地握紧拳头，狠狠挣脱他的怀抱，在慕夜枫还没来得及反应过来之时，"啪！"一记清脆的掌声，她的手掌毫不犹豫地落在他的左脸颊上，白皙的脸颊留下一个火辣辣的掌印。

"慕夜枫，你太过分了！"她愤怒地丢下一句话，转身跑出房间，泪水终于决堤而出。

房间里一室的黯然，慕夜枫呆立在原地，嘴角的弧线渐渐隐去。

"除了恨，还有什么方法让你一辈子记住我。"泪水涌出眼眶，瞬间摧毁了他伪装已久的坚强。

桑夏垂头丧气地回到医院，脸色已经恢复了平静，显然在外面收拾好了情绪，只是红肿的双眼却还是证明了她哭过的事实。

安以枫坐在落地窗前，静静地看着窗外明媚的阳光，一直到桑夏进了病房后，才缓缓转过身。

"你去见他了吗？"

桑夏点了点头，努力控制自己的心情。她不能让安以枫知道这个坏消息，慕夜枫拒绝配对骨髓，这会刺激到他。

只是，安以枫还是眼尖地发现了她红肿的双眼，心细如他，聪明如他，转念就猜到了原因。

"是骨髓配对失败了吗？"

桑夏闻言，惊愕地抬起头看着他。没想到安以枫观察入微，什么事情都瞒不了他。

"不是。"她摇了摇头否认。一想到这件事，就让她很愤然。如果是骨髓配对失败，那么她会彻底的死心。可明明宣布"死刑"，而慕夜枫却拒绝配对骨髓。难道他真的残忍到要眼睁睁地看着安以枫死去才会高兴吗？她的心在那一瞬间，冷到了冰点。

"那么……是他突然反悔了吗？"安以枫真的很聪明，看桑夏的表情就知道，结果不外乎这两种，总之不会是高兴的事。

桑夏默然地点了点头，眼眶再次湿润了。"对不起，枫！都是因为我，才会变成现在这样。对不起……"她真的觉得自己很对不起安以枫，明明是一个绝好的机会，却因为她的关系，让这个机会消失了。

如果……如果当时她再坚持一下，再求他一下，或许结果就会不一样。可是……慕夜枫的要求实在太过分了，她恨极了他那样的态度和语气，这比初次认识他的时候更恶劣，更残忍。也许这一切应该责怪她自己，因为她，他才会瞬间变成了恶魔。

安以枫淡然地摇了摇头，嘴角扬起一丝温柔的微笑。

"不怪你，本来就是多出来的一个希望，我并不奢求什么，而现在这样的结果我可以坦然接受。"他早已将生死看透，医生下达的死亡通知早已到期。若不是桑夏的突然出现，激起了他仅存的求生意志，或许他早就不在这个世上了。

桑夏含着泪扑到他怀里，满腔的内疚和委屈全都化作了泪水倾巢而出。她不知道现在还能怎么办？剩下的日子不多了，安以枫随时都有可能死去，她却什么都不能做了。

接下来几天，桑夏还是想往常一样照顾安以枫的饮食起居，只是安以枫的身体状况似乎越来越差了，昏倒的频率也越来越高，看着他消瘦的脸庞，桑夏只能偷偷地流泪。

直到有一天，贝司晨忽然跑到病房，兴奋地喊道："找到骨髓了！找到骨髓了！"

刚听到这个消息，桑夏以为是自己听错了，可看到贝司晨高兴的表情，她终于相信这是事实，骨髓真的找到了！

"这是真的吗？真的找到骨髓了吗？"安以枫也同样不可置信，撑起虚弱的身子，不断地反问。只剩下几天的生命，真的还会有奇迹出现吗？

"真的真的，千真万确！我刚刚在护士总台那边遇到了主治医师，是他告诉我的，还说这几天把你的身子补一补，过两天就准备手术。"

贝司晨说得清清楚楚，应该不会有错了。桑夏顿时也高兴地跳了起来，脸上的阴霾一扫而空。她相信世界上会有奇迹出现，果然是真的！可是……他们找了一年都没有找到的骨髓，才这么几天的时间，又是从哪里找到的呢？

"那么医生有说这骨髓是从哪里来的吗？"她心底还抱着一丝希望，希望是慕夜枫后悔了。

"不知道哎，不过听说那个捐献骨髓的人现在好像就在主治医师的办公室里。"

"现在吗？"桑夏急切地反问。

贝司晨奇怪地瞥了她一眼，接着"嗯"了一声。

下一秒，桑夏便急切地跑出了病房。病床上的安以枫安静地看着桑夏离开的背影，眼底闪过一丝落寞，心底有一道暖流似乎正在渐渐消失。他一样能猜测，捐献骨髓的人或许就是慕夜枫。而桑夏，却是如此紧张。

桑夏不顾一切地跑到主治医师的办公室门口，却在伸手敲门的时候犹豫了。如果门里面的人真的是慕夜枫，她该说什么？那天在酒店，她那样骂他，现在该怎么面对？

正当她犹豫不决的时候，门突然从里面被打开了。桑夏愣了愣，尴尬地退后了一步，抬起头才发现开门的人竟然是贺雷鸣。

"贺叔叔，你怎么会在这里？"她惊讶地问道。

"我是陪同董事长来的。"贺雷鸣礼貌地点了点头，算是回应了。

董事长？慕夜枫的父亲？桑夏心头的疑惑越来越重，视线下意识地瞥向室内。只见主治医师和慕宏业一同走到了门口，慕宏业见到桑夏，意外地挑了挑眉。

"桑夏？你怎么会在这里？"

很显然，双方的反应都是惊讶，谁也没想到彼此会在同一个城市的同一所医院遇到。

"哦……我来照顾一个朋友。"

主治医师发现他们双方认识，便站出来介绍："既然你们双方都认识，那么就最好不过了。慕先生就是安以枫的骨髓捐献者。而且经证实，安以枫就是双胞胎的哥哥。"

"他们……真的是双胞胎？"桑夏愣愣地吐出一句话，一时有些缓不过神来。虽然早就怀疑他们是双胞胎的事实，可现在亲耳听到的证实，还是忍不住被冲击了。她竟然会先后喜欢上双胞胎的两兄弟，真是太荒唐了。就连她自己都觉得可笑！

慕宏业点了点头，回答："他的本名叫慕日枫，乳名叫大枫，是小枫的双胞胎哥哥。我和他们的母亲离婚的时候，他们还只有一周岁。当时，小枫是由他母亲带走，而大枫则由我照顾。但是因为我常年忙于工作，没有时间照顾孩子，所以大枫在三岁那年走失了。这件事我一直没有说出来，就是怕他母亲会伤心，怕小枫会恨我。这些年，我也一直在努力寻找大枫，可是都没有结果。直到前几天，小枫突然打电话来告诉我，他在C城人民医院遇到了一个跟他长得一模一样的人，所以我马上赶过来了。"

"您说……是慕夜枫打电话通知您的？"桑夏震惊得僵直了身子。居然是慕夜枫打电话告诉他父亲的，那么……他之前说的那些狠话又是什么意思？他从头到尾都拒绝承认和安以枫是双胞胎的事实，而且也拒绝了骨髓配对，但是又为什么要去通知他父亲呢？

她越想越疑惑，慕夜枫到底在想什么？

"对，不过那孩子的声音听起来有些压抑，不知道发生了什么事。得知你们不是亲兄妹的那天，他很激动地跑去学校找你，结果却一去没了踪影，原来是跑到了C城。但是你们是怎么认识大枫的？"

"我很抱歉，这件事说来话长，总之一切都是我的错。"这是她有生以来犯下的最大的错误，一辈子都无法弥补的错误。而现在，她不想再提起，不想再重新痛苦一次。

慕宏业看出了她的苦衷，也没有再追问，接着换了个话题。

"好,你们年轻人的事我也不想过问太多。不过有些事情你必须要知道,是关于你的身世问题。"

听到"身世"两个字,桑夏皱了皱眉,心似乎不经意地撞击了一下。

接着慕宏业将她拉到了走廊的角落,似乎很怕被别人听到。桑夏心里的预感越来越强烈,关于她的身世问题,一定不会有什么好结果。

"我想小枫一定告诉你了,我并不是你的亲生父亲。而事实上,伊莎华从头至尾都在骗你,你并非是她亲生的,而是从孤儿院领养来的孩子。我曾经派人调查过当年C城大大小小的所有医院,完全没有伊莎华生产的记录。当年,她拿着假的怀孕报告,只是为了向我敲诈一笔钱。不过我没想到的是她竟然如此贪婪,一年后,她抱着从孤儿院领养来的你,再次向我勒索,而且害得我妻离子散。她的狠毒让我立下誓言,这辈子都不会原谅她。直到现在,我才终于找到了真相,摆脱了她。只是这个真相对于你来说是残忍的,我本来不想告诉你,可是你有权知道这一切。"

听完慕宏业的一番话,桑夏已经撑不住靠在了墙上。人生真的有很多意外,而有些意外却足以扭曲整个人生。

她竟然是母亲领养来的孩子,而她存在的价值只是为了去勒索别人的一颗棋子。她的人生只不过是一场玩笑,直到现在,她终究落得无亲无故无依无靠的结局,就连自己从什么地方来都不知道。

"我……真的是领养来的吗?"良久,她嘴里只吐出了这么一句话。

慕宏业无奈地叹了一声,一脸心疼地看着呈现呆滞状态的桑夏。他的心里不禁有些后悔起来,或许他不该将真相说出来,如果隐瞒一辈子,这孩子或许不会如此痛心。

"孩子,不要想太多了。未来还有很多种可能,千万不要气馁。"他拍了拍她的肩膀,摇着头离去。

桑夏独自一人缩在墙角默默地流泪,那种无助与绝望让人看了都心疼。

第十二章　注定的命运

　　骨髓移植手术定在三天后进行，在这之前，慕宏业决定不让安以枫知道他们的关系，因为医生叮嘱过，手术前一定要保持病人良好的身体状况和情绪。若是让安以枫知道慕宏业就是他的亲生父亲，万一情绪激动起来，就会影响手术。

　　这三天之中，桑夏无瑕顾及别的事情，只是一心把安以枫的身体调养到最佳状态，安以枫也十分配合，有了合适的骨髓，他就有了重生的希望，手术成功的话，他就可以永远和桑夏在一起了。

　　紧张的时刻终于来临了，因为有慕氏集团的介入，这个手术变得更加慎重而小心，虽然安以枫本人并不知道，可参与手术的每个医生和护士都十分清楚，被推进手术室的这个病人就是慕氏集团的大少爷。

　　手术室的门被合上，指示灯亮起，桑夏的一颗心也跟着提起，上也不是，下也不是。心里紧张得说不出话来，只能强装镇定地坐在走廊的长椅上。一个小时过去了，手术室内还是毫无动静，两个小时过去了，手术室的门忽然被打开，一名护士紧张地冲出来大喊："赶紧准备两袋RH阴型血，病人大出血。"

　　一听到"大出血"三个字，桑夏的脸色唰地转白，一旁的贝司晨立即跳了起来,冲过去抓住护士。

"护士小姐,病人怎么样了?为什么会大出血?有没有危险啊?"

那名护士郁闷地瞥了贝司晨一眼:"不要紧张,病人没什么大事。不过你这样抓住我,病人就会有危险了。"

贝司晨这才意识到自己妨碍了护士进手术室,于是赶紧松了手,一脸抱歉地笑了笑。

护士进去后,又把手术室的门合上了。接着又是一小时接着一小时地过去,不知道过了多久,外面的天色已经暗了下来。桑夏和贝司晨肩并肩靠在一起,贝司晨低着头似乎在打盹了,而桑夏却还是紧紧盯着手术室的大门。

终于,手术室的灯变暗了。手术室的门被打开,身穿白袍的医生率先走出了手术室。

桑夏立刻站起身跑了过去,同时也将贝司晨惊醒了。

"医生,情况怎么样?"

"恭喜,手术很成功!"主刀医生抬手擦了一把额头的汗水,露出一脸欣喜的微笑。

"真的吗?太好了太好了!"贝司晨兴奋得跳了起来。这一年的努力,直到此刻才终于有了收获。只要安以枫能平安活下来,以前的辛苦都值得了!

桑夏的一颗心也跟着放了下来,脸上同时露出了许久未见的灿烂笑容。终于,上帝没有辜负她的祈求,安以枫得救了。

这个时候,慕宏业也赶到了手术室门口。他才刚刚捐了骨髓,身子急需要调养,可却迫不及待地赶到了手术室,想必是非常担心安以枫的手术。直到医生告诉他手术很成功的消息后,他才终于松了口气。

几名护士将昏迷的安以枫推出了手术室,慕宏业却叫住了桑夏。

"帮我一个忙……"

桑夏讶异地皱了皱眉,停下了脚步。

手术后三天,安以枫的脸色终于渐渐红润起来。病房内,桑夏亦如往常地陪在安以枫的病床边,替他削水果,喂他吃。安以枫也十分配合,仿佛这些事情都成了习惯。只是关于骨髓的捐献者,他一直耿耿于怀。谁也不肯告诉他捐献骨髓的人到底是谁,可是越隐瞒他就越觉得好奇。

他现在的身体状况已经渐渐好转,总得让他答谢一下恩人吧。

"桑夏,你告诉我捐献骨髓的人到底是谁?我想好好答谢他!"

桑夏削着水果的手一顿,抬起头惊讶地瞥了他一眼,说道:"人家很有钱,不用你答谢。"

"是吗?可是至少让我向对方当面致谢,表示我的诚意。"他坚持己见。答谢是看心意,并不是看物质。

"人家不计较这些。"

"可是……我真的很希望能见到那位恩人。"

"你真的想见他吗?"

"嗯!"他坚定地点了点头。

"无论他是什么人,你都会感激他吗?"

"当然。他可是我的恩人!"

"好吧!你可要记住你说过的话。"桑夏神秘地笑了笑,起身走出了病房。

安以枫疑惑地皱了皱眉,总感觉什么地方有点不对劲。

不一会儿,桑夏就回来了。而且在她身后还跟着一个中年男子,穿着一身剪裁合身的西装,天庭饱满,精神奕奕。

"这位就是捐献骨髓的人。"桑夏走到安以枫的病床边,替他介绍。

安以枫第一眼的直觉就是好熟悉,但又肯定自己从没见过这个人,一种异样的感觉从心底升起。

"噢,原来您就是捐献骨髓的好心人,真是太感谢您了!"安以枫移动身子准备下床隆重地答谢救命恩人。

慕宏业见状,赶紧上前阻止。

"不用客气,这是我欠你的。"

"您这话是什么意思?"安以枫有些糊涂了。

慕宏业将视线转到桑夏脸上,见桑夏颔首示意,他便鼓起勇气说了出来,"我……是你的亲生父亲。"

"什么?"安以枫晃了晃神,似乎不太相信自己的耳朵。

"我是你的亲生父亲,你的本名叫慕日枫,还有一个双胞胎弟弟叫慕夜枫。我跟你母亲离婚的时候,你是由我照顾的。可是我却没有尽到做父亲的责任,整日忙于工作,以至于在你三岁那年,有一次保姆带你去公园散步,结果把你弄丢了。这些年,我一直没有放弃寻找你的下落,只是当时你失踪的时候年纪还小,身上也没有什么特征,所以寻找一直没有结果。幸好小枫告诉我这个消息,否则我差点永远失去你这个儿子了。"慕宏业将一切事情都说了出来,等待安以枫的反应。

安以枫静静地听着慕宏业的话,脸上的表情波澜不惊,谁也看不出此刻他心里在想什么。慕宏业的话讲完许久之后,他才缓缓开口道:

"所以……慕夜枫和我真的是双胞胎?"谁也没料到,此刻安以枫心里想的不是别的，而是他和慕夜枫之间的关系。遗传这东西真的很奇妙，一对卵生兄弟偏偏会喜欢同一个女生。看到慕夜枫受到如此巨大的伤害，他又该如何抉择？

"当然，两张一模一样的脸当然是双胞胎。你肯承认我是你父亲了吗？"慕宏业有些急切地追问。

安以枫闻言并没有急着回答，而是将视线慢慢转到桑夏的脸上。不发一言，就这样静静地看着她。也许他应该变得自私一点，毕竟任何东西都可以让，但是唯独爱情不能让。一年前，他已经深刻体会到了失去桑夏的痛苦，只是那时候他无可奈何，身不由己。可现在，他是正常人了，他可以许下一生的承诺，绝不会离开了。

但是……他该如何认这个父亲？如果认了，是不是代表他必须跟慕夜枫住在同一个屋檐下？那么以后大家见面一定会很尴尬。

"我认不认你有什么关系吗？"

"当然有关系，你是我慕宏业的儿子，自然是应该认祖归宗的。"慕宏业听到安以枫的这句话，心里不禁有些紧张起来了。

"即使我认了你，也不会跟你回去。"他别有深意地看了桑夏一眼。

桑夏见状，无奈地皱起了眉头。都是因为她，让这两兄弟的关系陷入尴尬的僵局，害得安以枫有家都不能回了。

"为什么？"慕宏业不解。

"因为我喜欢桑夏。"

一句话终于让慕宏业明白过来。他早该猜到，桑夏为什么会无缘无故地跑来C城，而且还在医院照顾安以枫。这其中一定有缘由，可他没想到的是，双胞胎的两兄弟竟然喜欢上同一个女孩,这是天意吗?

正在这个时候,贺雷鸣神色紧张地从外面走了进来,靠近慕宏业的耳边,低声报告:

"董事长,少爷在两天前就退房了,而且没有回家。现在不知所踪!"

"不知所踪?"慕宏业震惊地喊了出来,"他一个人能去哪儿?马上调查他的信用卡刷卡记录,一定要找到他的位置。"

"跟您报告一下,信用卡的刷卡记录五分钟前才调查过,显示的位置就是在 C 城大酒店。"

"这小子……怎么又突然变成这样了?到底发生了什么事?"难道真的是因为桑夏的关系吗?两兄弟喜欢上同一个女人,所以他受不了打击而失踪了。

一旁的桑夏听到慕宏业的话,不禁低下头去。这一切都是她的错,那天她在酒店房间里说的话,深深伤害了慕夜枫。可是让她想不明白的是,他既然愿意打电话通知他父亲,又为什么会拒绝配对骨髓呢?难道……他早就进行了骨髓配对,而结果失败了,所以才故意说这样的话。但是这也没有道理呀,即使骨髓配对失败了,也没有人会怪他,他为什么要这样做呢?

医生正好在此时过来查房,安以枫手术后的恢复状况一直是众人关注的事情,又受到慕宏业的关照,所以主治医师时不时地过来病房查看一下。

"哦?原来你们都在。慕先生,抽完骨髓需要静养,我建议您最好休息一段时间再过来。"医生好心建议。

"董事长,我看您还是回去休息吧!至于寻找少爷的事,我会去处理。"一旁的贺雷鸣也觉得医生的话有道理,于是跟着附和。

慕宏业却挥了挥手,说道:"我没什么事。你赶紧去把那个臭小子找回来,两兄弟总是要见面的,不能躲着一辈子。"

"是!我马上就去。"

贺雷鸣接到指示后,正准备转身出去,而医生突然拦住了他。

"你们……是在说慕夜枫先生不见了吗?"

慕宏业意外地挑了挑眉:"莫非您知道我儿子的下落?"

"哦,当然不是。只是听到这个消息有些意外,以慕夜枫先生目前的身体状况,实在不宜再到处奔波。"

"目前的身体状况?他的身体状况怎么了?"慕宏业显然听出了医生的话别有含义。

"难道你们不知道吗?令公子也得了血癌,而且只剩下三个月的生命。"

"你说什么?"慕宏业震惊地睁大眼睛,脚步踉跄地退后了两步,幸好贺雷鸣眼疾手快,上前扶住了他。

而坐在病床边的桑夏听到医生的话后,整个人都惊呆了。手中刚刚削好的水果也跟着"扑通"一声掉在了地上。这不是真的!一定是她听错了,才刚刚把安以枫从死神手中救回来,为什么这回又换慕夜枫了?不会的不会的,慕夜枫平时那么健康,那么会骂人,怎么可能只剩下三个月的生命呢?

她慌乱地冲过去,一把抓住医生的手。

"医生,你是在开玩笑吧!慕夜枫……怎么可能会得白血病?他看起来那么健康,怎么可能只剩下三个月的生命?"

医生无奈地叹了一声:"本来受慕夜枫的委托,我是不应该将此事说出来的。可是,既然你们是他最亲的人,而且为了病人的身体状况,所以这件事我不得不说。两个礼拜前,慕夜枫就来医院做了骨髓配对,但是结果不尽如人意,他和安以枫虽然是双胞胎，可骨髓却不相符，而且我们还检查出他和安以枫一样，都得了遗传性的白血病。由于慕夜枫先生坚持要求我将此事保密，所以我一直没有说。今天，我把事情说出来，就是想让你们劝说他入院进行治疗，或许能找到生机。"

听到医生一字一句的说明，众人不得不相信这已经成了事实。慕夜枫得了绝症，而且现在下落不明。他是存心想躲起来自生自灭，不让任何人知道。

桑夏呆愣在原地，睁大着眼睛，脸上失去了表情，只有泪水不停地从眼眶涌出。她到现在才明白，那天在酒店的房间里，他是怀着怎样的心情说出那些绝情的话。知道自己只剩下三个月的生命，所以宁愿让她恨他，也不愿将真相说出来，而是选择独自一人离开。

"他们的母亲……也死于白血病。"许久之后，慕宏业才淡淡地说了一句话，证实了医生所说不假。

"那现在怎么办？没有办法了吗？"贺雷鸣急切地询问医生。

"再用我的骨髓救他吧！医生。"慕宏业也建议。

可医生却摇了摇头："慕先生，您的骨髓只适合安以枫，而且三天前你才捐献过骨髓，就算适合，我们也不能再抽了，否则会对您的身体造成伤害。"

"那么现在还有什么方法能治好他？无论是什么条件，我都会不惜一切代价做到。"两个儿子，他一个也不能失去。这也许就是老天对他最大的惩罚，因为他犯下了不可弥补的错误，所以才让他两个儿子相继受到生命威胁。

"我建议病人能立刻住院进行治疗，当然，首先得把他找回来。"

"对，赶快去把枫儿找回来。这孩子一定是想一个人躲起来自生自灭，不能让他这么做。只要有一点希望，都不能放弃。"慕宏业顿时紧张地乱了方寸，就连门在哪个方向都忘记了，一个劲儿在原地徘徊。

贺雷鸣一听，便立即颔首从命："是，董事长，我立刻派人去找。"接着他转身飞快地走出了病房。

桑夏见状，也想跟着出去，但是却被慕宏业拦住了。

"你不要去了，安心在这里照顾大枫。"说完，他也跟着离开了病房。

慕宏业的言下之意，桑夏是再清楚不过了。慕夜枫之所以会不告而别，这最主要的原因就是因为桑夏，所以慕夜枫现在最不想看到的人也是桑夏，为了慕夜枫的病情着想，绝对不能让他见到桑夏了。

受到了慕宏业的阻止，桑夏不敢再追上去，她清楚其中的原因，于是只能垂着头回到病床前，佯装没事发生一样，继续拿了一个新的水果削了起来。

沉默已久的安以枫依然没有开口，桑夏刚才的表情举止他看得一清二楚，而此刻，他却一句话也说不出来。

一连几天的寻找无果，慕夜枫就像是人间蒸发一样，就这么消失了。本来就不太出去露面的人，要是存心想躲，任谁都没办法找到。贺雷鸣也算是聪明人，因为慕夜枫在半年前有消失过几天，而最终是跟踪桑夏才找到了那个地方。于是他立即派人去找，但是结果让他很失望，慕夜枫并没有在那里。

想起来也对，凭慕夜枫那么聪明的人，以前躲过的地方怎么可能还会去第二次？这不是明摆着会被人找到吗？

慕宏业在最后无计可施的情况下，又打电话来询问桑夏。比如她和慕夜枫曾经常去的地方，或者特别有意义的地方。

桑夏这才发现，其实她和慕夜枫相处的时间真的好少，虽然天天在一起上学，可是都没怎么出去单独约会，更别提什么特别有意义的地方了。

"不好意思，我们以前并没有去过什么特别的地方。"对着电话说了声抱歉，然后走回了病房。因为怕安以枫听到会影响他休养，所以她特意走到病房外接的电话。

回到病房后，安以枫还是安静地站在窗前。经过一段时间的休养，他的身体已经明显恢复了，现在都能站在窗台前晒晒太阳了，不需要再依靠轮椅了。

"枫，不要站太久，医生说只能偶尔活动一下，你觉得累了的话就躺回床上休息吧！"这几天，她几乎是寸步不离地守着病床，只是晚上的时候，贝司晨会来换一下班。看着安以枫的身体一天天康复，她的心情也总算豁朗了许多。

"你去找他吧！"安以枫突然无缘无故地蹦出这么一句话。

桑夏没反应过来，愣愣地反问："你说什么？"

"我说你去找他吧！这几天，你虽然人在医院照顾我，可是心却早已跑到了别处。我知道你担心慕夜枫，我也看出来了，在你心里，其实已经喜欢上了他，对不对？"安以枫的声音平静得没有一丝情绪，就像在诉说别人的事情一样。

他是考虑了很久才做了这个决定，即使心里再舍不得，但他不得不承认事实。桑夏喜欢上了慕夜枫，从慕夜枫失踪的那天他就发现了。而这几天，他一直在挣扎，感情告诉他要抓住桑夏，煎熬了那么久，终于才能和桑夏在一起，他不应该放手。可是理智告诉他不能这么自私，要接受现实。桑夏既然已经喜欢上了慕夜枫，他应该成全他们。不想看到桑夏整日愁眉不展，为了歉疚而跟他在一起。

所以最后，理智战胜了感情，他决定放手，成全桑夏和慕夜枫。即便慕夜枫的病不会出现奇迹，至少也能让他们一起相拥到生命的终点。

"枫，你……怎么会这么说？"桑夏皱了皱眉，有些不敢置信。她明明掩饰得很好，她已经表明了立场会跟他在一起，可为什么连她自己都不确定的事情，而安以枫却能这么肯定地给她答案？

"我的意思是既然慕夜枫也喜欢你，你也喜欢他，那么就应该在一起，不是吗？"

"可是……你不是说我们要永远在一起的吗？为什么突然这么说？"到现在，她也猜不透他心里在想什么了。

"记得有本书上说，爱一个人并不是要绑住她，而是要让她快乐。我想，你跟慕夜枫在一起才会快乐吧！而我，宁愿做一个骑士，在远处默默地守护你。"

听到这句话，桑夏已经忍不住心里的激动冲上去抱住了他。

"枫……"她泪流满面，已经说不出任何话来表达她此刻的心情了。

"傻丫头，无论什么时候，我都希望你开开心心的，知道吗？"安以枫伸手回抱住桑夏，宠溺地摸了摸她的头发，泪水模糊了视线。

这个时候，就算再心痛，再不舍，也没有后悔的余地了。所以他要高兴地看着桑夏离开，用最真挚的心去祝福她和慕夜枫能永远在一起。

日子一天一天地过去，在多方寻找无果的情况下，桑夏不得不使用绝招了。机场并没有慕夜枫的出境记录，而火车站的乘车记录显示他从C城回到了Z市，但是却躲了起来，不让任何人找到他。所以现在唯一的办法就是，利用慕氏集团在Z市的影响力，制造一起大新闻出来，逼着慕夜枫自动现身。

Z市新闻早报报道，本报讯：今天早上八时左右，发现一名女生站在圣起学院行政楼顶楼天台上，企图跳楼，情况十分危险，本报记者已赶往现场进行采访。

上午八点三十分，这样一则新闻出现在Z市的大街小巷，顿时引起了所有人的注意。屏幕上显示的跳楼女主角不是别人，正是伊桑夏。

而此刻的圣起学院内早已乱作一团，所有学生和老师都无法再安心上课了，纷纷站在行政楼前观望。警察和记者陆续到达现场，场面空前壮观。

"你们不要过来，否则我立刻跳下去。"面对渐渐靠近的警察，桑夏大声阻止。在慕夜枫没有出现之前，她不容许任何人破坏这个计划。

几名警察闻言，立刻停住了脚步，举起双手安抚桑夏的情绪。

"这位同学，有什么事这么想不开非要用死解决呢？"说话的人是一名危机处理专家，警方特别派他来进行劝说工作。

"我的人生只不过是一场玩笑，我是母亲捡来用来威胁别人的一枚棋子，现在所有人都不要我了，就连最爱我的枫也不肯见我了，我活着还有什么意义？"桑夏声泪俱下，这并不是演，而是说出了她的心酸和无奈，她的人生真的就如她所说的一样，只是一场玩笑，她存在的价值只是为了实现母亲欲望的一枚棋子。

"同学，你冷静一点，世界上有什么事是不能解决的呢？想想你心爱的人，想想那些关心你的同学和老师，你这样轻生，他们会很心痛。"

"不会的，他们不会心痛。他们都不要我了，都不想再见到我了，我怎么找也找不到他。"

"你要找谁？说出来，或许我们可以帮你一起找。"

"我要找慕夜枫，我找了他好久好久，可是他躲起来了，他不想见我，因为我伤害了他。"

于是，记者立刻将画面调转："现在本台记者所处的位置是在圣起学院行政楼的天台上，我们透过镜头可以看到不远处企图跳楼的是一位叫伊桑夏的女生，她说她一直在找一位叫慕夜枫的男生，希望这位叫慕夜枫的男生看到新闻，能马上到现场来，同时也请广大观众朋友帮忙寻找这位男生。"

没想到记者的连线报道刚结束不久，行政楼前就发出了欢呼声。记者跑到扶栏处往下一看，发现有一名男生正匆匆跑来。围观的人群喊了起来："慕夜枫……慕夜枫……"

"奇迹出现了。就在刚才，行政楼前出现了一名高大帅气的男生，听到下面的一群欢呼声了吗？他们在喊着慕夜枫的名字，这位叫慕夜枫的男生终于出现了。"

慕夜枫脸色苍白，跑得上气不接下气，就算体力已经支撑不下去了，他还是咬牙跑到了天台。当慕夜枫从天台楼梯口的铁门钻出来的时候，在场所有的目光都转移到了他身上，电视台和报社的几台摄像机全都对准了同一个方向。此刻的场面，俨然从心惊胆战变成了温馨煽情。

"你这个笨蛋'小强'，脑壳坏掉了吗？什么不学好，学人家跳楼。就算全世界的人都不要你了，难道你就活不下去了吗？"

你的'小强'精神呢？去哪里了？"慕夜枫一上来，不管场面如何，走过去就是劈头盖脸的一顿教训。

桑夏一动不动地看着他，泪水又忍不住模糊了视线。他终于出现了！终于出现了。她不发一言，跳下扶栏冲过去抱住了他。

"你终于出现了，你还是担心我的，对不对？"

顿时，周围的所有人都响起了掌声，就连底下围观的人也欢呼起来了。一时之间，慕夜枫忽然意识到自己掉入了陷阱。这分明就是一场布局，是为了引他出来的圈套。

"你们居然设计我！"他愠怒地拧起眉头。

"不设计你，你会主动出来见我吗？你知不知道你现在的身体状况，如果不马上进行治疗，你活不了多久的。"

"怎么？是因为我要死了，所以才跑来关心我的吗？那么我现在告诉你，不需要，我不需要你的任何关心。"他猛然推开桑夏，转身跑了。

他还以为安以枫没有救活，所以桑夏有了轻生的念头。他那么担心她，就算撑着虚弱的身子也要赶来阻止她。可是……到头来却是同情和怜悯。因为他要死了，所以才跑来可怜他吗？这种悲哀的同情，他不需要，永远不需要！

疯狂地跑着，就算跑得气血翻涌，咳嗽连连，他也不能停下来。他必须要远离这里，远离桑夏。得不到她的爱，他也不想要她的怜悯。

可是，他的身体已经不允许他再跑下去了。体力透支的后果就是重度昏迷，这一点他很清楚。所以他不得不慢下脚步，转身望了望身后，幸好桑夏并没有跟上来。这次被发现踪迹，他又得费心去找另外的地方住了。

自从决定离开 C 城后，他便回到了 Z 市，因为与其在陌生城市居住，倒不如回到 Z 市比较熟悉，找个偏僻点的地方也比较容易。其实他原本想过要去枫林洞的那片枫树坡住的，可是一想到贺雷鸣曾经找到过那里，所以最后还是放弃了。几经辗转，他最终选择住在学校附近的一处农庄。

最危险的地方就是最安全的地方，他们绝对不会想到他会住在学校附近那么显眼的地方，而且农庄附近环境幽静，空气清新，很适合居住。

慕夜枫急切地回到农庄，收拾一下行李准备马上离开。可是没想到他刚刚把行李箱拉到门口，桑夏竟然意外地出现在了门口，彻底把他吓了一跳。

"你要去哪里？又想逃跑吗？"桑夏已经不是以前那个性格懦弱，胆怯畏缩的小女生了。现在的她敢和慕夜枫当面对峙，有一种勇往直前的冲劲。

"走开！"他冷冷地丢出两个字，面无表情。

"我不走。你要去哪里，我就跟你去哪里。"

"你不是恨我吗？那就继续恨啊！为什么还要来找我？知道我活不了多久了，所以想来展现你那点可怜的同情心吗？"他的眼底满是不屑。

桑夏皱了皱眉，看出了他心底的不屑和拒绝。她也无可奈何，谁让事情会变成这样。如果当初她早点发现事情的端倪就好了。

"不，不是这样的。你听我说……"

"我不想听,你让开。"慕夜枫情绪十分激动，伸手推开桑夏，拉着行李箱走了出去。

桑夏不依不饶，追上去抱住他。

"不要走，不要再丢下我了。我现在什么都没有了，只剩下你一个人了。"她刚才在学校顶楼上说的话并不是假的。

慕夜枫向来对她的拥抱非常敏感,此刻,他僵直着身子站在那里,一时不知道该怎么做。他很清楚刚才在学校顶楼她所说的话都是真的,她的确是伊莎华从孤儿院领养的孩子,不知道自己的亲生父母是谁,也不知道自己是哪里人。可是,即使离开了伊莎华,她不是还有安以枫吗?

"你的安以枫呢?不要告诉我他死了。"

"不,他没死,你父亲捐献了骨髓给他,所以他活过来了,而且你和他确实是双胞胎。"

"是吗?既然没死,你凭什么来找我?就不怕他误会吗?"

"是他让我来找你的。"

"他?"慕夜枫惊讶地挑了挑眉,"他让你来嘲笑我数落我吗?"

"你这个大笨蛋,难道你还看不明白,我为什么来找你吗?"桑夏终于忍不住生气了,气慕夜枫的迟钝和偏激。她费了那么多的心思才找到他,他居然还不懂她的心。

"你说什么?大笨蛋?你居然骂我是大笨蛋?"慕夜枫挑高眉头,突然有一种伸手掐她脖子的冲动。

"对,你就是大笨蛋。要不是因为喜欢你,我为什么要丢下安以枫跑来找你?要不是喜欢你,我怎么会冒险站在顶楼上引你出来?你这个天底下最大最大的大笨蛋,不肯面对事实的大白痴。既然你要赶我走,那我走好了!以后再也不要见到你了。"

桑夏说完扭头走人。她这样孤注一掷,将筹码都压在了慕夜枫对她的感情上。如果他还是深深地喜欢她,那么就会将她留下。

可是,她似乎太高估自己了,慕夜枫并没有追上来。而她一路走出农庄,走到了公路上,慕夜枫还是没有追上来。

"天哪!他该不会真的不喜欢我了吧!"桑夏边走边开始担心,脚步也渐渐放慢了。要是他真的不追上来,她该怎么办?要回头去吗?可是刚刚已经撂下狠话了,她现在回去的话,他就更不相信她了。可如果不回去,她怕慕夜枫又会逃跑,到时候要再找到他,可就比登天还难了。

正当她犹豫不决的时候,身后一阵脚步声靠近,等她一回头,慕夜枫已经将她整个身子抱得紧紧的,仿佛一松手,她就会消失一样。

"喀喀……我透不过气来了。"桑夏挣扎着脱离他的怀抱,一抬头竟然发现了慕夜枫眼底的晶莹。他哭了!她震惊了。

"如果……我只剩下不到三个月的生命了,你还是选择跟我在一起吗?"他看着她的脸表情认真地问她。虽然他一直不想去承认这个事实,可是现在他却不得不面对。不到三个月的生命中,他还是可以拥有幸福的不是吗?如果能笑着离开这个世界,也算是死而无憾了。

桑夏认真地点了点头,毫不犹豫的。

"那么……不要去医院。不要告诉任何人,只要你陪我在这里就好。"他早已做好了决定。与其为了延长几个月的生命而选择冰冷的医院,倒不如在这幽静的农庄里快乐地度过最后的日子。

"为什么?去医院治疗的话说不定会出现奇迹,难道你不想活下去吗?就算为了我,你也不能放弃这个希望啊!"桑夏急了,她原本就是打算找到慕夜枫后就将他送到医院进行治疗。说不定会像安以枫那样,到最后关头会出现奇迹。

而慕夜枫却摇了摇头，回答："我的母亲就是死在冷冷清清的病房里，我不想重蹈覆辙，死在那样没有温度的病床上。"

听到慕夜枫的话，桑夏的眼泪再也忍不住夺眶而出。

"好，好！不去医院，不告诉任何人，我在这里陪着你。"她抱住他，任泪水肆无忌惮地滑落。

而事实上，医生所说的三个月生命只是乐观估计，若是没有配合药物治疗，病情恶化得比预想中要快得多。短短一个月之内，慕夜枫晕倒的频率越来越高，人也越来越消瘦了。桑夏看在眼里，急在心里。可是因为慕夜枫的坚持，所以她不能告诉任何人他们的行踪。

日子就这样一天天地继续过去，每天早上，桑夏都会拉着慕夜枫去田园间散步，呼吸新鲜空气。接着再回来做饭，一边还要忙着料理花园里的花草，为了慕夜枫的病情着想，她就在门前种了许多花草。而慕夜枫每次都会说："你这个笨蛋'小强'，是嫌自己不够忙吗？还有心思种花。"

她每次都会顶他两句："是啊，因为每天对着你这个大笨蛋，日子太无聊了！"

"你说什么？你敢骂我是大笨蛋？胆子真的是越来越大了。"

"你才发现吗？人总是在成长的，不是吗？"

"你……"

然后两人就开始拌嘴了，这样的场面几乎天天上演，到最后总是闹到慕夜枫的身体受不了为止。

可是，即使是这样斗嘴，他们也觉得是件幸福的事。因为谁也无法预料，这样的日子还能过多久，或许某一天，突然就没有机会了。

"吃饭了！"这天中午，桑夏依旧像往常一样做好饭菜，叫慕夜枫下楼吃饭，可是叫了半天都没人应声，顿时她就慌了。匆忙地跑上楼，推开慕夜枫的房间，结果发现慕夜枫倒在了地板上，鼻孔处还淌着血。

"枫！枫，你醒醒啊……快点醒来，不要吓我。"桑夏冲进去抱住他，拼命地喊着他的名字。这已经是第三次了。一个月还没过一个礼拜，慕夜枫就晕倒了三次。她曾经听医生说过，如果病人在一个礼拜内晕倒的频率超过三次，那么代表病情已经恶化而无法控制了。

虽然慕夜枫每次昏倒的时间并不会很长，甚至她这样喊他的名字，他就能醒过来，可是情况似乎越来越糟糕了，桑夏担心他恐怕熬不过这个月了。难道她真能忍心看着他慢慢死去吗？

"不……要再喊了，耳朵……都快聋掉了。"慕夜枫皱紧眉头，缓缓睁开眼睛。

桑夏一颗受惊吓的心终于放下了一半。

"你吓死我了！"她紧紧抱住他，哭得厉害。她真的很怕很怕，他突然就这么一睡不醒了，留下她孤单的一个人该怎么办。

"我们去医院好不好？就像以枫一样，会出现奇迹的。"这两天，桑夏几乎每时每刻都在跟慕夜枫商量去医院的事，可是都被他拒绝了。

他是打定了主意要在这里度过最后的日子，可是这对于桑夏来说是很痛苦的折磨。看着心爱的人慢慢死去，而从此她却只能孤独终老，剩下的人生还有什么意义。

"我说过我不会重蹈覆辙，像母亲那样死在冰冷的医院。"

"也许不会死，至少我们要试一下，不是吗？"

"你答应过我要陪我在这里度过最后的日子,难道你后悔了吗?"

"我怎么会后悔?只是……我看着你这样一天比一天虚弱,一天比一天消瘦,而我却什么也做不了。我真的好难受,好心痛。你知不知道?"她抱着他泪流满面,痛哭流涕。她实在无法想象,当他死去的那一刻,她会是什么样的心情。

"笨蛋,这都是命中注定,谁也改变不了。至少我比我的母亲幸福。在生命最后的时光,能和心爱的人一起度过。而我的母亲,就算在临死的那一刻,也没见到我的父亲。"他走到门口,在躺椅上躺了下来。仰起头,斜望着天空,仿佛已经看穿了一切。

"所以,你才这么恨你的父亲。你从来没有跟我说过你的母亲,我想她一定是一个很漂亮很贤惠的女人,你房间的照片上看起来就是这样。"

"其实十岁以前的事情,我已经有些模糊了。不过我的母亲确实是一个很漂亮很贤惠的女人,失去她是我父亲一辈子都无法挽回的错误。"

"你很想念你母亲对吗?"

"是,几乎每天都在想。不过也许我很快就能见到她了,是吗?"

"我不许你这样说话,你会活下去,一直活下去。"桑夏听到他诅咒自己,忍不住生气了。

慕夜枫自嘲地笑了笑,没有回答,只是安静地斜望着天空。一直过了很久,久到桑夏以为他睡着了。正要去叫他,而他却突然在这个时候开口了。

"我的母亲曾经告诉我,45度仰望天空,就能看到幸福的所在，而我现在似乎也能体会到幸福的感觉了。"他的嘴角渐渐扬起，露出一个好看的弧线。

桑夏的嘴角也跟着微微扬起，眼底却渐渐涌出悲伤。她曾经在一本书上看到过这样一段话：45度仰望天空，不是为了看到幸福，而是为了不让我的眼泪流下。

尾　声

三个月后

连和医院复检室外的走廊上，桑夏仰着一脸感激的笑容正在向连正杰道谢。

"连医生，真的是谢谢你！如果不是你的话，慕夜枫的病恐怕……"

那天连正杰突然出现在农庄的时候，她就感觉有好消息来了。果不其然，慕夜枫被强制架上车后带到了医院，没想到连正杰早已安排好了一切。慕宏业已经在医院等候，她都来不及问什么情况，连正杰就直接将慕夜枫送进了手术室。

所幸的是手术非常成功，以慕氏集团的财力和人脉，再加上连和医院的先进治疗技术和设备，移植骨髓并不是什么困难的手术。手术后，慕夜枫的身体复原状况也很好，现在基本上就像正常人一样能活蹦乱跳了，只需要每月定时过来做一下复检就行了。

"小夏，不要再感谢我了，这样的话从手术到现在你已经说了不下百次了。你再这样说下去，我都觉得不好意思了。本来只是举手之劳的事情,被你搞得好像是什么天大的事情一样。"连正杰一派悠闲地挥了挥手,完全没有在意这件事。事实上这件事对他来说的确是举手之劳,他出身医学世家,在英国留学的时候认识不少医学界的权威人物,所以要找骨髓根本不是难事。只是他这样做的后果就是被家里逮个正着,然后只能乖乖接受安排。

"本来就是天大的事情啊,人命关天呢!你现在可是慕夜枫的救命恩人。"

"说救命恩人就太严重了吧!我们是朋友不是吗?朋友之间就应该互相帮忙,况且连家和慕家是世交,这么做是理所当然的。"

见连正杰如此洒脱,桑夏也不好意思再坚持,只能傻傻地笑了笑。

"对了,你怎么会知道慕夜枫的病情?难道是伯父告诉你的吗?"这个疑问一直在桑夏的脑海里盘旋着。她怎么也想不通,就算慕宏业为了替慕夜枫找合适的骨髓而去请求连家帮忙,那也不够时间啊。在得知慕夜枫病情的那一天距离连正杰找到慕夜枫的时候只不过短短一个多月的时间,找骨髓那么容易吗?

"不,事实上我比你们更早知道慕夜枫的病情。就是那一天我在医院告诉你们,我决定带婕妤去英国,道别的时候我接到了一个电话。你还记得吗?你和慕夜枫曾经在献血车上献过血。"

桑夏听闻忍不住笑了起来,"对对……他明明晕血,却死要面子,还不许别人笑他,真是个大白痴。"她很清楚地记得,慕夜枫明明有晕血症,可还是死要面子上了车,结果吓得脸色惨白,全身发抖。每次想起这件事,她都会忍不住偷笑。

"看来你们真是一对欢喜冤家。"连正杰也忍不住扬起了嘴角。

"嗯,我也觉得是。那后来呢?你接到的那个电话难道和慕夜枫的献血有关吗?"

"没错,电话就是红十字会打来的,他们检查出慕夜枫的血液有些问题,于是打电话给我,希望我过去一趟做进一步的研究。只是当时我急着带婕好去英国,所以没有及时过去。等到我半个月后从英国回来的时候,他们已经确定了慕夜枫的血癌病症。那个时候我立刻决定联系慕夜枫,可是不知道慕家发生了什么事,全家都搬走了。我也通过学校找你,但也找不到。我不知道你和慕夜枫之间发生了什么事,总之当时我非常着急,在找不到慕夜枫的情况下,我只能再度回到英国,开始寻找骨髓。我想总有一天会找到慕夜枫的,只要在他还没有生命危险之前。"

原来是这么回事,桑夏总算是把整件事搞清楚了。说起来真是阴错阳差,按照时间的推算,连正杰从英国回来的时候,正好是她和慕夜枫因为"兄妹事件"被迫分离。当时的慕夜枫被强制带回美国进行封闭式隔离,当然联系不上任何人。而她也因为受到的打击太大,把自己关在家里消沉了一段时间,所以没有去学校上课。

"真是命运弄人。"桑夏无奈地笑了笑。

"谁说不是呢!幸好现在是大团圆结局,否则谁都不会好过。其实我也很自责,如果当时及时通知你们去医院检查,就不会多出这么多痛苦的事情了。"

"过去的事情就不要再提了,重要的是现在。"

"你说得对,过去的就让它过去吧!小夏,一段时间不见,我发觉你真的变了很多。"连正杰摸了摸下巴,故作神秘地打量着桑夏。

"是吗?我也觉得我变了很多哎!是不是很不习惯?"桑夏低头看了看自己,扬起嘴角。

"当然不是。"他伸出食指,左右摇晃了两下,"你变得更坚强,更自信了。"

"这是夸奖吗?"她微笑着问他。

"sure!"他摊了摊手,毫不迟疑地承认。

"哈哈……"两人相视而笑。

就在两人忍不住笑起来的时候,慕夜枫正好从复检室走出来。见两人笑得如此开心,不仅挑高了眉头。

"笑得这么开心,在聊什么呢?"他咧开嘴,皮笑肉不笑地走了过去,伸手将桑夏揽进怀里,宣示所有权。看来连正杰真的是个危险人物,得想个办法阻止桑夏和他见面。

"看来有人好像不高兴了。"连正杰闻言转头瞥了慕夜枫一眼,忍不住憋笑起来。

"谁不高兴了,没看到我在笑吗?"只不过笑得比哭得还难看而已。

死鸭子嘴硬,死要面子的脾性真的是不容易改啊!连正杰无奈地摇了摇头。

"喂,你又在乱吃什么醋啊?"桑夏受不了地丢出一个白眼。这个家伙一天到晚疑神疑鬼的,以前真没发现他的占有欲原来这么恐怖,就连她和其他男生多说几句话,他也要在旁边盯梢。

"谁吃醋了?我这不是在跟我的救命恩人打招呼吗?嘿!你好吗?"他扬起一脸迷死人不偿命的笑容,开始向连正杰打招呼。

真是幼稚……连正杰无语地摇了摇头,转身走人。

"喂,你小子怎么这么没礼貌?我在跟你打招呼,怎么能不理人?"

"真的很受不了你……赶紧走吧!大家都还在等我们吃饭呢!"桑夏也无语地摇了摇头,转身挣脱慕夜枫的手,跟着连正杰的脚步走了上去。

"吃饭?谁在等我们吃饭?"

"刚才伯父打来电话说,以枫终于答应认祖归宗,正式入住慕家了,所以今天晚上会在家里办一桌宴席,让我们早点回去。"

什么啊?安以枫答应认祖归宗了?完了完了……事情大发了。一个连正杰已经让他够头疼了,现在再加上一个安以枫,他要怎么应付?连正杰是外人,他还可以随时提防着两人见面的频率,可现在安以枫要搬进家里,那以后桑夏过来的话,两人不是天天要见面吗?

"不可以……"他慌乱地冲上去。

"不可以什么?"

"我说……不可以让那小子搬进来,绝对不可以。"

"他是你双胞胎哥哥,你凭什么不让他搬进来?"桑夏瞥了他一眼,毫不犹豫地丢出一句话,就像是事先演练好的一样。

慕夜枫果然被她一句话给噎死。安以枫也是慕家的一分子,是他的双胞胎哥哥,他没有理由拒绝他搬进慕家。那怎么办?

"那……要不然我搬走,就搬到枫林坡去。"对,不能阻止安以枫搬进来,那他主动搬走总可以了吧!只要是能阻止桑夏和安以枫见面的机会,不论什么方法都行。

桑夏无语地皱起眉头,"以枫刚刚搬进来,你就搬走,你想让伯父为难吗?别人会怎么看?不知道的还以为你们两兄弟不合呢!"

"这样也不行？"慕夜枫烦躁地抓了抓头发，开始焦急起来。

桑夏看着他焦急的模样，不禁觉得好笑。谁能想到，这样一个因为担心自己的女朋友与前男友复合而焦急得乱抓头发的人，会是曾经在圣起学院风靡一时的慕王子呢！

"你在担心什么？"她憋笑着问他。

"我……没担心啊！我能担心什么？"慕夜枫还是死鸭子嘴硬，说不出口。明明心里担心得要死，怕桑夏和安以枫过于频繁的接触会旧情复燃，可嘴上却死要面子不肯承认。

"既然不担心，那就快走啊！"桑夏挑挑眉，继续往前走。既然他死鸭子嘴硬，那么她就装作不知道好了，看他能硬到什么时候。

慕夜枫的拳头握紧了又松，松了又握紧。最后终于忍不住追了上去，从背后将桑夏抱紧。

"不，我担心，真的很担心。担心你和他天天见面，担心你们过多的接触会旧情复燃。我怕自己没有那个自信能和他争夺你，毕竟你和他认识比我早……"

听着慕夜枫担心的话，桑夏的嘴角不自觉地慢慢扬了起来。悄悄转过身，她什么话也不说，踮起脚，将自己的唇迎了上去，贴上了他的。

慕夜枫瞬间僵直了身子，瞳孔陡然放大。感觉着唇瓣柔软的磨蹭，他渐渐闭了眼，立刻化被动为主动，将这个浅尝的吻不断加深。认识她到现在，看着她的个性一路变得坚强，然而接吻的技巧却还是青涩得很。直到两人的呼吸渐渐急促，他才不舍地离开了她的唇。

桑夏一脸绯红地低着头，轻声细语："这样……可以证明我对你的感情了吗？"

慕夜枫扬起一丝坏笑，低下头亲吻着她的额头。

"这样还不够。我还想……"

"哦？"她抬起头，发现他眼里耀眼的光芒，心跳猛地漏了一拍，赶紧跳离他的怀抱，拉了拉自己的领口，一脸警惕地问道："你……你想干什么？这里可是医院哦，你不能这样……"她一边说，一边拉紧自己的领口步步后退。

慕夜枫则是一步步紧跟上去，脸上那恶魔般的微笑让人忍不住毛骨悚然，桑夏的心开始发凉，这家伙该不会真的要对她伸出魔爪吧！她年纪还小，可不想当未婚妈妈呀……

"救命啊……"她闭上眼睛，发疯似的乱挥手。

"喂，你在喊什么救命？"

"哦？"睁开眼，才发现慕夜枫只是双手环胸站在那里，完全没对她动手。一瞬间，桑夏的脸红到了耳根，窘迫得恨不得找个地洞钻进去。"我以为……我以为你要……"

"你以为我要干什么？吃了你吗？"他慢慢靠近她，将嘴巴靠近她发红的耳朵，轻轻地吐气。桑夏忍不住一阵战栗，脸越来越红了。"如果这是你希望的，那我不介意为你效劳。"

"你……你这个大色狼！走开！"桑夏恼羞成怒，一把推开他转身就跑。

慕夜枫眼疾手快，伸手就将她拉回了怀抱。

"嫁给我！"没给自己停歇的机会，这三个字就这么说出口了，快得连他自己都没觉得。

这回换桑夏僵直身子了。

"你说……什么？"她有点不相信自己的耳朵。这个时候，这个地点，怎么样也不适合求婚啊！不是慕夜枫脑袋秀逗了，就是她耳朵出问题了。

"嫁给我！我刚才还想做的事情就是对你说这三个字。"不知道是不是早有预谋，还是偶然发生，总之慕夜枫的手上瞬间多了一个金丝绒的盒子。打开盒子后，一道刺眼的白光闪过，紧接着一枚切割精美的钻石戒指进入桑夏的视线，依据钻石的体积，保守估计至少有七克拉。

突如其来的求婚，突然闪现的钻戒，让桑夏的心情怎么也平复不了了，她现在的脑袋完全处于混乱状态，不能思考任何东西。

过了Ｎ久之后，她才愣愣地吐出一句令人吐血的话："带这么大一颗钻石在身上，你不怕被抢劫吗？"

慕夜枫一脸黑线！

三年后

慕家餐桌上，慕宏业笑眯眯看着左右两边的双胞胎儿子一起吃饭，心里乐开了花。人生至此，夫复何求。上帝还是眷顾他的，两个儿子都回到了他身边，人生还有什么比这更幸福的呢！只不过现在唯一头疼的事情，就是希望两个儿子赶快结婚，好让他这个老头子能赶快抱上孙子。

"我说，你们两兄弟年纪也不小了，是不是该结婚了？"

安以枫和慕夜枫两人对视一眼，继续埋头扒饭，决定无视慕宏业的话。

"大枫，你最近跟那个叫司晨的女孩好像联系得比较密切，是不是……"老头子开始乱点鸳鸯谱。

"爸，我和司晨只是好朋友，你别想歪了。"安以枫一句话撇得干净。

慕宏业郁闷地吐了口气,转过头开始对付慕夜枫。

"小枫……"

"哎,打住!不用说了,这个问题你还是去问桑夏比较干脆。她一天没答应,你就一天没指望抱孙子。"慕夜枫更直接,慕宏业还没把话问出口,他就直接回答了。

"我说你这个没出息的臭小子,求个婚求了三年还没搞定,别人家的孩子都能打酱油了。你是存心想把我急死是不是?"

安以枫忍不住憋笑出声,慕夜枫丢出一个白眼。

"笑屁啊!别以为求婚这么容易,有本事你去试试。"

"OK啊!我很乐意去试,只要你不反对的话。"安以枫耸耸肩,一副"我愿意效劳"的样子。

"喂,你小子是不是还没死心?"慕夜枫将手中的筷子指向安以枫,摆出一副半威胁半挑衅的态度。

"真是……幼稚得无药可救。"安以枫好笑地摇摇头,继续吃饭。

"啪!"慕宏业将手边的一份报纸拍向慕夜枫的脑袋。

"啊!"慕夜枫下意识地抱头反击,"干吗打我?"

"打你这个没出息的家伙,要是你追女人的手段能有商业手段的一半就好了。"慕夜枫自从毕业后接管慕氏集团,短短两年多时间就将慕氏集团的年产值又推上了一个高峰。

"什么意思啊?"他承认自己的确是个爱情白痴,在爱情面前他束手无策。

"说你没出息,还真的没说错。"慕宏业无奈地瞥了他一眼,他这个儿子对待爱情就像白痴一样,什么都是按部就班,循序渐进,完全不懂得变通。"追女人可不能这么循规蹈矩,拿出你的商业手段，先上车，后补票！"

兄弟俩异口同声地"啊"了一声，嘴巴立刻变成了O字形。

鉴于老头子提供的建议不符合道德问题，所以被兄弟俩全票否决，最终，兄弟俩想出了一个绝妙的计策——骗婚！

骗婚三部曲之一：登记

"桑夏，你跟你妈已经脱离了母女关系，所以你现在是黑字户口，我们家老头子已经帮你办好了移民手续，现在我带你去便民中心办理吧！"

"现在吗？"

"对，我已经约好了。"

便民中心婚姻登记处的欧巴桑打量了两人一眼，丢出一句话："你们俩都想好了吗？签了字可不能反悔了。"

"当然想好了。"慕夜枫赶紧点头回答。

桑夏疑惑："我办移民，为什么要问你有没有想好？"

"哦……因为我是担保人嘛！呵！"慕夜枫暗自吓出一身冷汗。

办理窗口处送出两张表格，全是清一色的英文。慕夜枫松了口气，还好他事先提交的是美国公民的身份证，办理的婚姻登记证也属于美国的，所以不用担心桑夏会发现。

"咦？怎么都是英文？"

"当……当然是英文啊，你办理的是美国户籍。"

"啊，这么说签了这个文件，我就是美国公民了？"

"当然。"慕夜枫毫不犹豫地点了点头。他是美国公民，她嫁给他以后自然也会变美国公民，这不算是骗她哦！

桑夏果然笑眯眯地签下了名字，接着慕夜枫也跟着快速签了自己的名字。

"为什么你也要签字？而且两份文件好像一模一样哎！"桑夏多了个心眼，留意了两张文件的英文字母。虽然看不懂英文，但是却能比较出两张文件是一模一样的。

"哦……"慕夜枫顿了顿，"因为我是担保人啊！所以需要签字。"

"噢！那现在手续算是办好了吗？"

"好了好了，我们走吧。"慕夜枫吓得一身冷汗，从来没有做过这么惊险刺激的事情，不过幸好骗婚第一步成功了！

骗婚三部曲之二：酒宴

"为了庆祝慕氏集团收购大石企业成功，所以明天晚上要在国际大酒店大办酒席，所有男士必须携带女伴出席，你不会拒绝吧！"慕夜枫丢出一个重磅炸弹后，暗自偷乐。有上次的经验，这次他已经如鱼得水了。

果不其然，桑夏一定会点头答应的。虽然多次拒绝慕夜枫的求婚，但是她还是在关心慕夜枫的事业。

酒宴当天，慕夜枫派人送来了一件十分华丽的婚纱，桑夏当场傻眼了。

"你送来婚纱干吗？又不是要结婚。"桑夏疑惑地盯着他。

这一点的确是做得太明显了，可是婚宴不穿婚纱怎么行呢？所以这回就看慕夜枫怎么瞎编借口忽悠过去了。

"我也不想送婚纱，可是今天晚上出席的贵宾实在太多了，我怕到时候与哪家的贵妇小姐撞衫就不好了。所以只好选一件特别一点的,更何况这件婚纱比较像晚礼服,不是吗?"他的理由天经地义,让人找不出一点反击的余地。

"话虽然是这么说没错,可是也不用选婚纱吧!随便选一件普通一点的礼服就好啦,就不会撞衫了!"

"慕氏集团可是这次宴会的主办方,而我则是宴会的主人,我的女伴穿一件普普通通的礼服,会让人笑话的。这是礼貌问题!"他再次丢出一个无可反击的理由,彻底让桑夏闭了嘴。

酒宴开始后,桑夏才发觉根本没有人穿晚礼服,出席的宾客全都穿得很正式很端庄,就像是参加婚宴一样,每个人的视线都集中在她和慕夜枫身上。而慕夜枫自称是宴会的主人这一点倒是不假,看他这么积极地拉着她向每桌的宾客敬酒,就知道他多尽职了。

"我怎么觉得有一种被骗的感觉?"桑夏终于忍不住疑惑,问了出来。

"有吗?"慕夜枫故意装傻。

"当然啊,不是说是公司的庆功宴吗?为什么我看到曼倩和圆圆她们也在?"

"可能是她们的父母为这次收购案做了不小的贡献吧!"慕夜枫咳了两声。他终于发现原来撒谎也能变成习惯,现在竟然连眼睛都不眨一下了。

"是吗?"桑夏的眼底还是闪烁着疑惑。

"当然是,别多说了,那边还有两桌没敬酒。"他搂着她的肩膀,硬是将她拉了过去。

Yes!他在心里打了一个胜利的手势。骗婚第二步,成功!

骗婚三部曲之三：蜜月

"想不想去看爱琴海？"

"怎么突然问这个？我说想你就会带我去吗？"

"当然。我买了一艘游轮，环球旅行都没问题。"

"天哪！你疯了吗？没事干吗去买艘游轮？有钱也不是这么浪费的吧！"

"我很想带你去看爱琴海，所以就干脆买了游轮，随时都可以出发。"

桑夏不可置信地摸了摸他的额头，"你最近是不是身体状况出问题了？"如果没出问题的话，为什么净干一些莫名其妙的事情？

"我的身体好得很。"他拨开她的手，将它握在自己的手心，"一句话，你要不要去？"他知道她一直想去浪漫的地方，可是却一直没有机会去。

桑夏沉思了片刻，最终抵不住爱琴海的诱惑，欣然点头答应。

游轮停靠在码头，气势如虹。桑夏完全没料到，她和慕夜枫只不过决定去一趟爱琴海，竟然让所有人都劳师动众地出来送行。

"伯父，你们回去吧！怎么搞得好像是一件隆重的事情。"

"当然是隆重的事情，从爱琴海回来，你就得改口叫我爸爸喽！呵呵……"慕宏业乐得合不拢嘴。天知道这个馊主意就是他们一家子三个人联合想出来并且共同配合实施的，现在计划圆满成功，他这个"主谋"当然是最乐呵的。

"啊？什么意思啊？"到现在还被蒙在鼓里的桑夏完全不理解慕宏业话中的含义。

"好啦好啦，不要多说了，船要起航了。"一旁的慕夜枫见情况不对，赶紧拉着桑夏上船，以免某些人多嘴破坏了计划。

看着游轮缓缓启航，慕宏业突然转过头，担心地问一旁的贺雷鸣："你说……桑夏知道真相后，会不会把我儿子推到海里面去？"

"哦……这个事情也不是没有可能的！"

"啊？"

至于后事如何，除了当事人之外，谁也不知道了。

不过总之，骗婚第三步，成功！